ro
ro
ro

rororo

«Wie alle meiner Gattung wurde ich blind geboren, und es dauerte einige Tage, bis ich die Augen öffnete. Und selbst als ich schon sehen konnte, wurde ich aus dem, was ich sah, nicht recht klug. Teilweise wohl deshalb, weil ich so klein war und die Welt so groß. Ich konnte meine Geschwister sehen, wie sie sich an meine Mutter kuschelten. Und ich konnte meine Mutter sehen – damals. Ich weiß, dass sie eine getigerte Katze mit weißer Zeichnung war, wie ich auch, aber an ihre Züge kann ich mich nicht mehr erinnern. Ich erinnere mich nur noch an das Gefühl von Wärme und Geborgenheit, das ich während dieser ersten Tage und Wochen meines Lebens empfand. Geboren werden und zum Leben erwachen war für mich wie das Zu-sich-Kommen nach langem, tiefem und ruhigem Schlaf. Mit dem Wachwerden hatte es keine Eile. Wie ich dir, mein kleiner Enkelkater, bereits sagte, öffnete ich am ersten Tag nicht einmal die Augen. Und noch eine ganze Reihe von Tagen lag ich einfach nur da, quietschte und schnurrte mit meinem kleinen Stimmchen und wurde von meiner Mutter mit köstlicher warmer Milch versorgt.»

Andrew N. Wilson wurde 1950 in England geboren. In seiner Heimat hat er zahlreiche Biographien sowie Bücher mit historischem Hintergrund veröffentlicht. Er lebt mit seiner Familie in Oxford.

A. N. WILSON

Der Streuner

Ein Kater erzählt aus seinem Leben

Aus dem Englischen von Isabella Nadolny

Rowohlt Taschenbuch Verlag

Veröffentlicht im Rowohlt Taschenbuch Verlag,
Reinbek bei Hamburg, Dezember 2018

Die englische Originalausgabe erschien 1987
bei Walker Books Limited, London, unter dem Titel «Stray»

Umschlaggestaltung zero-media.net, München
Umschlagillustration Sarah Fox Davies
Satz Pinkuin Satz und Datentechnik, Berlin
Druck und Bindung CPI books GmbH, Leck, Germany
ISBN 978 3 499 63431 4

Für A. L. R.
Du hast über dies und das geschrieben,
das Netteste aber über eine Katze

1

Wie alle meiner Gattung wurde ich blind geboren, und es dauerte einige Tage, ehe ich die Augen öffnete. Und selbst als ich schon sehen konnte, wurde ich aus dem, was ich sah, nicht recht klug. Teilweise wohl deshalb, weil ich so klein war und die Welt so groß. Ich konnte meine Geschwister sehen, die sich wie ich an unsere Mutter kuschelten. Und ich konnte meine Mutter sehen – damals. Seit ich erwachsen bin, habe ich oft Katzenmütter ihre Jungen säugen sehen und habe versucht, mich meiner Mutter zu entsinnen. Ich weiß, dass sie eine getigerte Katze mit weißer Zeichnung war, wie ich auch, aber an ihre Züge kann ich mich nicht erinnern. Ich erinnere mich nur noch an das Gefühl von Wärme und Geborgenheit, das ich während dieser ersten Tage und Wochen meines Lebens empfand, als ich irgendwo allein war, in einem Raum nur mit Mutter und Geschwistern, ohne Störungen durch Menschen.

Meine Mutter muss anständige Pfleger gehabt haben. Sie haben zugelassen, dass sie uns zur Welt brachte. Sie haben uns nicht ertränkt, wie es so oft passiert, und wie schon gesagt, sie ließen uns in Frieden.

Geboren werden und zum Leben erwachen war für mich wie das Zu-sich-Kommen nach langem, köstlich tiefem und ruhigem Schlaf. Mit dem Wachwerden hatte es keine Eile. Wie ich dir, mein kleiner Enkelkater, bereits sagte, öffnete ich am ersten Tag nicht einmal die Augen. Und noch eine ganze Reihe von Tagen lag ich einfach nur da, quietschte und schnurrte mit meinem winzigen Stimmchen und wurde von meiner Mutter ständig mit köstlicher warmer Milch versorgt. Obwohl ich mich an ihre äußere Erscheinung nicht erinnern kann, erinnere ich mich noch sehr genau an das wohlige Gefühl, wenn ich mich an sie schmiegte – ich glaube, wir befanden uns in einem großen, offenen Schubfach unter einem Bett oder einem Schrank –, an die Wärme ihres Fells, an die Zärtlichkeit, mit der sie uns leckte und versorgte und uns Sauberkeit lehrte.

Als ich ungefähr vierzehn Tage alt war, wurde mir klar, dass die Welt nicht ausschließlich von Katzen bevölkert ist. Meine Mutter hatte uns erzählt, es gäbe Menschen in der Welt. Doch was konnte mir das bedeuten, wenn ich doch keine Vorstellung hatte, wie sie aussahen? Allmählich, innerhalb der nächsten paar Tage oder Wochen, lernten meine Geschwister und ich das Aussehen und den Geruch von Menschen kennen. Das Schubfach, in dem wir so friedlich lagen, wurde dann derb geschüttelt, und eine Erwachsenenstimme sagte: «Nur ganz kurz anschauen, hörst du! Noch nicht anfassen, du störst sie.» Oder auch: «Sind sie nicht goldig?»

Was da gesagt wurde, rekonstruiere ich natürlich erst heute, doch war es etwas, was ich hingerissene Zweifüßler äußern höre, wenn sie junge Kätzchen sehen. Wer will ihnen daraus einen Vorwurf machen? Es gibt kaum andere Wesen auf der Welt, die reizender wären als junge Kätzchen mit ihren großen Augen, großen Pfoten und flaumigen Fellchen. Ja, selbst ich war einmal ein solches Miezchen, obgleich dir das vielleicht unmöglich vorkommt. Jung und verspielt und so albern wie du jetzt.

Das Erste, was mir an den Menschen auffiel, war nicht, was sie sagten, sondern wie sie aussahen. Ich weiß noch, als wir ein paarmal von ihnen besucht worden waren, wie ich versuchte, ihre riesigen roten Gesichter, die uns so nahe rückten, richtig in den Blick zu bekommen. Damals geschah nichts, das mich die menschliche Spezies fürchten ließ, aber ich glaube, ich fürchtete sie trotzdem. Sie schien so groß und verglichen mit den verfeinerten Maßen meiner Mutter äußerst grob und unschön. Ich weiß noch, was für sonderbare Gerüche sie ausströmten, während sie uns betrachteten – du kennst ja den menschlichen Gestank und weißt, wie grässlich er für Tiernasen ist.

Doch wie gesagt, obwohl ich in einem Menschenhaus war, waren es einigermaßen brauchbare Exemplare. Nach und nach, als wir älter wurden, fütterten uns die Leute mit Eiern und gekochtem Huhn, bis wir an festere Nahrung gewöhnt waren. Und es dauerte nicht lange, da gaben sie uns Dosenfutter und gehackte Innereien und spielten mit uns. Wir verließen das Zimmer, in dem wir geboren waren, und man trug uns in einem Korb ein paar Treppen hinunter, und dort, vor einem großen Kaminfeuer, sausten wir hin und her, jagten nach Wollknäueln und amüsierten uns und die Menschen, die uns vergnügt dabei zusahen. Es waren glückliche

Tage, aber für mich werden die Tage wahrer Glückseligkeit immer die in dem Schlafzimmer sein, wo wir Katzen unter uns waren und kein Mensch uns störte.

Mit leuchtenden Augen kam Tabitha leichtfüßig den Hang neben dem Haus herunter. Sie hatte eben ein Scharmützel mit ihrer Nachbarin Bundle hinter sich gebracht. Kein ernsthaftes Scharmützel, mehr eines von der Art, die beide Kontrahenten genießen. Bundle hatte sie angefaucht, und sie hatte Bundle angefaucht und war dann heimgelaufen, sehr zufrieden mit sich. Sie war eine haifischgraue Tigerin mit lebhaften grünen Augen, Kinn und Brust von reinstem Weiß. Tabitha war Pufftails Tochter. Obwohl erst einjährig, hatte Tabitha bereits einmal geworfen: Vier Kätzchen hatte sie im vorigen Herbst geboren. Drei waren, wie ihre menschlichen Betreuer es nannten, «in gute Hände gegeben» worden, ein Katerchen hatte man zurückbehalten. Es hatte eine rosa Nase und helle, grüne, neugierige Augen, die ein wenig denen seiner Mutter glichen. Es war schwarzweiß, doch das Schwarz überwog.

Altvater Pufftail lebte auf der Straße, er gehörte zu keinem Menschenhaushalt. War es sehr kalt, kroch er durch die Katzenklappe von Nummer zwölf und schlief dort in der Küche. Manchmal logierte er im Geräteschuppen oder in einer Garage. Doch Altvater Pufftail war ein stolzer und unabhängiger Kater, und weder Frau noch Kind nannten ihn ihr Eigen. Er hatte sogar etwas dagegen, dass man ihm überhaupt einen Namen gegeben hatte, obschon ihn jeder in der Straße Pufftail nannte und er ein allgemein beliebter Eigenbrötler war. Tabitha liebte ihren Vater. Sie betrachtete ihn als etwas Selbstverständliches. Sie merkte nicht, wie ungewöhnlich es für eine Katze ist, ihren Vater zu kennen. Kitcheners Vater hatte Tabitha vorigen Sommer von weit her besucht, sie dachte noch immer gern an ihn: ein rundlicher schwarzer Kater mit Rätselaugen. Die

Abende, an denen er auf dem Schuppendach nach ihr gemaunzt hatte, waren ihrer Erinnerung ebenso teuer wie die warmen, mondhellen Nächte, die darauf folgten. Doch war er nun eine Gestalt der Vergangenheit, und sie erwartete nicht, ihn wieder zu sehen. Pufftail wiederum, der so großen Wert darauf legte, unabhängig und ein Streuner zu sein, blieb dauernd in der Nähe. Obwohl er zwischen Abfalltonnen lebte und alles, was er fraß, erbettelt oder stibitzt war, war Pufftail doch jeder Zoll ein Gentleman – wenn auch vielleicht ein Gentleman der Landstraße. Tabitha kannte kaum die Hälfte vom Leben ihres Vaters. Sie wusste, dass die Menschen grausam zu ihm gewesen waren, auch dass er viele Abenteuer hinter sich gebracht hatte, ehe er Tabithas Mutter begegnete. Davon hatte der Vater ihr aber wenig erzählt.

Jetzt saß er in der Nachmittagssonne oben auf der Gartenmauer mit seinem Enkel und sah so gesetzt und zahm aus wie ein sterilisierter Rassekater in einem Pfarrhaus.

«Großvater erzählt mir von der guten alten Zeit», sagte der kleine Kater, als er seine Mutter näher kommen sah.

«Deine Ohren sind schmutzig», sagte Tabitha und begann, ihrem Sohn die Ohren zu lecken. «Wenn du dich nicht wäschst, wirst du schließlich aussehen wie dein Großvater.»

«Na, charmant», sagte Pufftail. «Da siehst du, wie es ist, wenn man eine liebende Tochter hat. Verstehst du, warum ich mich in der Nähe eures Hauses herumtreibe, wenn solche unwiderstehlichen Komplimente von den Lippen deiner Mutter fließen?»

«Was ist ein Kompli-Dingsbums?», fragte der kleine Kater mit Unschuldsblick.

«Etwas Nettes, das man über jemand sagt», antwortete Tabitha. «Großvater hat gescherzt. Er glaubt, ich sei unhöflich zu ihm gewesen.»

«Und warst du es denn?»

«Ein bisschen», sagte Tabitha mit einem Lächeln. «Und jetzt, Vater, möchtest du, dass ich in die Küche gehe und mich dort mal umschaue?»

«Mein Mädchen, du bist die Freundlichkeit in Person.»

Tabitha war eingefallen, dass die Leute, die mit in ihrem Haus wohnten, die sonderbare Gewohnheit hatten, bei Lammkoteletts nur das Fleisch abzunagen. Heute Mittag hatte es Lammkoteletts gegeben, und viel leckeres Fett war an den Knochen drangeblieben. Sie trabte ins Haus, um ihrem Vater fürs Abendessen ein paar Koteletts zu holen, und Pufftail sprach weiter mit dem kleinen Kater. Dieses Zwiegespräch ging den ganzen Sommer lang weiter. Während Tabitha etwas Nützliches tat, etwa alles sauber zu machen, zu dösen, Essbares in den Garten zu bringen oder Vögel zu jagen oder mit den Nachbarn zu streiten, saß Pufftail bei den Mülltonnen am Ende des Gartens und erzählte dem Enkelkater alles über die alten Zeiten. Dies ist die Geschichte, die er erzählte.

2

Wenn du erst so viele Jahre auf der Welt bist wie ich, wirst auch du voller Erinnerungen sein, die du gern jemandem mitteilen möchtest, und ich hoffe, dass du ein Enkelkätzchen haben wirst wie ich jetzt, das geduldig dasitzt und dir zuhört. Seit das Alter mich befallen hat, rede ich zu viel. Das weiß ich. Aber einer der Gründe, warum ich dir meine Lebensgeschichte erzählen möchte, ist der Versuch, dich zu lehren, tapfer, frei und unabhängig zu sein, denn du bist ein Kater und nicht der Sklave irgendeiner anderen Kreatur des Universums.

Ehe ich jedoch anfange, muss ich zugeben, dass es in unserem Teil der Welt wohl kaum eine Katze gibt, die nicht in ihrer Jugend erschütternd abhängig wäre von der menschlichen Spezies. Ich höre zwar, dass in anderen Welten wilde Katzen fern aller menschlichen Behausungen leben und das freie, wilde und ungebundene Leben führen, das allen Katzen zusteht. Doch in unserer Welt, der Welt der Straßen, Häuser und Mülltonnen, ist das anders. Nahezu alle Katzen, die in unserer Welt geboren sind, verdanken ihr Überleben den Menschen. Es mögen grobe, stinkende, hässliche Wesen sein, zugegeben, aber es waren diese Zweifüßler, die es bei meiner Geburt in der Hand hatten, mich zu ertränken oder am Leben zu lassen, es waren diese Zweifüßler, die mir Nahrung gaben und meiner Mutter Wärme, und es waren die Zweifüßler, die über mein Schicksal bestimmten.

Ich weiß nicht, wie lange es dauerte, bis wir alle entwöhnt und von unserer Mutter unabhängig waren. Aber ich glaube, ich war ungefähr acht Wochen alt, als die glückliche Geborgenheit meiner Welt für immer zerbrach. Es gab von da an nicht mehr die langen, behaglichen Stunden zwischen alte Kleider gekuschelt im Schubfach unter dem Schrank, in denen ich mich trostsuchend an die wunderbarste aller Mütter schmiegen durfte. Keine harmlosen kleinen Ausflüge per Körbchen ins Parterre und keine lustigen Luftsprünge vor dem Kaminfeuer mehr, während die freundlichen, aber törichten Menschen mit uns spielten.

Es ist meine Überzeugung, dass sie das für uns suchten, was Menschen «ein gutes Heim» nennen, denn eine ganze Reihe von Zweifüßlern kam ins Wohnzimmer stolziert, um uns anzuglotzen, während wir mit Wollknäueln am Kamin spielten. Mit ausgesprochenem Entsetzen erinnere ich mich noch an das erste Mal, als einer von ihnen mich hochhob. Es war eine stark gepuderte Frau mit Brille und sehr langer Nase.

«Hallo, du kleiner Schatz», sagte sie und hielt mich wenige Zentimeter vor ihr gutmütiges Gesicht. «Gott, sind die süß, aber nein, ich glaube, das Schwarzweiße habe ich ganz besonders ins Herz geschlossen.»

Sie nahm also statt meiner meine Schwester mit. Ich habe mir manchmal amüsiert vorgestellt, was für eine Art Leben meine Schwester bei der freundlichen alten Jungfer mit der Brille und der gepuderten Nase wohl haben mag. Vermutlich würde sie bei einer Begegnung mit mir die Nase verächtlich rümpfen, ins Haus schießen zu ihrer Herrin, der alten Jungfer, und empört quietschen. «Miau, miau», würde sie vielleicht sagen, «ich bin beinahe mit einer herrenlosen Katze in Berührung gekommen.»

Und so war es auch, mein Lieber, genau so. Denn eine herrenlose Katze ist genau das, was ich bin, und ich bin auch noch stolz darauf, wie du hören wirst. Das gemütliche Wohnzimmer wäre nichts für mich, in dem meine Schwester vermutlich in diesem Augenblick döst, während ihr Frauchen ein langweiliges Programm aus der elektrischen Bilderkiste sieht. Auch nicht das «Aber, aber, du Schlimme, du wirfst mir ja meine Pflanzen um», wenn mir danach zumute wäre, auf ihre lächerlichen Möbel zu springen. Und ebenso wenig das grässliche: «Die Katze muss noch mal hinaus, Liebling.» Und dann der unterwürfige kleine Trott zur Hintertür, die Untertasse mit Milch, ehe man stundenlang mit einem Katzenklo in die Küche gesperrt wird. Wenn das die Zivilisation sein soll, dann schenke ich sie dir. Warum deine Mutter sich ihr unterwirft, weiß ich nicht.

Einer meiner Brüder kam ebenfalls in «gute Hände». Wir merkten es kaum, dass er fort war. Es kamen ein paar Kinder vorbei, um mit der Familie, bei der wir wohnten, Tee zu trinken, und nach der Mahlzeit, nach einer Sitzung recht wohltuender Katzenanbetung, gingen sie mit einem Korb weg.

«Ich glaube, sie werden gut für ihn sorgen», sagte eines der Menschenwesen, als die Kinder fort waren. «Aber ja, davon bin ich überzeugt. Hast du nicht das hingerissene Gesicht von Georg gesehen?»

Nein, das hatte ich nicht gesehen. Aber ich sah den traurigen Ausdruck meiner Mutter, als sie am gleichen Nachmittag langsam im Wohnzimmer herumwanderte und nach meinen Geschwistern suchte. Nach einer Weile gab sie die Suche auf. Eine Katze zu sein – du wirst das bald selbst feststellen, wenn du es nicht schon weißt – ist die Geschichte endloser und unbegreiflicher Verluste. Wir erfahren selten, wo die uns Verlorengegangenen sind, ob sie gestorben oder mitgenommen oder nur einfach weggezogen sind. Damals tauchte diese Tatsache erstmals flüchtig vor mir auf beim Anblick meiner armen Mutter, die mit schlagendem Schweif nach ihren Kindern suchte und jeden Trost verweigerte, weil sie nicht da waren.

Die Bewohner des Hauses, in dem ich geboren wurde, waren ein Mann, eine Frau und ein paar Kinder. In den wenigen Tagen nachdem mein Bruder abgeholt worden war, gab es endlose Debatten darüber, was aus «den anderen beiden» werden sollte, nämlich aus mir und meinem zweiten Bruder.

Ich glaube ehrlich, dass sie drauf und dran waren, uns zu behalten, aber der Haushaltsvorstand widersetzte sich dem Plan. Offenbar wollten gerade alle auf Urlaub fahren, und während dieser Zeit sollten Bekannte das Haus hüten.

«Wir können nicht von den Robinsons verlangen, dass sie vierzehn Tage lang drei Katzen versorgen», sagte er eines Abends, als mein Bruder und ich mit unserer Mutter am Kamin saßen.

«Aber», sagte ein Kind, «es sind doch so goldige Kätzchen, bitte, Daddy, bitte, dürfen wir sie behalten?»

«Aber davon war doch nie die Rede», sagte der Mann.

«Jetzt sind sie noch lieb», sagte seine Frau, «aber denk nur mal, was sie für eine Plage sein werden, wenn sie erst ausgewachsene Kater sind!»

«Ich helf auch beim Füttern», sagte ein anderes Kind.

«Zu schade, dass die Harts uns im Stich gelassen haben», sagte die Frau. «Die Harts sind überhaupt sehr unzuverlässig. Sie schienen damals so begeistert, als wir ihnen sagten, dass Georgina in Umständen ist.»

«Sie haben sich dann schließlich doch für eine Siamesin entschieden», sagte der Mann hinter seiner Zeitung hervor.

Ich weiß nicht, wieso die Menschenwesen diese Gewohnheit haben, sich eine Zeitung vors Gesicht zu halten, wahrscheinlich finden auch Menschen sich gegenseitig so hässlich, wie wir sie finden, und suchen sich zu verstecken.

«Ich meine, das Nächstliegende wäre, sie in eine Tierhandlung zu bringen», sagte er aus seinem Zeitungsversteck.

«O nein», sagte das eine Kind.

Und das andere sagte: «Aber Daddy!»

Daddy jedoch sagte: «Kein Aber.» Damit steckte er sich einen der kleinen Papierschornsteine zwischen die Lippen, zündete ihn an und begann den Raum mit einem unangenehm rauchigen Geruch zu füllen.

So wurde denn an diesem Abend das Geschick meines Bruders und das meine entschieden. Wir waren beide noch so jung, dass wir nicht verstanden, wovon die Menschenwesen redeten. Und ich denke mir, dass unsere arme Mutter nicht den Mut hatte, uns zu erklären, was diese Diskussion bedeutete.

Wenn ich sie mir jetzt zurückrufe, diese letzte Nacht mit meiner Mutter, scheint mir, dass sie sich an uns schmiegte und mit besonderer Zärtlichkeit leckte. Als wir am nächsten Morgen in einen Korb gesteckt wurden, miaute sie lange. Bis an meinen Tod werde ich mich an das melodische Geräusch erinnern, mit dem meine Mutter miaute. Anfangs dachten mein Bruder und ich, man stecke uns nur in den Korb, um uns zum Spielen ins Parterre zu tragen. Aber diesmal war es ein anderer Korb, mit einer Art Gitter vorn, wie ein Käfig. Ich weiß noch, wie ich durch dieses Gitter äugte und meine Mutter suchte und sie nicht sah, nur ihre klagende Stimme hörte, die uns ein letztes, trauriges Lebewohl zurief.

Wir haben sie nie wieder gesehen.

3

Die Frau des Hauses trug uns in die Zoologische Handlung. Sie hatte anscheinend schon vorher etwas mit dem Inhaber dieses Ladens verabredet, denn er zeigte sich keineswegs erstaunt, als sie seinen Laden betrat und den Korb mit uns darin auf den Ladentisch stellte.

«Guten Morgen, Mrs. Wentworth. Also das sind die kleinen Burschen, ja?»

«Ich trenne mich nur sehr ungern von ihnen», sagte Mrs. Wentworth. «Aber ich bin sicher, dass Sie sie nur in gute Hände vermitteln.»

«O, ach, aber ja doch», sagte der Ladeninhaber. «Ich verkauf an niemand, von dem ich nicht sicher weiß, dass er ein verantwortungsbewusster Tierhalter ist. Sind damit alle Unklarheiten beseitigt? Geimpft sind sie ja wohl schon?»

Offenbar war alles sogenannte Unerlässliche bereits erledigt, wir waren zum Tierarzt gebracht und gegen verschiedene Krankheiten geimpft worden, von denen Menschenwesen fürchten, dass wir sie uns holen könnten. Seltsamerweise erinnerte ich mich nicht daran. Vermutlich war es sogar im gleichen Korb geschehen, in dem wir jetzt in der Tierhandlung saßen. Die Erinnerungen an alles, was mir seither begegnet ist, haben das Ereignis unseres Tierarztbesuchs überschattet.

Der Ladeninhaber hatte ein sehr rotes, glänzendes Gesicht, und bei ihm war der Menschengeruch noch stärker als bei den Wentworths. Es war unangenehm, als er sein rotes, glänzendes Gesicht an die Gitterstäbe des Korbes drückte und sagte: «O ja, die sehen nett aus, sehr nett, die Bürschchen. Die verkaufe ich im Handumdrehen. Mit dem Preis, den wir ausgemacht hatten, sind Sie also einverstanden?»

Offenbar war Mrs. Wentworth zufrieden mit der finanziellen Regelung.

«Mich zu verabschieden fällt mir wirklich schwer», sagte sie.

«Beruhigen Sie sich, Madam, die werden es sicherlich gut treffen.»

Was für törichte und verlogene Worte!

Mit seinen massigen Fingern packte der Ladenmann uns einen nach dem anderen am Genick und hob uns aus dem Korb. «Das ist die schmerzloseste Art, eine junge Katze zu behandeln», sagte er, wahrscheinlich als Antwort auf die gequälte Miene von Mrs. Wentworth. «Ich setz sie gleich ins Schaufenster, sie werden sicher schnell gekauft, glauben Sie mir, Madam.»

Irgendwann während dieser Worte wandte sich Mrs. Wentworth augenscheinlich zum Gehen und nahm den Korb-Käfig mit. Für mich begann nun, im Alter von acht, neun Wochen, ein neues Leben.

Heute bin ich ein vorsichtiges, misstrauisches Wesen, doch

damals war das anders. Ich war jung und unwissend. Ich betrachtete die Welt aus großen, unschuldigen grünen Augen und erwartete, dass darin alles so behaglich und freundlich sei wie im Haushalt der Wentworths. Anfangs war der Aufenthalt in einer Tierhandlung so neu und interessant, dass ich ganz vergaß, traurig zu sein.

Auch das Schaufenster, in das mein Bruder und ich gestellt wurden, war eine Art Käfig. Durch die eine gläserne Seite konnten wir auf die Straße hinausschauen, durch die rückwärtige in den Laden. Dieser Laden roch nach Sämereien und Heu, doch mischte sich damit ein köstlicher appetitlicher Duft, den mein Bruder und ich bald erkennen lernten: Mäuse! Diese Mäuse waren in einem anderen Schaufenster im rechten Winkel zu dem unseren, doch wenn wir zur Ladenseite hinausschauten, konnten wir sie sehen. Es waren ungefähr zehn in einem Käfig, und sie wurden aus Schüsselchen mit Trockenfutter gemästet. Es waren weiße mit roten Augen. Heute finde ich weiße Mäuse fade, eine Hausmaus schmeckt mir besser. Damals aber hätten mein Bruder und ich auch nicht im Traum daran gedacht, eine Maus zu fressen. Wir genossen nur das Mäusearoma, und uns wässerte der Mund, wenn die törichten kleinen Geschöpfe in ihrem Käfig auf dem Tretrad herumturnten. Es gab auch noch ein paar Springmäuse und Hamster, die zu fangen nach meinem Dafürhalten kaum lohnt. Man hat die Wahl, entweder lächerlich zierliche Bissen zu nehmen und zwischendurch Pelz auszuspucken oder sie ganz zu schlucken und danach Fell zu erbrechen. In einem Bassin in der Nähe des Mäusekäfigs befanden sich einige bunte Fische, sie trieben zwischen Felsbrocken und künstlichen Pflanzen dahin, mit denen diese überschätzten Delikatessen üblicherweise in Menschenhaushalten serviert werden. (Auch hierin bin ich für die weite, freie Natur. Die besten Fische, die ich jemals fraß, waren Goldfische, die ich mir aus dem Zierbecken eines Gartens angelte.)

Trotz der Auswahl an wohlschmeckenden Leckerbissen in unserem Gesichtsfeld gab der Ladeninhaber meinem Bruder und mir nur ziemlich widerliche kleine Kekse. Als Mrs. Wentworth gegangen war, wurde er deutlich unfreundlicher.

«Glotz bloß nicht nach den Fischen, oder ich rupf dich», sagte er grob zu mir.

«Rupf dich …», echote eine laute, kreischende Stimme. «… rupf dich.» Es war ein großer Papagei, der in einem Käfig gehalten wurde, in unhygienischer Nähe zu Behältern mit Kleie und Hasenfutter.

«Halt den Schnabel», sagte der Mann. «Das gilt auch für dich.»

«… rupf dich», wiederholte der Papagei unerschrocken.

«Na, mein Kleiner», sagte der Ladeninhaber in gänzlich anderer Tonart ölig-liebedienerisch. «Was darf's denn sein?»

Ein Junge hatte den Laden betreten.

«Haben Sie Eidechsen?», fragte er.

«Nein. Eidechsen sind im Moment ausgegangen. Wir hoffen, nächste Woche wieder welche reinzukriegen, aber im Moment sind sie knapp.»

«Ich will übrigens eine grüne», sagte der Junge.

«Wie gesagt», wiederholte der Mann, «wir hoffen, nächste Woche welche reinzukriegen. Wie wär's mit Mäusen? Wir haben wunderhübsche Mäuse.»

«Ich will keine Maus», sagte der Junge. «Ich will eine grüne Eidechse.»

«Hast du überhaupt schon mal 'ne Eidechse gehabt?», fragte der Mann.

«Eigentlich nicht», sagte der Junge vorsichtig.

«Eidechsen sind nämlich gar nicht so einfach zu halten», sagte der Mann. «'ne Eidechse ist nicht wie 'ne Maus. Mit einer Maus gibt's keine Probleme. Die ist freundlich. Eine Eidechse, die kann man nicht direkt freundlich nennen.»

«Kann ich die Mäuse mal sehen?», fragte der Junge.

«Nur zu, mein Junge, schau sie dir an.»

Der Junge trat an den Käfig, in dem die Mäuse so verführerisch herumflitzten und in ihrem Tretrad trotteten.

«Meine Schwester hat Angst vor Mäusen», sagte er verächtlich.

«Na so was. Wirklich?»

«Ich find das blöd, vor Mäusen Angst zu haben.»

«Das ist auch wirklich blöd», sagte der Mann. «Es sind so nette kleine Hausgenossen, und ihre Haltung macht keine Arbeit. Die Käfige sind auch billig.»

«Meinen Sie wirklich, 'ne Maus wär leicht zu halten?»

«Kinderspiel», sagte der Mann. «Überhaupt kein Problem, Mäuse. Nicht wie Eidechsen, die machen einem mehr zu schaffen, als man so meint. Die kriegen auch Krankheiten und so.»

«Kriegen Mäuse keine?»

«Mäuse? Nie. Aber wenn du lieber eine teure, schwierige Eidechse kaufst als eine niedliche, billige, pflegeleichte Maus, will ich dir nicht im Wege stehen. Weißt du, was ich täte?»

«Rupf dich …», kreischte der Papagei.

«Nein», sagte der Junge. «Was denn?»

«Ich würde mir eine Maus kaufen», sagte der Mann.

«Sie quietscht schon, wenn man eine Maus nur erwähnt», sagte der Junge voller Vorfreude beim Gedanken an seine Schwester. «Wie viel kosten die denn?»

«Normalerweise ein Pfund», sagte der Mann, «aber bei Erstkäufern wie dir gehe ich auf fünfzig Pence herunter.»

«Ich hab zehn Pfund beinander», sagte der Junge. «Ich hab gedacht, ich kauf mir eine Eidechse und ein Eidechsenterrarium mit Steinen und all so was.»

«Ich freu mich, dass du mir das mit dem Geld sagst», sagte der Mann. «Ein Terrarium samt Zubehör würde dich nämlich erst mal schon einen Zehner kosten, ehe du überhaupt eine Eidechse hast. Aber diesen hübschen kleinen Käfig würde ich dir für einen Fünfer lassen.»

«Echt wahr?», fragte der Junge.

«Fünf Pfund für den netten Käfig», sagte der Mann.

«Dann hätte ich noch fünf Pfund übrig», sagte der Junge. «Ein ganzes Jahr hab ich gespart. Sieben Pfund hatte ich schon zusammen, und dann hat mir meine Oma noch drei zum Geburtstag geschenkt. Wir dachten, Eidechsen wären billiger.»

«Nicht mit dem ganzen Zubehör», sagte der Mann. «Ich glaub, ich kauf lieber einen Mäusekäfig», sagte der Junge und wandte keinen Blick von den weißen Mäusen.

«Finde ich sehr gescheit», sagte der Mann. «Warte einen Moment, und ich …»

«… rupf dich!», schrie der Papagei wieder.

«... hol dir einen aus dem Regal herunter.»

Schließlich verkaufte er dem Jungen einen Käfig, zwei Mäuse («eine allein wird leicht nervös»), ein Tretrad, ein Spiegelchen, einen Futternapf und ein Säckchen Futter. Er gab dem Jungen auf seine zehn Pfund ein Pfund heraus.

«Das wär geschafft, Polly», sagte der Mann lachend, als der Junge den Laden verlassen hatte. «Wieder ein zufriedener Kunde. Seit Monaten stehen mir diese Mäuse hier herum. In letzter Zeit sehen sie irgendwie kränklich aus. Würde mich nicht wundern, wenn sie in ein, zwei Monaten abkratzten.»

Mein Bruder und ich saßen den ganzen Vormittag im Schaufenster, sahen manchmal auf die Straße hinaus und manchmal in den Laden hinein. Kunden kamen und gingen. Im Großen und Ganzen waren sie weniger leicht zu übertölpeln als der Junge und betraten das Geschäft, um spezielle Artikel zu kaufen: Fünfpfundtüten Kaninchenfutter, Hundeleinen, Wurmpulver, Flohhalsbänder, Vogel- oder Fischfutter.

Die Passanten auf dem Gehsteig draußen sahen neugierig zu uns herein. Wenn wir aufsprangen, die Pfoten gegen das Glas stemmten und bettelten, uns nicht so anzuglotzen, glotzten sie nur noch ärger. Unsere Anwesenheit hier bildete eine kleine Sensation. Nachmittags kamen ein paar Kinder ins Geschäft und fragten nach unserem Preis. Der Ladenbesitzer sagte, wir kosteten jeder fünf Pfund. Sie fragten, ob sie uns streicheln dürften, bekamen aber die Auskunft, nur wenn sie ernsthafte Interessenten wären. Das waren sie offenbar keineswegs, denn sie wandten sich bald von uns ab.

Gegen Abend wurden wir beide ziemlich hungrig. Ich nehme an, wir waren von den Wentworths sehr verwöhnt worden. Ich glaubte bereits, gehackte Leber, Rührei und frische Milch seien Dinge, mit denen wir automatisch rechnen konnten. An dem Tag aber bekamen wir nur eine Schüssel Katzenfutter und eine Schale Wasser.

Als es dunkel wurde, sagte der Mann zu dem Papagei, er schlösse jetzt, und wir blieben mit den anderen Tieren allein in unserem Gefängnis.

«Jetzt waren wir aber lange genug hier», sagte mein Bruder. «Wo ist eigentlich Mutter hingekommen? Wann meinst du, wird man uns wieder zu ihr zurückbringen?»

«Ich weiß es nicht», sagte ich. «Ich fürchte …»

Als ich jedoch meines Bruders fragende Miene sah, brachte ich es nicht über mich, meinen Verdacht in Worte zu kleiden. Er dachte anders als ich. Für ihn war das öde Eingesperrtsein im Schaufenster einer Tierhandlung eine Art langweiliges Spiel. Früher oder später würde man uns freilassen und das Leben wieder normal werden. Er erkannte nicht (auch ich damals noch nicht völlig), dass unser Leben nie wieder «normal» werden konnte und man uns von nun an immer weiterjagen würde zu neuen, sonderbaren Abenteuern, bei denen die Welt unser Feind war.

Ich muss dir meinen Bruder jetzt beschreiben. Wenn ich dich ansehe, du kleiner schwarzweißer Enkelkater, fühle ich mich sehr an ihn erinnert. Er war von Anfang an ein schönes Tier mit dichtem schwarzem Pelz. Sein Gesicht und seine Brust jedoch waren weiß, ebenso seine Pfoten bis zur Hälfte der Beine hinauf, als trüge er Menschenstiefel. Daher auch der «Name», den sie ihm schmählicherweise gaben.

Du nennst mich einfach Großvater, weißt aber so gut

wie jede Katze, dass wir gar keine Namen haben, so wenig wie die Götter. Namen zu geben ist eine menschliche Gewohnheit. Die Menschen glauben, wenn sie etwas benannt haben, haben sie es sich unterworfen. Selbst unsere große Mutter-der-Nacht und all ihre Mägde, Konkubinen und Schwestern, die wir als unsere namenlosen Hüter und Freunde kennen, wenn wir nachts über die Dachfirste klettern, diese Gottheiten bezeichnen die Menschen mit dem Namen «Sterne».

Bei uns ist alles anders. Wir wünschen nicht wie sie, alles zu besitzen, was wir erobern, und wollen nicht alles unterwerfen, was wir bewundern. Wir sind es zufrieden, den Dingen ihre Eigenart zu lassen, von den höchsten Göttern bis zu den kleinsten Mäusen, und wollen ihnen unsere Namen nicht aufdrängen. Darum haben wir keine Namen. Mein Bruder wird für mich immer mein Bruder sein, für mich der Bruder ohne Namen, und bis zu jenem Punkt in meiner Geschichte, an dem es richtig scheint, den törichten Namen zu gebrauchen, den die menschlichen Wesen ihm verliehen haben, werde ich mir nicht damit die Lippen beschmutzen. Doch wie schon gesagt, will ich dir meinen Bruder beschreiben: Er war schwarzweiß, seine Zeichnung habe ich bereits beschrieben, seine Augen waren leuchtend grün. Für unser Alter waren wir große Jungkatzen, aber ich glaube, mein Bruder war noch größer als ich. Wir sahen uns nicht besonders ähnlich. Mein Gesicht, das mir aus Spiegeln, aus Fensterscheiben, aus Pfützen und Teichen entgegenblickt, hatte immer etwas Finsteres. Sein Gesicht war friedlich und unschuldig. Mein Schwanz war immer plusterig und verfilzt, daher auch der «Name», den «sie» mir gegeben haben, Pufftail. Sein Schwanz aber war immer gerade, glatt und ganz schwarz und ringelte sich nur, wenn er ging, sich aufregte oder fürchtete.

Seit wir unsere Mutter verlassen hatten, waren wir mehr als nur Brüder. Wir waren Freunde. Keiner von uns ahnte, was die Zukunft für uns bereithielt, auch wusste keiner von uns so recht, was ein Laden war. Ich erinnere mich, nie daran gedacht zu haben, man könne uns möglicherweise trennen. Ich hatte nur Angst, dass wir zu irgendeinem unbegreiflichen menschlichen Zweck hierhergebracht worden seien und nie wieder nach Hause kämen. Deshalb hatte ich nicht den Mut, ihm auf seine Frage, wann wir zu unserer Mutter zurückkehren würden, meine Befürchtungen mitzuteilen.

«Das Fressen ist hier sehr langweilig», sagte mein Bruder.

«Der Kerl hat vergessen, uns unser Fleisch zu bringen.»

«Meinst du wirklich, dass er es vergessen hat?»

«Gewiss, Bruder. Hast du nicht gehört, wie er Mrs. Wentworth versprochen hat, für uns zu sorgen und dass wir zufrieden und glücklich sein würden.»

«Ja, ja», sagte ich, Trauer im Herzen. «Das hatte ich vergessen. Dumm von mir.»

«Der Käfig ist eng, nicht wahr?»

«Ja.»

«Mir wäre nach einem netten kleinen Renner zumute.»

«Mir auch.»

«Meinst du, wir kommen durch das durchsichtige Zeug durch, wenn wir stark genug mit den Pfoten dagegendrücken?»

«Durch das Durchsichtige, das wir beide sehen und nicht

sehen und das uns vom Draußen trennt?», fragte ich. «Nein, durch das kommt man nicht durch. Wir haben es doch heute Nachmittag probiert, hast du es vergessen?»

«Ich will es noch einmal versuchen», sagte mein Bruder. Er ging ans Fenster und sprang mit den Pfoten dagegen. Dieses Tun erregte die Aufmerksamkeit einiger Passanten auf dem Gehsteig. Ein junger männlicher Mensch mit seinem Weibchen blieb stehen und starrte zu uns herein. Die beiden trugen den enganliegenden blauen Stoff, den man Drillich nennt, und das klägliche bisschen Fell, das ihnen auf dem Kopf wuchs, war beim Männchen kurz geschnitten, beim Weibchen hatte man es bis zu den Schultern wachsen lassen. Ich bemerkte, dass beim Menschenweibchen manchmal die Krallen länger und röter sind als beim Männchen. Sie griff in den tragbaren Futtertrog aus dem gleichen Zeitungsstoff, hinter dem sie tagsüber ihre Gesichter verstecken, und zog ein paar triefend fette Kartoffelstäbchen heraus.

«Sintinichsüüüß?», fragte sie und schmiegte sich an die Schulter des Mannes.

«Nichsowiedusüße», sagte der Mann.

«He, Sie da», rief mein geliebter, unschuldiger Bruder. «Könnten Sie uns nicht vielleicht … Ich meine, falls es hier einen Ausgang gibt … Wir sind hier neu, wissen Sie …»

«Haachsinniklein, was?»

«Dasisseseeem», sagte der Mann, eine Portion Kartoffelstäbchen noch im Mund. «Jetzt is er klein, aber der wächst sich aus, verstehst du?»

«Miaut der? Ich glaub, der miaut.»

«Nööö.»

«Bitte, bitte», sagte mein Bruder. «Wenn Sie zufällig den Ausgang kennen …»

«Es hat keinen Zweck», sagte ich, «sie können dich nicht verstehen.»

«Du weißt ja, dass Oma eine Katze möcht», sagte das Weibchen. «Seit der Sammy tot ist, denkt sie immerzu dran, dass sie eine möcht.»

«Dazu brauchst du aber keine Katze im Laden kaufen, weißt du. Katzen gibt's umsonst. Häng 'ne Karte ins Postamt an 'nen Anschlag.»

«Der da is ja süß, nich?», fragte das Weibchen. Danach sahen wir die Rückseite des Weibchens gegen die Glasscheibe gedrückt, und er küsste sie. Ich glaube, dass die Paarungsgewohnheiten anderer Spezies immer schwer zu begreifen sind. Am schwersten die der Menschen. Nachdem sie sich eine Weile umeinandergeringelt hatten, kletterten sie in eines der fahrbaren roten Dinger und verschwanden in der Nacht.

Wenig später muss ich eingeschlafen sein. Als ich einige Stunden später erwachte, hatte der Schlaf alles Geschehen des Vortages ausgelöscht. Ich glaubte, wieder daheim zu sein, in der untersten Schublade des Kleiderschranks bei meiner Mutter. Ich streckte die Pfote nach ihr aus, ich griff nach ihr, noch mit geschlossenen Augen, überzeugt, dass ich bald ihre Pfote fühlen würde, die mich an ihre Brust zog. Aber ich spürte nur Leere und Dunkelheit und die kleine, verschlafene Gestalt meines Bruders.

«Mummy», rief ich. Dann erinnerte mich der Geruch der Tierhandlung daran, wo ich war.

«Blödmann!», schrie der Papagei.

«Was war das?», fragte mein Bruder.

Die Mäuse in ihrem Käfig piepsten, sicherlich beklagten sie sich über die Art, wie der Papagei sie die ganze Nacht immer wieder geweckt hatte.

«Mir ist so einsam», sagte ich.

Mein Bruder suchte mich dadurch zu trösten, dass er seine Pfote ableckte und mir damit das Gesicht wusch, wie meine Mutter es immer getan hatte, aber es war kein Ersatz. Die Geste, die mich an meine Mutter erinnerte und mir die Hoffnungslosigkeit unserer Lage vor Augen führte, löste nur neuen Schmerz aus. «Mein Gott, sie fehlt mir so», sagte er und klammerte sich an mich.

«Mir auch», sagte ich. So lagen wir auf dem harten Boden des Schaufensters, bis der Morgen graute.

4

Der nichtige Tageslauf der Tierhandlung begann erneut, nachdem wir ein paar Stunden wach gewesen waren. Der Mann, der sich den Pelz auf dem Kopf mit noch mehr Fett geglättet hatte als am vorigen Tag, traf genau in dem Augenblick ein, als ich glaubte, ich müsse verhungern. Es war eine Qual zu sehen, wie er im Laden herumwatschelte, wie er nachsah, ob auch all seine Ware noch am Leben war, danach die Käfige reinigte – unter manchen Flüchen und Verwünschungen, als könne zu seiner Bequemlichkeit das Tierreich lernen, sein Futter zu verdauen, ohne dass am anderen Ende Abfallprodukte herauskämen.

«Schaut euch bloß an, was ihr alles gemacht habt», sagte er missgelaunt zu den Mäusen, «wer hätte das gedacht?»

Die verbliebenen acht Mäuse quiekten unterwürfig Entschuldigungen. Ihr Geruch und der ihrer Exkremente wehte bis zu unserem Käfig und erschien meinen hungrigen Nüstern sehr angenehm. Ich hätte an diesem Morgen gern alle acht zum Frühstück gefressen. Ich hätte auch noch den Papagei gefressen, und es hätte mich zutiefst befriedigt, ihm, ehe ich ihn fraß, die Zähne in die kreischende Kehle zu schlagen und sein törichtes «Blödmann! Blödmann!» für immer zum Schweigen zu bringen.

«Überleg dir, mit wem du redest», sagte der Mann zu ihm.

Als er an unseren Käfig trat, sagte er: «Verdammter Mist. Ihr seid fast genauso schlimm. Ich hasse den Geruch von Katzendreck. Je eher ich euch los bin, desto besser. Ich hätte euch gar nicht erst kaufen sollen. Ein Pfund hab ich für euch bezahlt, fünfzig Pence für jeden. Ihr fresst mir für fünfzig Pence Trockenfutter weg, wenn ihr hier noch lange herumhockt.»

Damit gab er uns eine Untertasse mit den wenig verlockenden Kringelchen und eine einzige Schale Wasser.

Es kamen dann sogar mehrere Leute in den Laden und fragten nach uns, aber entweder versuchte er zu viel herauszuschlagen (er verlangte für jeden von uns fünf Pfund damals!), oder seine Art vertrieb sie. Es wurden noch ein paar Mäuse verkauft und ein Plastikbeutel mit Wasser, der zwei der trübseligsten Goldfische enthielt, die ich meiner Lebtag sah.

Uns kaufte niemand.

Als der Mann uns nachmittags unsere Kekse gab, sagte er: «Also ich weiß nicht, wenn das so weitergeht, werde ich euch ersäufen müssen. Im Ernst!»

Weder mein Bruder noch ich wussten, ob das ein Scherz sein sollte.

Wenn ich auf diese Zeit im Schaufenster zurückblicke, bin ich voller Verwunderung, mit welchem Vertrauen mein Bruder und ich annahmen, wir würden immer zusammenbleiben. Erst eine Woche zuvor war unser Wurf auseinandergerissen und von unserer Mutter getrennt worden. Aber an die grausame, endgültige Trennung habe ich nie geglaubt. Es war mein Bruder, der nach der Mittagsmahlzeit davon anfing. «Wenn man dich zuerst holt, kommst du hoffentlich in ein anständiges Haus.»

«Was?»

«Begreif doch, wenn jemand reinkommt und dich mitnimmt, ehe mich jemand holt», sagte er.

«Glaubst du, dass das passieren wird?», fragte ich.

«Jeder von uns kann der Erste sein», sagte er.

«Nein, ich meine, ob man uns wohl trennt?»

«Ach, Bruder», sagte er traurig, «warst du dir darüber nicht im Klaren?»

Ich habe seither oft an diese Worte gedacht und daran, wie er sie damals sagte, so traurig und in Anbetracht seiner Jugend so weise.

«Weißt du nicht mehr, was Mutter immer sagte? Eine Katze ist immer allein, besonders in Gesellschaft.»

Diese Gedanken machten mich ganz schwermütig, ich wurde ein richtiges Häufchen Elend und drückte mich mit der Nase an meinen Bruder, um mich zu trösten. Ich befand mich noch immer in dieser betrübten Stellung, als er mich anstieß und sagte: «Horch! Ich glaube, jetzt ist es so weit.»

Mir drehte sich fast der Magen um bei dem Gedanken, dass mein Einsiedlerleben jetzt beginnen sollte. Ich war darauf nicht vorbereitet, ich war noch zu jung! Und trotz allem, was unsere liebe Mutter darüber gesagt haben mochte – eine Katze ist nicht immer allein. In Wahrheit sind wir gesellige

Tiere, und völlig isoliert nur bei den Menschen zu leben ist ein Rezept für ein unglückliches Katzenleben.

«Sie sind wirklich reizend, das stimmt», sagte eine freundliche alte Frauenstimme. «Ein Glück, dass meine Enkelin sie gesehen hat. Sie ist gestern Abend mit Bob an Ihrem Schaufenster vorbeigekommen – Bob ist ihr Freund, die beiden gehen miteinander, verstehen Sie? Und heute früh kommt sie zu mir und sagt: Oma, weißt du noch, wie wir dir immer gesagt haben, du brauchst wieder eine Katze. Unten in der Tierhandlung sind zwei ganz goldige, sagt sie. Aber das ist am anderen Ende von der High Street, sag ich, wie stellst du dir vor, dass ich die ganze Straße runterkomm, ich mit meinen Füßen und dann das Ein- und Aussteigen beim Bus in meinem Alter …»

Du bist zwar noch jung, hast aber sicher schon bemerkt, dass einige Menschenwesen fast ständig Geräusche mit dem Mund machen. Wenn sie schlafen, geben bei ihnen Mund und Nase hässliche Grunztöne von sich. Und wenn sie wach sind, plappern sie. Oma Harris plapperte auch, aber auf nette Art. Dem Ladeninhaber fiel es schwer, manchmal etwas in ihren Redefluss einzuwerfen.

«Was der Bob ist, der arbeitet – der Zukünftige nämlich von Tracy, wissen Sie, Zukünftige sag ich, richtig verlobt sind sie ja nicht, na ja, das hat man heute nicht mehr so, nicht wahr, es ist eben jetzt alles anders, wissen Sie, aber eben regelmäßige Arbeit, und wenn sie's dazu haben, warum sollen sie sich nicht amüsieren, nicht, und deswegen sind sie ins Kino gegangen, und danach sind sie heimgekommen, und auf'm Nachhauseweg haben sie dann die Kätzchen gesehen.»

Oma Harris wandte sich um und lugte zwischen den Stäben zu uns herein. «Ach, seid ihr aber niedlich!», sagte sie.

Sie hatte ein rundes, fideles Gesicht und ganz helle blaue Augen. Ihr weißes Haar war zu einem Knoten gekämmt und oben darauf saß ein Hut und war mit einer Hutnadel festgesteckt. Sie sah sehr altmodisch aus, die Dame.

«Die Schwarzweiße ist ja süß, ganz süß», sagte sie. Mein armer Bruder warf mir einen Blick zu.

«Aber die Gestreifte auch. Da fällt einem die Wahl richtig schwer, nicht wahr?»

«Tja, es ist ja auch nicht leicht, was? Sie sind beide allerliebst», sagte der Ladeninhaber und musterte uns tückisch. Ob er wohl aus den Blicken, die wir ihm als Antwort zuwarfen, herauslas, wie sehr wir ihn hassten und bereits verachteten?

«Vielleicht sollte ich keine von beiden kaufen», sagte Oma Harris plötzlich. «Es ist hinausgeworfenes Geld, eine Katze zu kaufen, nicht wahr? Und wer weiß, es gibt doch immer Leute, die junge Kätzchen weggeben, und viele verschenken sie auch. Wohlverstanden, es ist nicht richtig, wie manche Leute Katzen behandeln. Es ist richtig schrecklich, was man heutzutage alles liest über Grausamkeiten gegen Tiere und über die Laboratorien und wie man Otter jagt.»

«Ganz meine Meinung, Madam», sagte der Ladeninhaber mit seiner öligsten Stimme. «Und verstehen Sie, deswegen meine ich ja, dass es etwas Gutes ist, eine kleine Summe in einem Haustier anzulegen. Ich persönlich würde ja alle Tiere gratis hergeben, die Mäuse dort drüben, den Papagei, die Fische. Aber wenn ich sie verschenke, weiß ich deswegen noch lange nicht, ob der Mensch das Tierchen auch wirklich haben und dafür sorgen will. Sie verstehen doch, was ich meine?»

«Da könnten Sie recht haben», sagte Oma Harris.

«Ich meine, es ist doch kriminell, wie manche Leute ihre Tiere behandeln, da bin ich ganz Ihrer Ansicht. Aber wenn sie gleich zu Anfang ein bisschen was für ein Tier zahlen müssen, dann überlegen sie sich, ob sie es auch wirklich wollen.»

«Daran habe ich noch gar nicht gedacht», sagte Oma Harris.

«Ich denke da zum Beispiel an Sie, Madam. Sie sind ein verantwortungsbewusster Mensch, ein sehr umsichtiger, sehr liebevoller Mensch.»

«Bin ich das?», fragte Oma Harris lächelnd.

«Sie haben nicht einfach die erstbeste Katze gewählt. Sie haben es sich überlegt, Sie haben erst mit Ihren Angehörigen gesprochen – zu denen Sie sichtlich ein besonders gutes Verhältnis haben …»

Nichts von alledem stimmte. Tracy hatte versprochen, dass sie kommen, für ihre Großmutter etwas kaufen und ihr das morgen bringen wollte. Stattdessen hatte sie angerufen und Oma Harris mitgeteilt, dass sie es nicht tun würde, und warum die alte Frau nicht selber in die Stadt ginge? Die Bewegung würde ihr guttun, und bei diesem Einkauf könne sie bei der Tierhandlung im Schaufenster die süßen Kätzchen sehen.

Als jedoch der Ladeninhaber sprach, kam es Oma Harris so vor, als sei alles Gesagte wahr, und sie wollte auch, dass es wahr sei. Ihr Entschluss, sich die jungen Katzen anzuschauen, erschien ihr plötzlich als das Ergebnis langen Nachdenkens und herzlicher, freundlicher Erörterung mit ihrer ganzen Familie.

«Eine Katze ist ein guter Hausgenosse», sagte sie. «Ja, das finde ich. Und du bist ja ein ganz ein Schöner», sagte sie zu mir.

«Kein Zweifel», sagte der Mann. «Wenn ich könnte, wie ich wollte, würde ich die Kerlchen selber behalten. Im Ernst.»

Ich betete zu allen Göttern, dass er log.

«Es ist doch ungefährlich, eine Katze gleichzeitig mit einem Wellensittich zu halten, oder?», fragte Oma Harris.

«Einem Wellensittich?»

«Ja, einem grünen Wellensittich», sagte sie, als sei hier die Farbe ausschlaggebend.

«Ulkigerweise», sagte der Mann, «kenn ich eine Menge Kunden, die einen Sittich und eine Katze oder andersrum gehabt haben, und sie waren oft die besten Freunde. Häufig kommen Katzenbesitzer wieder und holen sich neue Sittiche – jawohl!»

«Neue Sittiche?», fragte sie misstrauisch.

«O ja, Sittiche in jedem Alter», sagte er. «Ich meine, Sie werden da keine Probleme haben. Nicht die geringsten. Es wird das Leben Ihres Sittichs sogar bereichern. Blau ist er, haben Sie gesagt?»

«Grün. Sprechen kann er nicht, aber zwitschern. Einmal ist er aus dem Käfig entwischt und gleich auf einen von den Telegraphendrähten geflogen. Wohlgemerkt, es fällt mir richtig schwer zu entscheiden, welches von beiden», sagte sie und sah uns durchdringend an.

«Tja, das wird auch darauf ankommen», sagte der Mann, «wie viel Sie ausgeben möchten.»

«Ich hab nur meine Rente», sagte Oma Harris pfiffig. «Eine Katze ist schließlich das Billigste, was man sich kaufen kann – ich meine, für das Geld», sagte der Mann mit Nachdruck, als kauften sich manche Leute etwas mit anderen Zahlungsmitteln, etwa mit Zähnen, Glasperlen oder Kartoffeln.

«Ich meine, so was ist schließlich eine Kapitalanlage.» Für dich und mich, Enkelkater, die wir nie Geld besessen und uns immer genommen haben, was wir brauchten, aber niemals mehr, als wir brauchen, wird die menschliche Einstellung zu Besitz und Reichtum immer ein Rätsel bleiben. Wenn du ins Stadtzentrum gehst, wirst du ganze Häuser finden, die ausschließlich für das Geld bestimmt sind, um es zu sparen, zu borgen, zu horten und es sich in kleinen Portionen wieder zurückzuleihen. In diesen Häusern – man bezeichnet sie als Banken und Bausparkassen – stehen Leute Tag für Tag Schlange. Sie gehen hinein und munkeln mit den Priestern dieses Kults über das Geld und zahlen Gebühren dafür, dass sie weiteres Geld borgen können. Zu beiden Seiten der Banken und Sparkassen sind die Läden, und alles, was man in ihren Fenstern sieht – all die Kleider und die eingedosten Speisen und die Reisen in sonnige Länder und die Teppiche und Sofas und Pelzbesätze und kleinen Papierschornsteine –, wird mit dem geborgten Geld bezahlt, das die Priester in den Banktempeln den Leuten gegeben haben. Deshalb hat auch der Ladeninhaber uns wie Sklaven angeboten. Das Beste, was er über uns zu sagen wusste, war die Zusicherung, wir seien eine «Kapitalanlage», so nennt man die Opfer, die man den Bankpriestern aus den eigenen Schätzen anbietet.

«Du liebe Zeit», sagte Oma Harris, «ich hab doch nur meine Rente.»

«Diese Katzen hier sehen für Sie vielleicht aus wie eine ganz ordinäre Feld-Wald-und-Wiesen-Mischung», sagte der Ladeninhaber und warf einen abschätzigen Blick auf uns, «wie ganz ordinäre Schwarzweiße. Aber in Wirklichkeit sind es Stammbaumkatzen. Ganz seltene Rasse, die da. Sie haben mich pro Stück einen Fünfer gekostet, und wenn ich mir so ausrechne, wie viel es mich gekostet hat, sie zu füttern und zu halten – sie haben nur das allerbeste Fleisch bekommen, meine Liebe ...»

«Also ich, ich wollte immer nur eine ganz gewöhnliche Katze», sagte Oma Harris, «nichts Teures und nichts mit Stammbaum.»

«Aber das sage ich ja», rief der Mann, «obwohl es reinrassige Katzen sind, ist ja das Nette an ihnen, dass sie beide nicht im mindesten schwierig sind. Wenn Sie eine von den beiden kaufen, hätten Sie zwar eine Rassekatze erworben, aber eine richtig nette, ruhige.»

«Was soll sie kosten? Fünf Pfund kann ich nicht bezahlen», sagte sie.

«Andere würden das gern anlegen», sagte der Mann schon etwas ungeduldig.

«Ach ja? Man kann Katzen auch umsonst kriegen. Ich könnte einen Zettel anbringen und ein Jungkätzchen gratis kriegen. Ich könnte mir drunten im Tierheim eins holen. Der Laden hier ist nur näher, und Sie haben die Katzen schon.

Schade, schade», sagte sie und machte ein freundliches Gesicht. «Ich hatte ihn schon richtig ins Herz geschlossen.» Sie machte eine liebkosende Bewegung zu meinem Bruder hin, raffte sich auf und watschelte aus dem Laden, wobei sie ihren Korb auf Rädern hinter sich herzog.

«Warten Sie!», sagte der Mann.

«Einen guten Tag wünsche ich Ihnen, Sir», sagte Oma Harris entschlossen und war auch schon unterwegs, die High Street hinunter.

«Reinrassig», kreischte der Papagei.

«Ja», sagte der Mann, «woher hätte ich das denn wissen sollen. Ich hab gedacht, sie wär schon ziemlich vertrottelt.»

«Ich glaube, sie wollte nur mich», sagte mein Bruder. «Da hab ich noch mal Glück gehabt.»

Es gab im Lauf des Vormittags noch einige Anfragen nach uns, aber jeder Kunde und jede Kundin schüttelte den Kopf, wenn sie hörten, dass wir pro Stück fünf Pfund kosteten. Die Reaktion war bei allen die gleiche. Man könne überall so eine Wald-und-Wiesen-Katze (womit sie mich meinten!) gratis kriegen, warum also einen Fünfer «für so was» verplempern?

Um die Mittagszeit schloss der Mann den Laden und kam nach einer Stunde zurück, stark nach einem Gemisch aus Bier, Whisky, Käse und sauren Gurken riechend.

«Wenn das so weitergeht, bleibt ihr mir ewig auf dem Hals», murmelte er. «Das kann ich euch flüstern, Freundchen», sagte er und hielt sein glänzendes, übelriechendes Gesicht ganz nah an die Gitterstäbe. «Wenn ihr bis morgen nicht verkauft seid, ersäuf ich euch.»

Dies verbesserte weder bei meinem Bruder noch bei

mir die Stimmung, während wir weitere zwölf Stunden im Schaufenster zubrachten. Wir aßen noch ein paar Tellerchen Trockenfutter. Wir beobachteten noch ein paar alberne Kinder, die sich weitere Mäuse kauften, wir sahen noch mehr Menschen durch das Schaufenster zu uns hereingaffen. Und noch einmal, nachdem der Mann das Geschäft zugesperrt und sich, gefolgt von den Flüchen des Papageis, auf den Heimweg gemacht hatte, verbrachten wir die Nacht in Verlassenheit und Gefangenschaft.

Du bist noch ein junger Kater und warst noch nie eingesperrt. Du kannst es dir wahrscheinlich nicht vorstellen, was es heißt, Stunde um Stunde eingesperrt zu sein. Ich merke ja, wie ausgelassen du bist, nachdem dich deine Leute über Nacht in die Küche gesperrt haben. Aber das ist ein großer Raum mit Vorhängen, an denen es sich schaukeln lässt, mit Butter zum Lecken und mit Porzellan auf dem Buffet, an dem man wackeln und spielen kann. Vor allem aber hast du Platz zum Hin-und-her-Laufen. Bei uns war das anders. Wir waren zwei Jungkatzen voller Übermut, wie du jetzt. Und wir waren zwei Tage lang in einem Behältnis eingesperrt gewesen, das ungefähr so groß war wie die Platte deines Küchentisches. Unsere Niedergeschlagenheit wurde dann immer schlimmer.

Darüber hinaus waren wir beide noch sehr jung und glaubten alles, was man uns sagte. Die Drohung, uns zu ersäufen, wenn wir nicht bald verkauft würden, war für uns ganz real. Wir waren zu müde, zu traurig und zu jung, um zu wissen, was wir versäumten, wenn man uns tatsächlich morgen umbrachte. Bis jetzt war das Leben für uns anfangs ganz und gar wunderbar und dann fast im gleichen Maß jammervoll gewesen. Die Erinnerungen an die Freuden verblassten, und es wäre wohltuend gewesen, dem Elend ein Ende zu machen. Und doch – es gab etwas in mir, das sich dem Gedanken an den Tod widersetzte, und ich wusste, dass ich mich nicht einfach so umbringen lassen würde, wenn der Mann versuchen sollte, seine dreckigen Hände an mich zu legen. Ich lag da, den Kopf auf der Schulter meines Bruders, und malte mir aus, wie ich dem Mann die Zähne in die Hand schlagen oder ihm das Gesicht zerkratzen würde. Sinnloser Ehrgeiz! Mit einem einzigen Ruck hätte er mir den Hals umgedreht.

Als wir am nächsten Morgen aufwachten, regnete es. Ich weiß noch, wie schlechter Laune der Ladeninhaber war, als er kam und mit den Schlüsseln herumhantierte. Wir wurden ganz mit Regenwasser besprüht, als er seinen Gummimantel und seine Stoffmütze ausschüttelte und auf das englische Klima fluchte.

«Heute schließen wir früh», sagte er zu uns gewandt in unangenehmem Ton. «Und ich warne euch. Wenn ihr um die Essenszeit nicht verkauft seid …», dabei machte er dramatische Gesten, legte sich die Hände um den Hals und tat, als wolle er sich erdrosseln. Wie ich bemerkte, störte es ihn empfindlich, mitten in dieser Vorführung von Oma Harris unterbrochen zu werden, die in diesem Augenblick mit der Schirmkrücke gegen die gläserne Ladentür pochte.

«Haben Sie geöffnet?», fragte sie.

«Erst um neun», entgegnete der Mann.

«Es ist fünf vor neun, Sie sind da, und ich bin da, also öffnen Sie bitte», sagte sie.

Als er merkte, dass sie eine mögliche Kundin war, ließ er sie ein.

«Ich bin heimgegangen und hab die ganze Nacht kein Auge zugetan, weil ich immer an ihn gedacht habe», sagte sie.

«Den Feld-Wald-und-Wiesen-Kater?»

«Den Schwarzweißen», sagte sie. «Trotz allem, was Sie mir gesagt haben, machte ich mir Sorgen, ob man eine Katze zusammen mit einem Sittich halten kann. Ich hab meine Nachbarin gefragt, ob sie je von einer Katze gehört hat, die sich gut mit einem Sittich stand, und sie hat gesagt, das sei alles Verkäufergeschwätz. Fragen Sie ihn doch, sagte sie, wie der Sittich mit der Katze zurechtkommt!»

«Nun denn», sagte der Mann, «ich kenne ja Ihre Nachbarin nicht, aber ich glaube doch, dass ich aus Erfahrung und – wenn ich so sagen darf – mit einer gewissen Autorität sprechen darf …»

«Aber ich bin die ganze Nacht wachgelegen und hab an sein trauriges Gesicht gedacht …»

«Das vom Sittich?»

«Nein, nein, das von dem schönen schwarzweißen Geschöpf im Fenster mit seinen großen weißen Stiefeln, und da hab ich bei mir gedacht, der bleibt mir bis zuletzt und ist mir im Alter ein guter Kamerad, und wenn ich den Käfig mit dem Sittich nicht richtig gegen Bootsie schließen kann, verdiene ich weder einen Kater noch einen Sittich.»

«Bootsie nennen Sie ihn?»

«Ja, so heißt er», sagte die Oma und sah meinen Bruder zärtlich an.

Mein Bruder und ich tauschten bestürzte Blicke. Es war uns nie in den Sinn gekommen, ein Menschenwesen könnte die Arroganz haben, uns bei einem Namen zu rufen, schon gar nicht bei einem so albernen wie Bootsie. Doch bei dieser Nachfrage nach meinem Bruder wurde uns noch etwas weit Schlimmeres bewusst. Sie wollte ihn tatsächlich kaufen, und unsere Trennung stand unmittelbar bevor.

«Na, alter Junge», sagte mein Bruder, «es sieht so aus, als müssten wir uns jetzt Lebewohl sagen.»

«Sie scheint ganz manierlich», sagte ich, «besser als ...» Wir hatten keinen Namen für den Ladeninhaber, aber mein Bruder wusste, wen ich meinte.

«Viel besser», sagte er. «Ich hoffe nur, du findest auch bald jemand Manierliches. Mach dir keine Sorgen. Er wird dich bestimmt nicht ...»

«Umbringen? Wieso bist du da so sicher?»

«Er will das Geld.» Mein Bruder hatte die menschliche Natur schon viel besser durchschaut als ich. «Aber ich bin nur ein Bastard», sagte ich. «Solche wie mich kriegt man, ohne dafür zu bezahlen. Ich glaube, mit mir ist es aus.»

Oma Harris sagte gerade: «Was soll eine alte Person wie ich mit all dem Zubehör? Einen Katzenkorb? Was spricht denn gegen den Korb, den ich hier habe, einen Korb auf Rädern, so gut wie ein Korb nur sein kann? Soso, Gummiknochen gibt's jetzt? Und was ist das da? Katzenpralinen?»

Offenbar wollte der Mann ihr einreden, dass sie nur dann richtig für meinen Bruder sorgen könne, wenn sie fünf bis zehn Pfund für sinnlosen Ramsch aus seiner Tierhandlung ausgab. Den Anfang der Unterhaltung hatten wir verpasst, doch sie war sichtlich entschlossen, meinen Bruder zu kaufen, doch da sagte der Ladeninhaber nachdrücklich: «Machen Sie, was Sie wollen. Aber wissen Sie, was ich tue? Und das täte ich nicht für jeden, kann ich Ihnen sagen, für ein paar Shilling mehr geb ich Ihnen den Bastard noch dazu.»

«Ich will aber keine zwei Katzen!»

«Mit zwei Katzen hat man es leichter als mit einer allein», sagte der Mann. «Die leisten sich Gesellschaft. Nur eine zu halten, wäre unfreundlich.»

«Ich will den Schwarzweißen, und ich kaufe den Schwarzweißen», sagte Oma Harris, der anscheinend die Überredungsversuche des Mannes allmählich genauso lästig waren wie uns.

«Nur ein Pfund mehr», sagte er. «Und wenn Sie ihn nach einer Woche immer noch nicht mögen, können Sie ihn zurückbringen.»

«Wieso sind Sie eigentlich so interessiert daran, ihn loszuwerden, möcht ich wissen», sagte Oma Harris. «Und was sollte gestern das Gerede von wegen Stammbaum und seltener Rasse und so? Nein, nein, behalten Sie Ihren Bastard, ich kauf meinen Schwarzweißen.»

Der Mann öffnete den Käfig und langte ins Fenster nach meinem Bruder. Dieser wurde so rasch hochgehoben, dass ich mich nicht von ihm verabschieden konnte. Ohne besondere Umstände ließ man ihn in den Korb plumpsen. Es zwar eine Art Deckelkorb, den man zuschnallen konnte. Ich richtete mich auf den Hinterbeinen auf und rief ihm zu: «Adieu! Adieu!»

«Oh», sagte Oma Harris, «sehen Sie bloß mal den ...»

«Ich werde dich nie vergessen», rief ich. «Und wer weiß, vielleicht begegnen wir uns noch einmal.»

«Adieu!», rief mein Bruder aus dem Korb.

«Ach», sagte Oma Harris, «sie miauen nacheinander.» Dann stieß sie den Ladeninhaber mit der Schirmkrücke in die Seite und sagte: «Sie Spitzbube, Sie! Es sollte mich nicht wundern, wenn Sie die beiden darauf dressiert hätten. Ich geb Ihnen ein Pfund für den Bastard.»

«Abgemacht», sagte der Mann.

«Dabei will ich ihn eigentlich gar nicht», sagte Oma Harris. Und doch war ich fünf Minuten später wieder mit meinem Bruder vereint und fühlte sein dankbares Herz an das meine klopfen, als wir in der Dunkelheit von Oma Harris' Einkaufskorb die High Street hinunter zur Bushaltestelle holperten und trudelten – für den Augenblick zwei der glücklichsten Katzen der Welt.

5

Gemessen mit den Maßen, mit denen die Menschenwesen die Reise unserer Mutter der Nacht messen, lebten mein Bruder und ich ungefähr zwei Jahre bei Mrs. Harris. Und wenn du mich fragst, woher ich das weiß, kann ich es dir leicht erklären. Als wir zu Oma Harris kamen, wuchsen im Hof hinter ihrer Hintertür ein paar Narzissen, die welkten und verschwanden. Ein Jahr später erschienen sie erneut, welkten und verschwanden wieder. Und um die Zeit, als sie zum zweiten Mal wieder erschienen, begann unser Leben sich zu verändern.

Im Großen und Ganzen waren es glückliche Jahre. Oma Harris wohnte in einem terrassenförmig angelegten Häuschen auf der Ostseite der Stadt. Im Parterre waren ein kleines Vorderzimmer, ein winziges Hinterzimmer und eine Küche. Im ersten Stock lag ihr Schlafzimmer und noch eines, das immer leer blieb, ein Bad und im Bad jener Brunnen, auf dem die Menschen immer sitzen, um ihre Geschäfte zu erledigen.

Heutzutage empfinde ich nicht mehr den Wunsch nach menschlicher Behausung, wie du sie hast, mein Katerchen.

Ich bin ganz zufrieden, wenn ich irgendwo pennen kann, wenn mich die Müdigkeit überkommt. Bei warmem Wetter schlafe ich manchmal auf eurer Gartenmauer ein, während du und deine Mutter unten im Gras spielen. Wenn es regnet, gibt es genügend Gartenhäuser an der oberen und unteren Straße, in die ich mich flüchten kann. Einige Katzen, die ich kenne, übernachten in Garagen, aber mir wird ganz schlecht beim Anblick der Tötungsmaschinen, die dort aufbewahrt werden, und beim Geruch der Flüssigkeit, die die Menschen hineingießen. In sehr kalten Nächten, wenn die Welt weiß und hart wird und unsere Mutter der Nacht strahlend hell über uns scheint, dränge ich mich manchmal durch die Katzenklappe und schlafe in der Küche von Nummer zwölf und liege dort neben dem Wärmeschrank. Aber die Nacht ist nicht die Zeit zum Schlafen. Die Jagd ist nachts besser, und kein Fressen schmeckt so gut wie das selbstgefangene.

Doch in jenen längst vergangenen Tagen waren mein Bruder und ich zufrieden, in Oma Harris' Haus zu leben. Sie hatte schon früher eine Katze gehabt, die sie Sammy nannte, und ihr Schwiegersohn Jim hatte ihr eine kleine Katzenklappe in die hintere Tür gemacht, damit Sammy, ohne sie zu stören, in den Hof und wieder ins Haus gelangen konnte. In den ersten paar Monaten in ihrem Haus schloss sie uns nachts in die Küche ein. Als wir jedoch alt genug waren, ließ sie uns frei herumstrolchen, und wir begannen die Freuden der Jagd kennenzulernen.

Mein Bruder war ein geschickter Jäger. Nie vergesse ich die Erregung, mit der wir eines frühen Morgens unsere erste Drossel fingen. Wir spielten im Hof, übten uns im Pfotenkampf, da erstarrte mein Bruder plötzlich und zischte mir zwischen den Zähnen zu: «Schau mal dort.»

Auf der anderen Seite des Hofs, wenige Meter von uns entfernt, knackte ein feistes Drosselmännchen die Schale seiner Frühstücksschnecke. Es war ein prachtvoller Vogel mit geflecktem Federkleid auf der Brust und nussbraunen Rücken- und Schwanzfedern. Von der Aufgabe, das Schneckenhaus aufzuhacken, war er so gefesselt, dass er gar nicht bemerkte, wie wir ihn anstarrten. Du kennst ja diese Erregung – der ganze Körper vibriert vor Spannung, das Fell stellt sich einem auf, der Herzschlag beschleunigt sich, obwohl du, mein Enkel, noch zu impulsiv bist und so manche gute Gelegenheit verpasst. Mein Bruder lehrte mich, wie wichtig absolute Regungslosigkeit und Geduld sind.

Pick. Pick. Pick …

Die Drossel wandte uns den Rücken zu. Keiner von uns sagte einen Ton. Wir verständigten uns schweigend. Genau im richtigen Augenblick sprang mein Bruder vor und hieb ihr mit ausgestreckten Krallen seitlich gegen den Kopf. Er war so flink gewesen, dass der Vogel noch immer die Schnecke im Schnabel hatte, als er umgeworfen wurde. Erst dann begann er zu flattern und zu piepsen, doch da war ich schon hinzugesprungen und hatte ihn in einen der Flügel gebissen, sodass er nicht wegfliegen konnte. Und nach der ersten Erregung der Jagd kam die köstliche Wallung des Blutrausches. Es ist ein herrliches Gefühl, das Wissen, dass man den Vogel vollständig in seiner Macht hat, die Gewissheit, dass man sich schon ganz bald an warmem, wirklich frischem Fleisch gütlich tun wird. In diesem Stadium wird der Wunsch, das

Töten aufzuschieben, unwiderstehlich. Ich weiß, dass manche Menschen, insbesonders Kinder, diesen Teil der Jagd grausam finden. Die haben es nötig, von Grausamkeit zu sprechen! Nun, da ich alt bin und weiß, zu welchen Grausamkeiten Menschen fähig sind, finde ich das Vergnügen, das mein Bruder und ich am Quälen dieses Vogels empfanden, reichlich unschuldig. Er versuchte aufzufliegen, aber weil ich ihm den einen Flügel fast ausgerissen hatte, konnte er es nicht und flatterte immer mehr, je hoffnungsloser seine Lage wurde. Dann hüpfte er verzagt auf seinen sonderbaren, schuppigen Beinchen herum, bis mein Bruder ihm wieder einen Pfotenschlag versetzte. Ich wollte ihm eben die Zähne in den Hals schlagen, da sagte mein Bruder: «Noch nicht! Den lassen wir noch ein paarmal hopsen.» Wir wichen einen Meter zurück, um den armen dummen Kerl glauben zu machen, er sei frei – obwohl ich nicht weiß, was für eine Freiheit er noch zu haben meinte mit einem gebrochenen Flügel und zwei auf ihn niederblickenden jungen Katzen. Er versuchte über die Pflastersteine des Hofes zu hüpfen, wir stürzten uns erneut auf ihn, stießen ihn mit den Pfoten, knurrten und fauchten ihn an. Dann beschlossen wir ganz plötzlich, allem ein Ende zu machen. Als er schlaff und regungslos dalag, begannen wir unseren Schmaus. Das Blut schmeckte so köstlich, aber nach ein paar vorsichtigen Bissen (es war nicht zu vermeiden, dass auch ich ein paar Federn verschluckte) hielt mein Bruder inne.

«Unser erstes Blut», sagte er stolz. «Wollen wir es nicht der Alten sagen?»

«Ob sie sich freut?», fragte ich.

«Freut? Aber ganz bestimmt. Denk doch nur, wie sie sich gefreut hat, als Jim dieses, wie hieß es denn noch – dieses Beförderungsmittel bekam. Und als Tracy ihr Dingsda machte.»

«Ihr Einjähriges», sagte ich, denn wie du bemerkt haben wirst, habe ich ein gutes Gedächtnis für alles, was Menschen sagen.

«Ja, dieses Dingsda», sagte mein Bruder. «Du weißt auch nicht, was es ist, nicht wahr?»

«Keine Ahnung», sagte ich.

«Also, jedenfalls gehört es zu alledem, was die Leute gerne machen, wie Geld kriegen oder Tötungsmaschinen kaufen.»

«Na dann», sagte ich, «sollten wir ihr unsere Drossel vielleicht zeigen.» Ich musste ein bisschen husten, weil ich zu viel Federn verschluckt hatte.

Mein Bruder nahm die steife, stille Drossel ins Maul und lief mir voraus durch die Katzenklappe ins Haus. Wir kamen durch die kleine, geflieste Diele, rannten die Treppe hinauf und blieben vor Mrs. Harris' Tür stehen. Aus ihrem Zimmer hörten wir das laute Geräusch, das menschliche Wesen beim Schlafen von sich geben. Ich glaube, es kommt daher, dass sie nicht gleichzeitig schlafen und den Mund geschlossen halten können. Es sind schon seltsame Wesen!

Mrs. Harris' Tür war nur angelehnt, und ich schob sie mit der Nase auf. Mein Bruder hatte mich inzwischen vollkommen davon überzeugt, dass es wenig gab, was der alten Dame größere Freude bereiten würde, als frühmorgens geweckt und mit einem toten Vogel beschenkt zu werden. Daher sprang ich vertrauensvoll aufs Bett und fing an, meine Krallen ungeduldig in die Steppdecke zu schlagen. Sobald das Schnarchen aufhörte, schmiegte ich meine Nase an die ihre und sagte: «Wachen Sie auf, Mrs. Harris, Madam, Sie werden nie erraten, was wir Ihnen bringen …»

«Mein Gott, was habt ihr denn schon so früh am Morgen zu miauen?», fragte sie. «Schon Hunger? All die guten Whiskas schon aufgefressen, die ich gestern Abend hingestellt habe?»

Da sprang mein Bruder aufs Bett und ließ die Drossel auf ihr Laken fallen, und wir traten stolz zurück und erwarteten ihre entzückten Glückwünsche.

Aber siehst du, das ist der Punkt, an dem die menschlichen Wesen vollkommen unverständlich sind. Statt sich zu freuen, stieß Mrs. Harris einen kleinen Schreckensschrei aus.

«Ihr seid mir zwei Schlimme», sagte sie. Ganz empört schob sie sich mit den Ellbogen zwischen den Kissen hoch. «Arme kleine Drossel! Wie konntet ihr nur so grausam sein? Schmutzig ist sie außerdem, würde mich nicht wundern, wenn sie Flöhe und all so was hätte, wo doch die von vis-à-vis immer die Tauben füttert, und es heißt, dass sie sogar im Haus Tauben hält, die Dreck und Flöhe reinbringen.»

«Wir haben gemeint, es freut Sie», sagte mein Bruder ganz niedergeschlagen.

«Junger Mann, es nützt dir gar nichts, mich anzumiauen, ich bin dir sehr böse. Und dir auch», sagte sie und drohte mit dem Finger. Ich hatte vorgehabt, meines Bruders Handlungsweise wortreich zu verteidigen. Ich hätte Oma Harris klargemacht, dass das «erste Blut» eine der großen Heldentaten im Leben einer jungen Katze ist. Ich hätte ihr gesagt, dass auch die Menschen Fleisch essen, und obwohl ich nicht wüsste, wie sie es sich verschaffen, es mich nicht wundern würde, wenn sie Katzen dazu anstellten. Fleisch essen und sich dann darüber beklagen, dass Jagd grausam ist, war die reinste Heuche – irgendwas mit Heuche. Ich wusste, dass es einen Ausdruck dafür gab, wenn man etwas mit Feuereifer verdammt, was man selbst gern tut, jedenfalls noch einen anderen Ausdruck als «menschlich», aber in der damaligen Situation fiel er mir nicht ein, denn die Federn, die mir in der Gurgel steckengeblieben waren, kamen erfreulicherweise durch den Schlund wieder herauf. Ich beugte mich vor, würgte und empfand das köstliche Gefühl des Erbrechens.

«Und jetzt speist du mir auch noch den Schlafzimmerboden voll», sagte Oma Harris, «wie der sogenannte Untermieter von der von vis-à-vis, der am Freitagabend heimgeschwankt kommt wie ein Schiff auf stürmischer See. Das geschieht dir ganz recht, junger Mann.»

Ich habe nie begriffen, warum die Menschen etwas Übles darin sehen, sich zu übergeben. Es stimmt, es ist kein so verlässlicher Genuss wie fressen, jagen oder lieben, aber ich würde es doch zu den höchsten Vergnügungen im Leben zählen. Oma Harris aber war der Ansicht, dass Erbrechen eine Art selbstverschuldeter Strafe sei und nicht einer der ursprünglichsten Genüsse meines ersten Blutes. Sie wuchtete sich aus dem Bett und scheuchte uns aus dem Zimmer. «Raus! Hinaus! Alle beide!», sagte sie. Und wir wurden in den Garten verbannt, während sie aufräumte. Anfangs nahm ich an, sie wollte nur mein Erbrochenes aufputzen. Doch nach wenigen Minuten öffnete sich die Hintertür, und wir sahen sie im

Schlafrock in den Garten treten. Auf einer Kehrichtschaufel trug sie die Drossel, die wir getötet hatten.

«Es ist nicht zu glauben», sagte mein Bruder. «Sie will sie vergraben.»

«Ich dachte, dass sie sie wenigstens zum Frühstück essen würde», sagte ich. «Es sind doch wirklich …»

«… seltsame Wesen.»

Diese letzte Bemerkung wurde zu einer Art Schlagwort, zu einem Scherz zwischen meinem Bruder und mir, und wenn uns wieder einmal ein Beispiel menschlicher Verschrobenheit wunderte, pflegte einer von uns anzufangen: «Es sind doch wirklich …», und dann fiel der andere ein: «… seltsame Wesen.» Und wir fanden es furchtbar lustig. Wenn wir etwas höchst vergnüglich finden, schließen wir die Augen, schlagen mit den Schwänzen und lächeln. Wir halten nichts davon, die Schultern hochzuziehen und zu bellen, wie das Menschenvolk es tut, wenn etwas seine kindische Lachlust erregt.

6

Nun, unser «erstes Blut» hatte wenigstens ein Gutes zur Folge, nämlich Oma Harris' Entschluss, sich von ihrem Wellensittich zu trennen. Verglichen mit den offenen Gesichtern der Rotkehlchen oder Drosseln hielt ich schon damals den Wellensittich für ein missgestaltetes Exemplar der Vogelgattung mit seinem flachen Gesicht und dem breitgequetschten kleinen Schnabel. Ich bin fast sicher, dass Oma Harris einer solchen Kreatur überdrüssig wurde, als sie feststellen musste, dass er kein Wort sprach. Die Menschen – du wirst das noch feststellen – halten sich für die einzigen Wesen des Universums, die zum Meinungsaustausch fähig sind. Wenn man nicht ihre besonderen Geräusche nachäfft, glauben sie, man könne nicht «reden», wie sie es nennen.

Ein idiotischer Papagei, den man gelehrt hat, «rupf dich» zu kreischen, wird für sehr schlau gehalten. Zwei Hausschwalben wiederum, die einander genaue Anweisungen zurufen, wie man von London nach Ostafrika gelangt, werden als «stumme Kreaturen» abgetan, die «bloß zwitschern». Der Wellensittich konnte, von Oma Harris' Standpunkt aus, nur «piep, piep» machen. Nun verkündete sie, sie wolle nicht, dass wir ihm «etwas täten». So wurde denn beschlossen, dass ihre Tochter June ihn haben solle, und eines Tages kam diese mit ihrem Ehemann Jim, um ihn abzuholen.

Mein Bruder fasste eine spontane Abneigung gegen June und Jim, und ich ebenso. Ich brauche dir nicht zu erklären, dass es Leute gibt, denen man besser aus dem Weg geht. Jim und June waren total harmlos. Sie würden uns niemals quälen oder bewusst schlecht behandeln. Aber es waren Fremde, die wir fürchteten. Wann immer sie dem Hause einen ihrer seltenen Besuche abstatteten, verschwanden mein Bruder und ich diskret von der Bildfläche. Jetzt aber hob June mich hoch und hielt mich in beiden Händen.

«Du würdest keinen Sittich fressen, nicht wahr, Fluffie», sagte sie.

Durch die Luft geschwenkt zu werden, erregt mir immer Übelkeit, auch ohne June ins Gesicht zu sehen. Es ist ein sehr feuchtes Gesicht – vielmehr war. Ob sie noch lebt, weiß ich nicht, es ist mir auch gleichgültig. Es ist irgendwie rosigbraun, und auf den Lippen und um die Augen ist sie angemalt. Wie sie eine solche Qual erträgt, verstehe ich nicht.

«Ach, Fluffie, Fluffie, Fluffie», rief sie. «Du würdest doch keinem Sittich etwas tun, nicht wahr? Doch nicht meiner Mum ihrem Sittich.»

Ja, ja, ich muss es zugeben, sie nannten mich Fluffie. Ich habe dir das bisher verschwiegen. Mein Bruder hieß Bootsie, weil er einen schwarzen Körper und weiße Beine hatte, und ich hieß Fluffie! Stell dir das nur mal vor! Dein Großvater. Und dann «Fluffie». Schon der Spitzname Pufftail, mit dem mich alle auf der Straße rufen, ist schlimm genug. Ich reagiere nicht darauf und erkenne ihn nicht an. Aber das ist wenigstens nur ein Spitzname, wie ihn Menschen gebrauchen, die es nicht besser wissen – wie bitte? Ja, ja, und auch ein paar Katzen – weil sie keine Namen für mich wissen und nicht begreifen, dass ich eine Kreatur ohne Namen bin wie alle Katzen. Ausgerechnet Fluffie! Während June mich durch die Luft schwenkte und sagte, wenn ich den Sittich fräße, wäre ich ein böseböser Putziwutzi (so albern reden manche mit Tieren und Kindern), ermahnte Jim sie, kein solcher Idiot zu sein. Und da fragte sie ihn, ob er wolle, dass Mummies Sittich von ein paar Katzen umgebracht würde, und da sagte er, es sei seine Idee und nicht ihre, den Sittich mitzunehmen. Und sie widersprach, und bald hatten sie einen ihrer regelmäßigen Kräche. Das war der wahre Grund für meine Abneigung gegen Jim und June: ihre endlosen Streitereien. Es machte ihre Gesellschaft recht öde.

Bis auf ihr feuchtes, gemaltes Gesicht habe ich dir June noch nicht so richtig beschrieben. Sie hatte blaues Fell oben auf dem Kopf, das zu einer Art Helm erhärtet ist. Jim hatte fast kein Fell. Sein Kopfhaar erinnerte mich an den Mann in der Tierhandlung, bei dem wir zum ersten Mal gefangen saßen. Das wenige an Fell, was er besaß, war nach hinten gestrichen und geölt. Jim und June rauchten auch häufig die kleinen Papierschornsteine. «Wenn ich das Sagen hätte, würde ich die ganze verdammte Bande ersäufen», sagte Jim. «Ich meine alle Viecher. So ein Theater wegen denen!»

«Du machst Theater, nicht ich.»

«Das ist wieder typisch.» Während dieses Hin und Her verhielt sich Oma Harris, Junes Mutter, vollkommen still.

Aber schließlich fragte sie: «Na, nehmt ihr nun den Sittich oder nicht?» Und Jim und June nahmen ihn.

Sie besuchten Oma Harris wochenlang nicht mehr, vielleicht sogar monatelang. Sie kamen sowieso selten. Wenn Mrs. Harris ein paar Worte mit dem Milchmann wechselte oder mit der Nachbarin mit den grässlichen Kindern oder an Tagen, an denen sie verzweifelt einsam war, sogar mit der von vis-à-vis, deutete sie ihnen gegenüber an, dass sie ihre Angehörigen ständig sähe. Während wir auf dem Gehsteig vor ihrem Haus oder im Hinterhof herumtollten, hörten wir sie ausführlich schildern, was Jim und June vorhatten, dass Jim jetzt Direktor dort war, wo er arbeitete, und wie gut ihr Kind vorankam. Ich bin überzeugt, dass meine Mutter, falls sie noch lebt, den Nachbarn nichts über mich erzählt. Es ist unnatürlich für Eltern, sich für ihre Kinder zu interessieren, und ich glaube auch nicht, dass Oma Harris sich wirklich für June und Jim interessierte. Sie schien immer sehr froh, wenn sie wieder fort waren. Und doch musste sie unbedingt so tun, als seien sie der Mittelpunkt ihres Lebens. Albern, so was.

Was meinst du? Warum ich, wenn ich so darüber denke, solches Interesse für Tabitha habe? Weil deine Mutter eine sehr bemerkenswerte Katze ist – darum. Es gibt auch noch andere Gründe, die du vielleicht verstehen wirst, wenn ich jemals mit dem Bericht über mein Leben zu Ende komme. Ich kann dir versichern, dass ich der Vater von Dutzenden, vielleicht Hunderten von Kindern bin und nie so tue, als interessierten sie mich alle. Oma Harris wäre viel glücklicher gewesen, hätte sie keine Zuneigung zu Jim und June geheuchelt. Und wir – bei Gott – auch.

Wenn ich an die Zeit zurückdenke, in der mein Bruder und ich bei der Alten lebten, wird mir erst jetzt klar, was für ein Glück wir hatten und was für eine gute Frau sie war. Viele von uns führen ein ganz und gar zufriedenes Leben bei so einer Oma Harris. Sie fütterte uns regelmäßig, sie torkelte getreulich zum Laden und torkelte wieder zurück mit Dosen von durchaus essbarem, wenn auch eintönigem Futter. Sie sprach mit uns, tätschelte und streichelte uns. Mit einem törichten Namen angeredet zu werden, war wirklich ein geringer Preis für ein solches Leben. Schließlich waren wir ja die meiste Zeit frei und lebten, wie unsere Gattung gern leben würde. Wie oft jagten mein Bruder und ich uns gegenseitig die Gartenmauern der in Terrassen angelegten Häuser hinauf und hinunter, ohrfeigten uns bei den Mülltonnen oder jagten Kohlweißlinge in den kümmerlichen kleinen Gärtchen, die an Oma Harris' Straße grünten. Und wenn dann eine köstliche Schläfrigkeit unsere Glieder überfiel, trabten wir auf der Mauerkrönung bis zu ihrem Schuppendach, legten uns dort in die Sonne und versanken in jenen wunderbar wohligen Schlummer, der immer einiges mit dem ersten, warmen Schlummer gemeinsam hat, aus dem wir erwachten, weil unsere geliebte Mutter uns durch Lecken und Schnurren ins Leben rief.

Von allen Geschöpfen haben doch wirklich wir Katzen das größte Talent für das Leben. Ich dachte oft darüber nach, wenn wir meditierend auf dem Schuppendach lagen und auch seitdem noch so manches Mal. Die Hunde, die dummen Kerle, lassen ihre ganze Existenz durch menschliche Begriffe bestimmen. Sie rühmen sich ihres Sklavendaseins. Sie winseln und bellen auf Befehl ihres Herrn. Zugegeben, auch

Menschen haben ihre genialen Augenblicke. Das Frischhalten von Fleisch in Dosen beispielsweise ist ein brillanter Einfall, wie er nur einem menschlichen Wesen kommen konnte. Aber diese armen Dummköpfe, wie sie sich abjagen! Ich beobachte, wie sie hierhin und dorthin stürzen, Kleider an- und wieder ausziehen, Läden besuchen, ihre Tötungsmaschinen steuern, in Büros sitzen, und ich bezweifle, dass viele von ihnen in längeren Zeiträumen unser intensives Lebensgefühl teilen. Sie sind weniger sie selbst, als wir es sind. Sie gönnen sich nicht die Zeit, Mensch zu sein. Wir dagegen geben uns ganz und absolut dem puren Katzendasein hin. Und genau das war es, was mein Bruder und ich in den Jahren bei Oma Harris taten.

Es gab die schlichten Späße, die ich beschrieben habe, aber auch Zeiten großer Wonne. Bescheidenheit verbietet mir zu erwähnen, wie viele amouröse Eroberungen ich in jenen Jahren gemacht habe. Es möge genügen, wenn ich sage, dass es nicht viele junge Katzendamen in der Nachbarschaft gab, die nicht mit meinem Bruder oder mir Bekanntschaft schlossen. Den hübschen Dingern im Schein unserer Mutter der Nacht Ständchen zu bringen und Rivalen aus dem Felde zu schlagen wurde zu unserer liebsten nächtlichen Tätigkeit.

Ich habe seitdem so viele schlimme Kämpfe überstanden, dass mir die kleinen Scharmützel der Harris-Ära geringfügig vorkommen. Das ärgste Duell mit einem meiner Gattung hatte ich damals, als ich einer schönen weißen Perserin den Hof machte, die zwei Straßen von uns entfernt lebte. Damals war mein Bruder total vernarrt in eine Buntgescheckte im Nachbarhaus. Als ich eines Nachts auf dem Schuppendach zu ihm sagte: «Riechst du, was ich rieche?», antwortete er sehr unvernünftig: «Ich habe nur Nüstern für meine Allerliebste.»

«Ach, wirklich?» Ich blieb beharrlich. «Es ist ein unverwechselbarer Duft in der Luft. Irgendwo wartet irgendwer. Ich fühle es.»

«Lauf nur zu, mein Alter», sagte er. «Oh, ich bin verliebt, o Bruder, ich bin ja so verliebt. Glaubst du, dass sie eben jetzt an mich denkt?»

Ich muss zu meinem Bedauern gestehen, dass ich über diese Frage lachte. Mein Bruder war eine gefühlvollere Seele als ich. Er war wirklich verliebt. In jenen Tagen – wie anders ich damals war – bedeutete mir das Wort Liebe nichts. Was mich betraf, war die Welt voll von wunderschönen weiblichen Katzen, die nur darauf warteten, dass ich ihnen Aufmerksamkeiten erwies. Doch obwohl ich ihnen den Hof machte und sie jagte und ihnen vorsang, ließ ich es doch nie zu, dass sie mich unglücklich machten. So zog ich denn los, hinaus in die Nacht, peitschte mit dem Schweif, folgte meiner Nase und fühlte mich meiner Sache und meines Mädchens ganz sicher. Die weiße Perserin wohnte in einem hohen, allein stehenden Haus, und ich hatte mich ihr bereits vorgestellt. Während ich mich dem Hause näherte, stieß ich einen lauten, hochmusikalischen Schrei aus, der besagte: «Ich komme, meine Schönste.»

«Ach, wirklich?», sagte eine kehlige männliche Katzenstimme aus der Dunkelheit. «Na, dann komm nur, und ich gebe dir eins aufs Dach!»

Da ich von einer beleuchteten Straße in einen dunklen

Garten kam, erblickten meine scharfen Augen die seinen nicht gleich. Doch dann sah ich sie, sie funkelten grün aus dem Schatten.

«Ich glaube, Sir», sagte ich mit der pompösen Würde des noch sehr Jugendlichen, «Sie irren sich. Ich hatte noch nicht das Vergnügen, Ihre Bekanntschaft zu machen ...»

«Hau ab», sagte die raue Stimme.

«Wenn Sie bitte entschuldigen», sagte ich. «Ich besuche eine junge Dame, die hier in dieser Gegend wohnt.» Und damit begann ich aufs Neue den Gesang: «Ich komme, meine Schöne, meine Schönste ...»

Mein Gesang erregte höchste Bewunderung, ich erkannte es daran, dass in mehr als einem Haus ringsum Fenster aufgestoßen und Vorhänge zurückgezogen wurden und die blödsinnige menschliche Zuhörerschaft ihr Bestes tat, die Darbietung zu würdigen.

«Is das nich 'ne Katz?», hörte ich jemand fragen. «Ich glaub, es ist bloß 'ne Katz ...»

«Klang aber, als hätte sie Schmerzen.»

Eine andere Stimme sagte: «Einen furchtbaren Moment lang dachte ich, eine Frau würde überfallen.»

Wieder eine andere rief: «Nun mach mal halblang, ja! Ein paar von uns versuchen zu schlafen!»

Arme, ungebildete Wesen! Das war nun ihr höchstes Lob für einen musikalischen Genuss!

Ich war immer recht stolz auf meine Singstimme. Es war daher ganz besonders verdrießlich, dass ein Katzenkollege sich dazugesellt hatte, um die menschliche Unempfänglichkeit in diesem Punkt zu teilen.

«Haste gehört?», sagte die sandige Stimme. «Hau ab. Die Kleine gehört mir.»

Ich konnte jetzt meine wunderschöne weiße persische Prinzessin durch die balsamisch duftende Nachtluft rufen hören.

«Ich komme, Herzensschatz.»

«Eil dich nicht», rief ich zurück. «Die Freude des Wartens wird noch größer durch die Gewissheit, dass du bald in meinen Pfoten sein wirst.»

«Hör mal, Kumpel», sagte Sandstimme. «Lass es dir endlich gesagt sein, ja?»

«Sie haben die Dame gehört», sagte ich würdevoll, «sie wird ja noch selbst entscheiden dürfen.»

Mein Rivale trat ins Mondlicht. Als ich ihn sah, mischte sich in meine Verachtung auch so etwas wie Mitleid. Er war ein hässlicher, dicker, gelblicher Kerl und beträchtlich älter als ich. Ja, er war so alt, dass man unwillkürlich dachte, für ihn käme so was wohl nicht mehr in Frage.

«Meinen Sie nicht, es wäre für Sie besser, Sie lägen irgendwo im Haus zusammengerollt auf einem Teppich?», bemerkte ich.

«Was war das?», fragte er mit der Gereiztheit eines Katers, der gleich furchtbar böse werden wird. Seltsamerweise fiel mir seine anschwellende Wut gar nicht auf. Ich war so voller Vorfreude auf die Begegnung mit meiner Liebsten, meiner weißen Prinzessin. «Ich komme, ich komme, Liebling. Ich mache mir nur noch mal das Gesicht zurecht», tönte es geziert aus dem Schatten.

«Das hast du gar nicht nötig», rief ich.

«Hör mal, wenn du nicht verschwindest, mache ich dir

mal das Gesicht zurecht, aber richtig, mit den Krallen», sagte der arme alte Gelbe.

Nun, es war verständlich, dass ein älterer, hässlicherer Kater auf ein jüngeres, insgesamt nobleres Exemplar Eifersucht empfand. Ferner schien es mir verzeihlich, dass ihn die Zärtlichkeit eifersüchtig machte, mit der sie nach mir rief: «Liebster, o Liebster.»

Armer alter Kerl. Fett, mit rundem Gesicht, mit tropfendem Maul und Triefaugen. Die weißen Stellen in seinem Fell waren eher grau. Er hatte sich keine Mühe gegeben, nett auszusehen, und es ging ein ziemlicher Gestank von ihm aus. Die Vorstellung, dass ein so armseliges altes Wrack noch immer glaubte, er habe irgendwelchen Ankratz bei Damen, war einfach lächerlich.

Du kannst dir daher mein Erstaunen vorstellen, als die weiße Perser-Prinzessin in Sicht kam. Sie hastete über einen Rasenfleck, so strahlend schön wie keine andere Katze, die ich je gesehen habe. Und dann eine Schlingpflanze hinauf zu einer Mauer und darauf entlang zu dem Dach, auf dem ich sie erwartete.

«Hier bin ich», rief sie verzückt. «Ich bin dein, Liebling.» Und dann rannte sie entschlossen und zielstrebig zu dem übelriechenden alten Gelben und leckte ihm das Gesicht.

«Ich glaube», sagte ich so verbindlich wie nur möglich, «hier liegt ein kleiner Irrtum vor …»

«O», sagte die schöne weiße Prinzessin, sich umwendend, «Sie sind das …»

«Ja», sagte ich selbstzufrieden. «Ich bin es, meine Heißgeliebte.»

Die Prinzessin hob ihre weiche Pfote und strich dem hässlichen Gelben über den Kopf.

«Liebling», sagte sie in einem Ton, den ich nunmehr als affig und albern zu erkennen begann, «dies dumme Katerchen hat mich schon die ganze Woche belästigt.»

«Kümmer dich nicht darum, Schatz», sagte der Gelbe, «den nehm ich gleich in die Mangel.»

«Ach, Liebling, tätest du das? Das wäre riesig nett. Er kommt andauernd und stellt mir nach und jault dabei solch grässliche Lieder.»

«Prinzessin!», rief ich bestürzt. «Liebste!»

Noch ehe die Worte meinem Munde entflohen waren, haute mir der alte Gelbe eine Ohrfeige herunter und warf mich dabei fast vom Schuppendach.

«Sie!», rief ich. Mir fiel nichts anderes ein. Ich wiederholte: «Sie! … Sie …!» Zur Rache entschlossen stürzte ich mich auf ihn, doch er wich zur Seite, und ich sauste in die Kletterpflanze.

Es wäre möglich gewesen, auch in dieser Lage Würde zu bewahren, ja sogar so zu tun, als wäre ich sowieso im Weggehen gewesen und hätte mich aus irgendeinem Grunde zwischen den Blättern verstecken wollen, wäre nicht das schrille Kichern der Prinzessin gewesen. (Hatte ich je etwas von dieser albernen Puderquaste gehalten? Gewiss nicht.)

«Hast du's jetzt begriffen, Kumpel?», fragte der Gelbe barsch. Und die Prinzessin flötete dem Lümmel ein ekelerregendes «Ach, wie bist du stark und mutig» zu. Das gedachte ich nicht hinzunehmen. Ich schlug alle Besonnenheit in den Wind und sprang dem Gelben in sein dämliches, stinkendes altes Gesicht. Es gelang mir, ihn dabei total zu zerkratzen. Doch er war ein geübter Kämpfer, und das war ich damals noch nicht. Der Schmerz löste bei ihm einen ausgezeichnet berechneten Gegenangriff aus. Vor Wut kreischend krallten wir uns aneinander, hieben auf uns ein, kratzten und schrien. Die weiße Prinzessin, dieses Luder, stand daneben und feuerte den alten Trottel an, mit mir zu kämpfen. Ihr schmeichelte es, dass sich zwei Kater um sie rauften, sie genoss die Kontroverse so sehr, wie die Menschen es genießen, die farbigen Bilder auf der Scheibe des idiotischen elektrischen Kastens anzuschauen.

In den Häusern wurden Fenster aufgerissen, und zu unserem Geschrei gesellten sich Menschenstimmen: «Ruhe, zum Teufel! Gottverdammte Katzenviecher», und dergleichen.

Eigentlich verdiente ich nicht, diesen Kampf zu gewinnen. Meine Beinarbeit war noch schwerfällig, ich haute überallhin und hatte noch keine Taktik entwickelt. Doch unsere große Mutter der Nacht, die vom leuchtenden Sommerhimmel zu uns herabschien, war auf meiner Seite. Der Gelbe hatte mich ganz außer Atem gebracht und mir unzählige Kratzer versetzt. Er war mittlerweile so wütend, dass er mich, wie ich meine, gerne umgebracht hätte.

Da nun der Kampf jenes Stadium erreicht hatte, in dem sich die Vernichtung abzeichnet, trat er instinktiv zurück, um sein Werk zu bewundern – so wie unsereins zurücktritt und die verwundete Maus betrachtet, ehe wir zum Töten schreiten. Das war der Moment für meine Eingebung. Ich hatte noch genügend Kraft, um die Pfote zu heben und sie ihm fest ins Gesicht zu stoßen. Und zum ersten Mal während des ganzen Kampfes versetzte ich ihm im rechten Moment einen gutgezielten Hieb. Er taumelte und rutschte aus. Ich glaube, seine Füße standen auf Blättern auf dem Schuppendach. Jedenfalls verlor er den Halt und stürzte vom Dach. Nun stand aber unten am Schuppen eine Regentonne. Ich kann dir sagen, dass mir wenige so tief befriedigende Geräusche zu Ohren gekommen sind wie die, mit denen der fette alte Kerl in dem Fass mit kaltem Wasser herumplanschte. Und dann – wie kreischte die weiße Prinzessin! Und nach kurzem Schweigen das Gegurgel vom Gelben: «Wart nur, dich krieg ich noch. Du – junger – Lümmel! Dich krieg ich noch, und wenn es das Letzte ist, was ich tu!»

Doch er kriegte mich nie. Noch während er sich trockenschüttelte und versicherte, er würde es mir heimzahlen, schlenderte ich durch die Schatten der rückwärtigen Gärten.

Als ich heimkam, war mein Bruder nicht in unserem Kohlenschuppen, ich sah ihn erst am nächsten Morgen, als er noch sehr verschlafen war.

«Und, wie ist es dir letzte Nacht ergangen?», fragte er gähnend.

«Ach, gar nicht übel», sagte ich.

7

Eines Morgens im Hochsommer erwachte ich auf meinem üblichen hochgelegenen Platz im Kohlenschuppen und merkte, dass schon heller Tag war. Ich nehme an, dass ich verschlafen hatte, weil ich den größten Teil der Nacht herumgestreift und dann ins Kohlenloch gekrochen war, weil es mir darin gefiel. Ich hatte mir angewöhnt, außerhalb menschlicher Behausungen zu nächtigen. Möglicherweise bereitete ein Instinkt mich auf meinen künftigen Lebensweg vor. Wer kann das sagen? Mein Bruder, der Arme, schlief von jeher ungern «im Rauen», wie er sich ausdrückte, und lag lieber zusammengerollt in einem Lehnstuhl oder auf dem Bett bei einem von den Menschenwesen. Natürlich habe auch ich manchmal auf Betten geschlafen, in denen sie lagen, aber es ist eine verdammt ungemütliche Sache. Sie stören eine Katze ständig, schnarchen teuflisch, werfen sich von einer Seite auf die andere und stehen mitten in der Nacht auf, um sich auf den Brunnen zu setzen.

Wie dem auch sei, ich erwachte an einem herrlichen, strahlenden Tag im Juni und hörte die Stimme meines Bruders, die mich rief. Sie klang erregt, aber auch traurig. Irgendetwas war passiert, das war klar.

«Was ist denn? Ich bin hier drin!», rief ich durch das Loch in der Wand des Kohlenschuppens.

«Komm raus, komm sofort raus, es ist etwas passiert», rief er.

«Was denn?», fragte ich.

Ich kroch durch die Seitenwand des Schuppens aufs Dach und stieg hinunter in das Höfchen, wobei ich es vermied, auf den rasselnden Mülltonnendeckel zu treten, der immer die Nachbarn alarmierte, was mir eines Nachts nicht nur Flüche und Verwünschungen eingebracht hatte, sondern auch noch einen Eimer kaltes Wasser.

«Komm selber und schau», sagte mein Bruder.

«Mach es nicht so spannend», sagte ich. «Wenn etwas passiert ist, sag mir, was?»

«Ich kann es nicht sagen», sagte er. «Deswegen will ich ja, dass du es siehst. Nun komm schon.»

Er sah erregt und zugleich ängstlich aus. Es war ein Ausdruck, wie er manchmal vor einem Zweikampf in sein Gesicht trat. Er machte kehrt und trabte zur Hintertür und durch die Katzenklappe ins Haus. Ich folgte ihm durch die Küche die Treppe hinauf in Oma Harris' Schlafzimmer.

«Hier drin ist es», sagte er.

«Was denn?»

«Es ist so was wie sie, aber nicht sie selber. Du wirst gleich sehen, was ich meine. Wie erklärst du dir das?» Er sprang auf Oma Harris' Bett, und ich folgte ihm, wobei ich automatisch schnurrte, wie immer, wenn ich hinaufsprang, um sie zu begrüßen, und das Bettzeug mit den Vorderpfoten durchknetete. Ich verstand nicht, warum mein Bruder so ein Theater machte und Oma Harris' Körper als ein «es» bezeichnete und nicht als «sie». Dann sah ich es.

Erstens standen ihre Augen offen, aber es waren nicht mehr die Augen von Oma Harris. Zweitens lag sie völlig regungslos. Ganz und gar still. Da war kein Atem, keine Bewegung, keine Farbe. Sie lag da, steif wie ein Brett.

«Was meinst du?»

Ich meinte gar nichts. Ich wusste nur, dass die beste menschliche Freundin, die ich je hatte, von mir fortgegangen war und an ihrer Stelle dieses Ding zurückgelassen hatte. Es war, als wollte sie sich und uns verspotten, und das sah ihr so gar nicht ähnlich. Normalerweise hätte sie längst gerufen: «Guten Morgen, mein Schatz», sich in den Kissen aufgesetzt und uns gestreichelt. Und nach einem kurzen Spiel hätte sie gesagt: «Tja, man kann nicht den ganzen Tag im Bett bleiben», und hätte sich an der Seite des Bettes herausgewuchtet und wäre weggewatschelt, um sich auf den Brunnen zu setzen. Danach wäre sie in die Küche gegangen, hätte uns zu fressen gegeben und den Kessel aufgestellt, um sich einen Tee zu kochen, danach wären wir miteinander zurück ins Schlafzimmer gegangen, hätten auf dem Bett gesessen und auf die Stimmen gehört, die aus dem Kasten sprachen. Heute schwieg der Kasten mit den Stimmen, wie auch Oma Harris schwieg, und weder mein Bruder noch ich wussten, was da geschehen war, wir wussten nur beide, dass sich unser Leben für immer verändert hatte.

Seitdem – ach, seitdem habe ich so oft dieses Schweigen, diese Stille, diese Steifheit, dieses Garnichts über lebende Wesen kommen sehen, und so manches Mal über Wesen, die ich liebte. Auch du wirst das sehen. Und du wirst so wenig wie ich begreifen oder wissen, was es ist, aber es ist der große Feind, dem wir alle Widerstand leisten, obwohl wir wissen, dass es ärgere Feinde gibt, wie den Schmerz, die Erniedrigung und die Krankheit.

«Ich habe Hunger», sagte mein Bruder.

«Ich auch», sagte ich.

Aber ich starrte noch immer fasziniert auf das Ding. Ich ging ganz hinauf bis zu ihrem Gesicht und betupfte es mit der Pfote, unfähig zu glauben, dass diese Veränderung sich während der Nacht vollzogen hatte. «Gibt es in der Küche etwas Essbares, an das man herankommt?», fragte mein Bruder.

«Komm, wir gehen und sehen nach.»

In der Speisekammer gab es noch das Gerippe von einem alten Huhn, das holten wir uns aus dem Fach. Ich fürchte, wir haben dabei den Teller zerbrochen, aber wem würde das jetzt noch etwas ausmachen? (Hatten wir eine Ahnung!) Es war nicht mehr viel Fleisch auf dem Vogel, und wir hatten das wenige sofort aufgefressen. Vermutlich war in dem kalten weißen Häuschen irgendwo Milch, aber keiner von uns konnte an die Flaschen heran, so wenig wie wir die geschlossenen Fleischdosen öffnen konnten, aus denen uns Oma Harris normalerweise gefüttert hätte. Für eine junge Katze ist der Begriff «Zeit» etwas ganz eng Gefasstes. Auch mir erging es so. Man denkt nicht längere Zeit, sondern nur wenige Stunden voraus. Das ist in gewisser Hinsicht ein Vorteil: Man hört sofort auf, sich Sorgen zu machen. Andererseits macht es das Leben noch aufregender. Käme ich heute wieder in die gleiche Lage, und die Alte läge steif und still im ersten Stock, so wüsste ich, dass bald irgendetwas geschehen würde. Jemand würde Futter bringen, oder ich könnte weglaufen und es mir anderswo suchen. Geschehen aber würde etwas.

Doch das begriffen damals weder mein Bruder noch ich. Weil die Situation sich geändert hatte, nahmen wir an, sie sei nun für alle Zeit verändert. Das Haus, das uns für zwei Jahre ein so gutes Heim gewesen war, hatte sich in ein Gespensterhaus verwandelt. Es war, als habe uns jemand einen brutalen Streich gespielt. Wir wussten, dass Futter vorhanden war, aber das nützte uns nichts. Alles war verschlossen im kalten weißen Häuschen, in Dosen, in Schränken. Wir machten keinen Versuch zu erkennen, dass unsere Lage so nicht bleiben würde. Ein solcher Gedanke ging über unseren Horizont. Als wir das Huhn aufgefressen hatten, waren wir noch immer heißhungrig, deshalb bekamen wir Angst. Wir rannten im ganzen Haus herum, warfen in den Zimmern alles um. Eine Lampe zerbrach und lag in Stücken auf dem Wohnzimmerboden. Tassen flogen vom Küchenbuffet. Und der Tisch in dem Schlafzimmer, in dem «es» lag, war bald ein einziges Chaos. Ketten, Broschen und Cremetöpfchen, die darauf standen, flogen durch die Luft. Wir wussten nicht, was wir anrichteten. Wir waren wie irre. Ich bin seitdem bei verschiedenen Gelegenheiten im gleichen Zustand gewesen. Und wenn du ihn kennst, weißt du ja, was ich meine. Man denkt überhaupt nicht, man will auch nicht zerstören, und doch zerstört man. Man will immer nur im Kreise rennen, um die Aufregung, den Bewegungsdrang oder was immer es ist durch übertriebene Geschäftigkeit loszuwerden. Es passiert mir jetzt seltener als damals, dank unserer Mutter der Nacht.

Nach ungefähr einer Stunde sagte mein Bruder: «Es nützt nichts. Wir müssen auf die Jagd gehen.»

«Sonst verhungern wir», sagte ich.

Es war an diesem Vormittag keine schlechte Jagd. Unten im Hof lebte eine Mäusefamilie, und ich erwischte zwei davon. Mein Bruder fing eine Taube vom nächsten Garagendach, die er so freundlich war, mit mir zu teilen. Auf keinem unserer vielen Raubzüge stritten wir uns um die Beute. Die Taube war köstlich, saftig warm und rot: meiner Meinung nach die einzige Art, einen Vogel zu fressen. Wie die Menschen ihn in einem Ofen garen, ja sogar noch mit Teig bedecken können, ist mir unbegreiflich.

Der Vorteil unserer Kurzsichtigkeit hinsichtlich des Zeitbegriffs war, dass mein Bruder und ich sofort beschlossen, den Rest unseres Lebens weiter so zu leben, daher kehrten wir auch nicht ins Haus zurück in der Erwartung, dass jemand für uns irgendwelche Dosen öffnete. Wir fingen oder stahlen unsere nächsten drei bis vier Mahlzeiten. Und das war auch gut so, denn Oma Harris war ganz allein im Hause, wurde immer steifer und bleicher und leider übelriechender, und das vier volle Tage lang. Ich nehme an, wenn sie zu den Leuten gehört hätte, zu denen täglich der Milchmann kommt, wäre das anders gewesen. Doch ihr lieferte man nur zweimal die Woche Milch, alles Übrige, was sie brauchte, holte sie sich im Laden an der Ecke.

Der Milchmann war es dann auch, der sie fand. Das Sonderbare war das: Als mein Bruder und ich realisierten, dass wir nicht mehr die Einzigen waren, die das mit der Alten wussten, bekamen wir ein schlechtes Gewissen.

«Jetzt ist es aus», sagte ich.

«Ich glaube, wir sollten uns verstecken», sagte mein Bruder. Und wir versteckten uns von dem Moment an, in dem der Milchmann hinten ums Haus ging und sagte, irgendwas sei nicht in Ordnung, weil Oma Harris nicht an die Tür gekommen sei und auch das Milchgeld nicht hingelegt hätte.

Aus dem Schuppen hinten im Garten beobachteten wir die ganze Prozedur. Wir sahen den Milchmann immer wieder klingeln. Dann hörten wir ihn durch den Briefschlitz Omas Namen rufen. Er ging zurück zu seinem Lieferwagen und redete mit einer Nachbarin. Dann kamen sie beide zurück und versuchten das Küchenfenster aufzudrücken. Es ging nicht. Da schlugen sie es ein und öffneten es, und einer von ihnen kletterte hinein.

«Was wir befürchtet haben», sagte der eine und öffnete dem anderen die Tür.

Danach kamen der Krankenwagen und ein Polizeiauto, und das, was einmal Oma Harris gewesen war, wurde in einer Art schwarzem Koffer weggetragen, das Fenster wurde mit Brettern zugenagelt, die Türen verschlossen, das Haus gesichert, und wir blieben allein. Mit alldem verging irgendwie der ganze Tag, und erst bei Anbruch der Nacht bekamen wir allmählich das Gefühl, das Anwesen allein zu bewohnen.

Nach einem leichten Abendessen (wir waren ein paar Häuser weiter in eine Küche eingedrungen, hatten Whiskas von einem verwöhnten Kätzchen geklaut, das einem jungen Architektenehepaar gehörte, und das Mahl mit einem Spatzen aus dem Garten des Architekten abgerundet) kehrten wir in Omas Küche zurück und besprachen, was wir als nächstes tun wollten.

«Sicherer, glaube ich, sind wir im Haus», sagte ich.

«Außer es kommen Leute, um hier zu wohnen», sagte mein Bruder.

«Hältst du das für denkbar?»

«Weiß ich nicht.»

«Wenn ja, würden wir dann dableiben?»

«Du scheinst zu glauben, ich wüsste die Antwort auf all diese Fragen», sagte mein Bruder lachend. «Ich stelle dir Fragen, auf die ich selbst keine Antwort weiß. Es ist eine Art lautes Denken. Ich glaube, wir sind hier verdammt viel besser dran als anderswo. Hier kennen wir unser Gebiet. Wir haben es warm und gemütlich. Mit ein bisschen mehr Übung werden wir in der Lage sein, uns durch Jagen und Stöbern ordentlich zu ernähren.»

«Es gibt eine ganze Region von Mülltonnen», sagte ich, «die noch so gut wie unerforscht ist.»

«Und bis dahin», sagte mein Bruder, «haben wir das ganze Haus für uns.»

«Freu dich nicht zu früh», warnte ich.

«Was ist das?»

Wir waren in der rückwärtigen Küche und blieben plötzlich beide regungslos stehen. Wir hörten, dass die Haustür geöffnet wurde, und dann drangen die Stimmen von June und Jim zu uns, die sich, wie üblich, stritten.

«Du denkst doch wohl nicht, dass ich zu allem Übrigen auch noch an die Katzen denke», sagte Jim.

«Du warst es doch, der ihr zugeredet hat, sie überhaupt zu kaufen.»

«Ich? Du warst es und unsere Tracy …»

Quassel, quassel, quassel, quassel …

Als die Alte noch bei uns war, lachten wir oft zu dritt über June und Jim und ihre schnatternden Stimmen, ihre endlosen Dispute und ihren Mangel an Anmut. Die Alte war zu gutmütig, um offen zu sagen, dass sie froh war, wenn sie nicht zu oft kamen, schien aber immer friedlich und zufrieden, wenn sie wieder fort waren.

«Wenn du dich anständig um deine Mutter gekümmert hättest, wäre das nie passiert …»

«Das hab ich gern! Du warst es doch, der immer …»

«Komm, wir suchen das Weite», sagte mein lieber Bruder.

Wir liefen durch die Katzenklappe ins Freie, setzten uns an die Hintertür und horchten.

«Jim?

«Was ist denn nun schon wieder?»

«Hast du das gehört?»

«Was gehört?»

«Jim, es werden doch keine Einbrecher sein, oder? Du weißt ja, wenn jemand gestorben ist …»

«Red keinen Unsinn. Was soll hier schon zu stehlen sein? Es wird eine von den Katzen in der Küche sein, geh und schau nach.»

«Jim, ich will nicht nachschauen.»

«Sei nicht so albern. Da ist nichts, was dir was tut. Nun geh schon, June.»

«Ich schau hier nach. Geh du nach hinten.»

«Du hast genau solche Angst wie ich, Jim Harbottle.»

«Ich hab keine Angst.»

«Hast du doch …»

Und weiter in dem Ton.

Es wäre langweilig, würde ich von der dümmlichen Art erzählen, wie die Harbottles uns suchten und fangen wollten. Wer will schon hören, wie sie auf dem Hof herumstolperten und sich darüber stritten, wer schuld sei, dass Jim auf eine Harke getreten war und sich deren Stiel an den Kopf gehauen hatte. Oder wie June sich an der Mülltonne stieß und später erklärte, das wäre nie passiert, wenn Jim etwas besser aufpasste, und wie Jim dann aus unerfindlichem Grunde meinte, das habe er gern. Da sie nicht gesehen hatten, dass wir vom Schuppendach auf sie herunterschauten, gingen sie ins Haus zurück und suchten eine Taschenlampe, dann zum Wagen, in dem sie eine fanden, knallten wieder mit Türen, suchten, pfiffen und riefen.

Ich nehme an, wir hätten uns geschmeichelt fühlen sollen. Vermutlich hatten sie inzwischen längst alles Interesse daran verloren, uns zu finden. Die Suche war zum Wettstreit geworden, und es gab nur deshalb keiner von ihnen auf, weil jeder überzeugt war, finge er uns, stünde der andere wie ein Idiot da. Damals wusste ich das nicht, weil ich June und Jim noch nicht so gut kannte. Einer plötzlichen Laune folgend sagte ich nach ungefähr einer halben Stunde, in der sie im Dunklen herumpolterten, zu meinem Bruder: «Die würden vielleicht eine Dose für uns öffnen können.»

«Sollen wir hingehen und sie erlösen?», fragte er.

«Noch mehr von diesem Radau halte ich sowieso nicht aus», sagte ich.

Deshalb liefen wir hinunter, um Jim und June zu begrüßen. Wie anders wäre alles geworden, hätten wir das nicht getan! Manchmal, spät in der Nacht, wandere ich durch Hinterhöfe der Straße, in der du wohnst, kleiner Enkelkater. Und dann denke ich an diesen Augenblick meines Lebens. Ich höre eine Menschenstimme in die Dunkelheit hinausrufen: Pussi, Pussi, Pussi!

Wenn eine Katze auf Rufen reagiert oder nicht, bedeutet das üblicherweise nicht, dass sich daraufhin etwas verändert. Aber wenn wir bei dieser Gelegenheit geblieben wären, wo wir waren, geborgen in der Finsternis, wäre unser Leben möglicherweise wesentlich glücklicher verlaufen. Und – wer weiß – mein Bruder wäre vielleicht nicht tot. Nur weil wir nicht wissen, was das Schicksal für uns bereithält, sind wir überhaupt fähig zu handeln. In totaler Unkenntnis der Bedeutung unseres Tuns rannten wir zu Jim und June und hatten nichts Wichtigeres im Kopf als den Gedanken, dass Jim uns vielleicht eine Dose Fleisch aufmachen würde.

«Siehst du wohl», sagte June, als wir uns näherten. «Hab ich dir nicht gesagt, pfeifen nützt nichts?»

«Was heißt hier nützt nichts? Sie sind doch gekommen, oder?»

«Ja, als ich rief.»

«Das hab ich gern. Mein Pfeifen hat es geschafft.»

Der ewige Streit, in dem Jim versuchte, June gegenüber das letzte Wort zu behalten, dauerte, soweit wir es überblicken konnten, ungefähr das ganze nächste Jahr. Denn Jim und June führten uns in Oma Harris' Küche, fütterten uns aus einer Dose, wickelten uns in eine Decke und nahmen uns mit.

8

Jim und June hatten ein viel größeres, «komfortableres» Haus als Oma Harris. Mit «komfortabel» meine ich natürlich nach menschlichen Begriffen. Wir fanden es unangenehm überheizt, besonders im Winter, weil in jedem Zimmer ein Heizkörper wärmte. Die Fenster hatten nicht nur eine, sondern sogar zwei Glasscheiben. Wollte man aus Oma Harris' Küche in den Hof, öffnete sie einfach das Fenster und ließ einen hinaus. In Jims und Junes Küche konnte man das Fenster gar nicht öffnen. Oma Harris wusch ihr weniges Geschirr, indem sie es in heißes Seifenwasser im Ausguss tauchte. June und Jim wuschen ihr Geschirr, indem sie es in eine Kommode steckten, die brüllte und rumorte und vibrierte. Es war ein grässliches Getöse.

Überhaupt war der Lärm mit das Schlimmste in diesem Haus. Er schien nie aufzuhören, und es gab nirgends einen Raum, in dem es nicht irgendwie lärmte. Wenn Jim und June auf dem Brunnen saßen, schalteten sie einen schwirrenden elektrischen Ventilator ein. Waren sie im Bett, ließen sie fortwährend den Stimmenkasten spielen. Im Parterre, in dem Raum, den sie «Diele» nannten, war eine farbige Scheibe, die ständig idiotisches menschliches Verhalten zeigte: Männer, die Bälle in Netze stießen (Jim liebte das), Männer, die Tötungsmaschinen steuerten, Frauen mit Armen in Seifenschaum, von dem sie sagten, er sei so weich wie ihr Gesicht. Und mit den Bildern kam wieder ein ständiger Strom von Geräuschen. In Tracys Schlafzimmer im ersten Stock, das einen sonderbar süßen Geruch hatte, der einem in die Nase stieg, spielte ein ganz kleiner Stimmenkasten rhythmisch pulsierende Musik, vor der ich eine irre Angst hatte.

Wenn Tracy (die wir ganz gern mochten) zuhörte, hopste sie auf und ab und tanzte im Takt der fürchterlichen Geräusche.

Außer den künstlichen Geräuschen machten sie auch mit dem Mund den ganzen Tag Geräusche. Ihre Launen waren sehr wechselhaft, man wusste nie, ob sie zärtlich flötend oder unbegreiflich wütend sein würden. Meist schienen sie böse aufeinander. Wenn Jim am Sonntagmorgen hinters Haus ging, um die Tötungsmaschine zu polieren, pflegte June zu kommen und ihn zusammenzuschimpfen, weil er nicht im Gästezimmer ein Regal gebaut hatte. Und wenn Jim sich morgens anzog, schien er dies nie zu tun, ohne den warmen Schrank zu öffnen, in dem sie sich wuschen, und herumzubrüllen, er könne weder Socken noch Hemden noch Hosen finden. Ich verstehe diese Anzieherei nicht und auch nicht, wieso sie ihnen so wichtig ist, aber ich muss sagen, dass sie sehr sonderbar aussehen ohne Bekleidung – fast kein Fell, nur einzelne struppige Flecken, und Flächen rosigen, nackten Fleisches, wie bei einem armen Geschöpf, dem man halb die Haut abgezogen hat.

Den Lärm habe ich bereits erwähnt. Doch das Allerschlimmste war die Tatsache, dass wir dort einfach Gefangene waren. Es gab keine Katzenklappe an der Hintertür. An einigen Abenden ging June zum Angriff über.

«Wann wirst du eine Katzenklappe in die Tür machen?», fragte sie dann. «Also ehrlich, Jim Harbottle, du bist doch das faulste …»

«Ich bin zu müde. Ich habe einen anstrengenden Tag im Büro hinter mir. Ich …»

«Müde? Faul bist du! Und du trinkst zu viel! Das ist schon deine zweite Dose Bier. Ich habe mitgezählt.»

An anderen Abenden war es Jim, der die Initiative ergriff. «Ich hab eben weiter unten an der Straße mit Mr. Jones gesprochen», sagte er siegessicher. «Er sagt, seit er die Katzenklappen eingebaut hat, kommen sämtliche Streuner der Gegend zu ihnen in die Küche. Siehst du?»

«Was soll ich sehen?»

«Siehst du ein, warum mir die Idee mit der Katzenklappe nicht gefällt?»

«Es war nicht meine Idee. Es war deine Idee, in Mums Haus eine anzubringen.»

«Sie wurde schon alt. Sie konnte nicht jedes Mal extra aufstehen und die Katzen rauslassen, wenn sie mussten.»

Hier lag das Problem. Wir konnten nicht mehr nach Belieben kommen und gehen. Wir waren gefangen und völlig den trivialen Gewohnheiten und Launen von Jim und June ausgeliefert.

Anfangs dachte ich tatsächlich, diese Enttäuschung würde meinen Bruder umbringen. Als wir die ersten paarmal in

Junes Küche mit all ihren schwirrenden Maschinen eingeschlossen wurden, rannte er die ganze Nacht auf und ab und verfluchte sie und ihre blöden Eigenheiten. Er vermisste auch noch immer sehr seine Freundin, die wir beim Weggehen aus Oma Harris' Haus hatten zurücklassen müssen. Armer Kerl! Ich ahnte damals nicht, wie sehr er litt, weil ich noch nicht begriff, wie sehr man an einer großen Liebe leiden kann. Ich versuchte ihn dadurch auf andere Gedanken zu bringen, dass ich ihn darauf hinwies, es wären noch mehr Fische im Meer.

«Aber nicht hier in dieser Küche», sagte er trocken. «Und wann hat man uns zuletzt gefüttert?»

Das war auch so ein Punkt. Üblicherweise fütterte uns June, aber manchmal vergaß sie es auch. Und wenn sie es vergaß, pflegte sie zu sagen, es sei ja nicht ausschließlich ihr Job, uns zu füttern, und warum Jim uns nicht zur Abwechslung auch einmal füttere? Manchmal vergingen 24 Stunden, ehe wir etwas Ordentliches bekamen. Es war nur gut, dass Jim uns von der Katzenklappe bei Mrs. Jones weiter unten an der Straße erzählt hatte. Oft, wenn wir June zu unserer Schande meldeten, wir «müssten mal» (wie würdest du dich fühlen, wenn du jedes Mal melden müsstest, dass du deine Blase entleeren willst), rannten wir hinunter zu Mrs. Jones' Haus. Manchmal bekomme ich Gewissensbisse wegen dem lieben alten Kater, der dort wohnte. Mrs. Jones stellte ihm köstliche Mahlzeiten hin: zerdrückten Thunfisch, gehackte frische Lunge, Herz oder Leber. Er war ein verwöhnter alter Kerl, den sie «Major» rief, ein stattlicher schwarzer Kater, der schon eine Menge Jahre auf dem Buckel hatte.

«Fressi-Fressi, Major!», pflegte sie ihn zu rufen.

Blitzschnell sausten wir dann durch die Katzenklappe, verschlangen das köstliche Mahl, das sie für ihn hingestellt hatte, und liefen hinaus in seinen Garten. Damals war es auch, soweit ich mich erinnere, dass ich Geschmack an Lunge entwickelte. Dann hörte ich wieder Mrs. Jones' Stimme.

«Ich weiß wirklich nicht, was du nach einem so leckeren Fresserchen zu maunzen hast. Nein, nein. Wenn ich dir noch mehr gebe, wirst du zu dick.»

Und der arme alte Major trollte sich zu uns in den Garten und unterhielt sich mit uns.

«Die Alte wird vergesslich. Glaubt immer, sie hat mich schon gefüttert, und dabei hat sie's nicht. Nicht, dass es mir was ausmacht. Man isst ja weniger, wenn man älter wird. Manchmal gibt sie mir Riesenportionen, und ich weiß gar nicht, wo ich anfangen soll zu fressen. Wenigstens lässt sie die Finger von dem eingedosten Dreckszeug.»

«Unsere nicht», sagte mein Bruder. «Wir kriegen nichts anderes als eingedostes Dreckszeug – wenn sie überhaupt dran denkt.»

«Nein, nein, sie lässt mir schon was zukommen», sagte gähnend der Major. «Mit eingedostem Dreckszeug wäre ich nicht zufrieden.»

«Lässt sie auch andauernd den Stimmenkasten spielen, wie unsere?», fragte mein Bruder.

«Den guten alten Beeb?», fragte der Major sonderbarerweise. Er bezeichnete die Stimmenkiste immer als den Beeb, ich verstehe bis heute nicht warum. «Wahrscheinlich, ja. Um Ihnen die Wahrheit zu sagen, alter Junge, ich werde ein bisschen schwerhörig, daher bemerke ich es nicht immer. Würde mir nichts ausmachen. Was ich nicht aushalten kann, sind Kinder.»

«In unserem Haus gibt es keine kleinen Kinder», sagte ich.

«Soso, gibt es die», sagte der Major. «Pech.» Doch kaum hatte er das geäußert, schlief er ein.

Der Major hatte sich in den Kopf gesetzt, dass wir in einem von kleinen Kindern überrannten Haus lebten. Kam man an der Gartenmauer vorüber, murmelte er: «Einen guten Tag wünsch ich. Wie geht es den verdammten Gören?» Und fragte man ihn als älteren und weiseren Kater um Rat, wurde dieser immer von dem Gesichtspunkt aus erteilt, dass wir mit einem Haufen Kinder zu kämpfen hätten.

Eines Morgens, als wir gerade eine besonders reichliche Portion zerdrückten Thunfisch von seinem Teller geklaut hatten (Mrs. Jones: «Ich habe ihn ganz klein gemacht, damit du besser kauen kannst, ich versteh wirklich nicht, was du zu maunzen hast»), saßen wir mit ihm auf der Teakholzbank im Rosengarten seiner Betreuerin und erbaten von ihm Auskunft über den Wellensittich.

«Den halten die wegen der Gören, vermutlich», sagte er.

«Nein», sagte ich. «Ursprünglich hat er Oma Harris gehört. Dann haben sie ihn zu sich genommen, weil die Alte fürchtete, wir könnten ihn umbringen. Doch nun ist es so gekommen, dass wir doch unter einem Dach mit dem Elendsvieh sind.»

«Er stört mich», sagte mein Bruder.

«Versteh ich gut», sagte der Major. «Würde mich auch stören, wenn ich mit einem Haufen Gören in einem Haus sein müsste. So was reicht, dass einer lieber die Straße wählt …»

Aus dem Mund des Majors hörte ich die Wendung ‹die Straße wählen› zum ersten Mal, und sie hatte von Anfang an etwas Romantisches für mich. Es ist ja sonderbar, dass mein Bruder und ich überhaupt bei Jim und June blieben. Keinem von uns behagte es dort. Schon der Instinkt, sollte man meinen, hätte uns forttreiben sollen. Doch erst als ich die Worte ‹die Straße wählen› hörte, wurden mir alle Fluchtmöglichkeiten klar.

Gewiss, die Jahre als Schmusetier bei Oma Harris hatten mich korrumpiert. Ich begann zu glauben, Menschen seien für meine Existenz unerlässlich. Ich hatte auch angefangen (nur angefangen, versteht sich), June und Jim als unerlässlich für mein Überleben anzusehen. Wo sonst sollte Futter herkommen? Die Antwort lag auf der Pfote. Aber das erkannte ich damals nicht. Manchmal genügt ein Wort, um unser Leben zu ändern. Als der Major äußerte: «die Straße wählen», rührte sich etwas in meinem Inneren. Ich spürte, es beschrieb meine Art, mein Abenteuer, das Geschick, dem ich zu folgen hatte. Doch war es nur eine beiläufige Bemerkung während unseres Gesprächs über den Wellensittich.

«Dauernd zwitschert er einen an», sagte mein Bruder. «Ich glaube nicht, dass er sehr gut schmecken würde, aber manchmal bekomme ich Lust, ihm die Zähne in den Leib zu schlagen, nur damit er still ist.»

«Ich hab mal ein Kind gebissen», sagte der Major. «Es machte ein irres Spektakel, brüllte und jaulte – ja, wie sie es immer machen.»

«Es geht nicht um ein Kind», sagte ich laut, «sondern um einen Wellensittich.»

«Sie brauchen nicht so zu schreien, mein Junge. Wellensittiche sind etwas anderes. Alberne Dinger.»

Er lächelte beinahe duldsam. «Hab ich Ihnen je die Geschichte erzählt, wie ich einmal einen Papagei auf den Schrank hinaufjagte?»

Er hatte uns die Geschichte, wie er einmal einen Papagei jagte, schon oft erzählt. Der war aus dem Käfig entwichen, und der Major hatte ihn auf einen Schrank hinaufgejagt. Dann war jemand ins Zimmer gekommen, hatte den Papagei wieder eingefangen und in den Käfig gesteckt. Es war nicht gerade eine spannende Geschichte.

«Wissen Sie», sagte der Major und kam in Fahrt, «das blöde Vieh war aus dem Käfig entwischt …»

«Jim wäre wütend, wenn du den Sittich umbrächtest», sagte ich.

«Jim ist sowieso immer wütend», sagte mein Bruder.

«Und June auch», sagte ich. «Nun, es war nett, mit Ihnen zu sprechen, Major. Wir müssen weg.»

«Wollen Sie denn nicht das Ende der Geschichte hören, mein Junge? Verstehen Sie», er lachte in sich hinein, «er war auf den Schrank hinaufgeflogen …»

Als wir aufstanden und gingen, erzählte er sich selbst noch immer die Geschichte zu Ende.

Den Großteil dieses Tages – obwohl es ein schöner, warmer, sonniger Tag war, an dem wir uns im Garten hätten sonnen können – waren wir im Haus eingesperrt. Jim nahm sein Köfferchen aus der Diele und fuhr zur Arbeit. June ging im Haus herum mit der lästigen Brüllmaschine, die sie auf den Teppichen hin- und herzerrte. Das einzig Gute an diesem

Apparat: Er hing mit einer langen Schnur aus einem Loch in der Wand, und da es fast immer todlangweilig war, war es ein hübsches Spielchen «Maschine jagen», wenn sie über Boden und Teppich brauste, und mit der Schnur zu spielen, als sei es eine Schlange.

Es war kein Ersatz für die Jagd, doch lag ein bescheidenes Vergnügen darin, die Brüllmaschine zu beschleichen und an der Schlange zu zupfen. Mein Bruder und ich wechselten uns dabei ab, entweder an der Schlange zu rupfen oder hinter der Maschine herzupirschen.

«Könnt ihr nicht woanders spielen», war der übellaunige Kommentar von June zu unserer Belustigung. «Wie soll ich staubsaugen, wenn ihr zwei mir dauernd vor den Füßen herumturnt? Ich könnte Jim umbringen, dass er euch mit hergeschleppt hat. Nichts als Ärger habt ihr mir gemacht, seit ihr da seid.»

Manchmal raunzte sie halbe Stunden lang beim Herumschieben der Maschine im Hause, wie böse sie mit uns sei, wie böse auf Jim, wie böse auf Tracy, böse auf so ziemlich jeden. Es ist sonderbar, aber man trifft selten einen Menschen, der andere Menschen wirklich mag. Die Menschen vertragen sich nicht gut. Darin sollen sie, wie ich höre, den Maulwürfen gleichen. Jedenfalls sperrte June uns bei dieser Gelegenheit aus dem Schlafzimmer aus, in dem wir so lustig spielten, und wir gingen in die Diele hinunter, um uns über den Wellensittich zu unterhalten.

Mein Bruder hatte völlig recht. Er war wirklich ein trübseliger Bursche. Er saß die meiste Zeit des Tages auf seiner Stange und beglotzte sich in einem runden Spiegelchen.

Manchmal fraß er Körner, und manchmal, wenn die Körner ihn ernährt hatten, kam das unvermeidliche Abfallprodukt am anderen Ende heraus und fiel auf den Käfigboden. Ansonsten machte er gelegentlich Piep-Piep oder schlug mit den Flügeln. Wahrscheinlich wäre es das Vernünftigste gewesen, ihn einfach zu ignorieren, doch das konnte ich ebenso wenig wie mein Bruder. Wir waren ganz fasziniert von phantastischen Plänen, wie wir ihn aus seinem Käfig holen und das langweilige Ding in Stücke zerreißen könnten.

«Schau ihn dir bloß an», sagte mein Bruder. «Wie er dasitzt.»

«Ihm schenken sie viel mehr Beachtung als uns», sagte ich.

«Klar», sagte mein Bruder sarkastisch. «Glaubst du, wenn wir fest genug dagegenspringen, dass wir den Käfig vom Regal runterkriegen?»

«Das wäre fein», sagte ich. «Aber wie kriegen wir das Vieh aus dem Käfig raus?»

Wir sprangen auf das Fach, in dem der Käfig stand, und schnitten dem winzigen Ding die fürchterlichsten Grimassen. Ich habe gehört, dass Katzen manchmal kleine Vögel zu Tode erschrecken. Kein besonders sportliches Unternehmen, finde ich. Um überhaupt Freude an einem Vogel zu haben, muss man ihn jagen dürfen. Mein Bruder und ich erkannten, dass es sich nicht sehr lohnte, ihn nur aus dem Käfig herauszuholen.

Die Menschen riefen ihn übrigens Henry, und das war eine Art der Anrede, die wir zum Zeichen unserer Verachtung übernahmen.

«Henry, Henry, Henry», miauten wir spöttisch und betatschten mit den Pfoten seinen Käfig.

Wie der zurückquietschte! Ohne Zweifel ließ er uns in seiner blödsinnigen Sprache wissen, dass wir Verbrecher und Mistviecher seien.

«Die behaupten, sie liebten ihn», sagte mein Bruder. «Ulkige Art, einem Mitgeschöpf seine Liebe zu erweisen, indem man es in einen Käfig sperrt. Ich könnte mir denken, dass ein Wellensittich, so widerwärtig wir den armen Henry auch finden, sein langweiliges Leben wirklich besser auf einem Baum verbrächte.»

Wir sprangen vom Regal herunter und lagerten uns gemütlich in einem Winkel hinter dem Sofa, wo die Sonne warm hinschien und es sich köstlich saß, besonders weil jemand das Fenster geöffnet hatte, sodass die warme Luft frisch hereindrang. Das war etwas ganz anderes als die Hitze eines Heizkörpers.

«Ich glaube, Wellensittiche kommen von ganz weit her», sagte ich. Und bei den Worten «weit her» muss ich fest eingeschlafen sein. In diesem tiefen Schlaf waren mir die Worte des Majors über das «die Straße wählen» gegenwärtig, und während dieses tiefen Schlafes habe ich vielleicht zum ersten Mal von einem freien Vagabundenleben geträumt, in dem wir von keinem menschlichen Gebieter mehr abhingen, ohne Gewahrsam, ohne zentralgeheiztes Gefängnis.

Habe ich gesagt, dass ich zum ersten Mal davon träumte? Was für ein Unsinn! Ich habe diesen Traum von Anfang an geträumt. Dieser Traum war es, aus dem ich zwischen den Pfoten meiner Mutter erwachte. Doch an diesem Tage begann er Gestalt anzunehmen, begann ich mir «die Straße» vorzustellen, eine gerade Straße, mondbeleuchtet, die über flaches Land führte. An ihrem Ende lag ein seliges Ziel, doch dieses Ziel konnte ich nicht erkennen. Mich ihm zu nähern erfüllte mein Herz mit Schmerz, aber nicht dem der Erschöpfung oder Unterdrückung, sondern einem freudigen Schmerz. Das kann ich nicht richtig schildern. Ich hatte das Gefühl, meinem Zuhause immer näher zu kommen, je weiter die Umwege waren, die ich zu machen schien.

Ganz andere Gedankengänge wurden uns aufgezwungen, als wir aufwachten. Unser Schlaf musste außergewöhnlich tief gewesen sein, denn es hatte sich vieles abgespielt, während wir träumten.

Vor dem Fenster stand eine riesige rote Tötungsmaschine, aus der eine enorme Leiter und zusammengeringelte Schläuche herauswuchsen. Sie war bemannt mit sonderbaren Wesen, halb Mensch, halb Schnecke. Das heißt, sie hatten menschliche Körper, aber ihre Köpfe waren nicht von Fell umschlossen, sondern von harten, leuchtend gelben Hülsen.

Es wurde viel und laut gerufen. Im Garten hatte sich eine Menschenmenge angesammelt. Mittendrin stand June, jammerte und nagte an einem Taschentuch.

«Der liebe kleine Henry», wiederholte sie, «so ein freundlicher kleiner Kerl.»

Wir sprangen auf die Sofalehne und schauten durch das offen stehende Dielenfenster, denn von dort oben konnten wir die Szene besser überblicken. Die Leiter aus der roten Maschine trug am Ende eine Art Korb oder Krähennest und war auf den Telegraphendraht im Garten der Harbottles gerichtet. Einer der Gelbschaligen stand in diesem Krähennest, und über ihm auf dem Draht hopste zwitschernd Henry von einem Fuß auf den anderen.

Unten weinte June noch immer.

«Ich hab nicht gewusst, dass das Fenster offen stand. Ich hab ihn nur ein bisschen aus dem Käfig gelassen, damit er eine Runde rumfliegen kann, und da … und da …» Es war zu viel für sie, unter Tränen versagte ihr die Stimme.

«Bis da oben ist er geflogen, schau bloß», sagte ein Nachbar.

«Wenn man bedenkt», murmelte mein Bruder, «dass er im Zimmer herumflog, während wir hinter dem Sofa schliefen! Eine so günstige Gelegenheit kommt nie wieder.»

Dieser Gedanke machte uns doppelt wütend auf Henry.

Der Gelbschalige im Krähennest wurde von zwei unten stehenden Männern hochgeschoben und war schon fast bei Henry angelangt. Noch ein paar Zentimeter … noch ein paar … jetzt brauchte er nur noch die Pfote auszustrecken und den kleinen Wellensittich zu ergreifen. Doch gerade als der Gelbschalige das tun wollte, breitete Henry die Flügel aus und flog auf. Erst ließ er sich auf der Spitze eines Telegraphenmastes nieder. Die unten Versammelten seufzten tief auf, als sei die ganze Sache zu ihrer Unterhaltung inszeniert. Die Gelbschaligen verständigten sich, und das Ding mit der Leiter rückte weiter, den Mann immer noch an der Spitze, und kam Henry sehr nahe. Doch da flog Henry zum zweiten Mal auf und ließ sich diesmal in den Ästen eines Baumes nieder.

Ich habe hierbei über etwas Merkwürdiges zu berichten. Als er noch in seinem Käfig eingesperrt saß und uns im Hause anzwitscherte, hatten mein Bruder und ich für ihn nichts als Verachtung gehabt. Als wir jedoch die Menschenmenge sahen und die unbeholfenen Gelbschaligen, wie sie ein Vögelchen zu fangen versuchten, verlagerten sich unsere Sympathien. Wir wünschten, er möge entkommen, weit fortfliegen und das tun, was für einen Sittich gleichbedeutend wäre mit «die Straße wählen». Endlich war dieses Geschöpf frei. Die Menge, die zu ihm hinaufstarrte und jedes Mal, wenn er weiterflog, Oh und Ah rief, hatte kein Recht auf ihn. Zieh hin, kleiner Vogel! Sei frei!

Das waren unsere aufrichtigen Gefühle. Ich berichte darüber, weil manche Leute vielleicht nicht glauben würden, was später geschah.

Noch während Henry zwischen den dichtbelaubten Zweigen einer Platane verschwand, kam Jim Harbottle wie jeden Abend gegen sechs Uhr nach Hause, seine kleine Mappe in der Hand. Beim Anblick der roten, vor seinem Hause parkenden Maschine, der vielen Menschen, der weinenden June und der Gelbschaligen sah er sehr erschrocken aus.

«Jim Harbottle, von den Gaswerken», sagte er und schüttelte einem der Gelbschaligen die Pfote.

«Schön' guten Abend. Aber die Gaswerke brauchen wir hier nicht», sagte der Gelbschalige, nahm seine Schale ab, und man sah, dass er darunter ein ganz gewöhnlicher Mann in Uniform war.

«Nein», sagte Jim, «ich bin Angestellter der Gaswerke. Ich bin der Bezirksmanager.»

«Das will ich Ihnen gern glauben», sagte der Uniformierte. «Aber die Gaswerke brauchen wir nicht.»

«Ich versichere Ihnen», sagte Jim nicht ohne Würde, «dass Sie sie sehr wohl brauchen. Wo wäre dieses Land, ich möchte sogar fragen diese Welt, ohne die Gaswerke? Das ist eine gefährliche Energiequelle, sofern sie nicht nutzbringend, sicher und wirksam zur Anwendung kommt. Dazu braucht man die Gaswerke. Und deshalb haben die Gaswerke ihre Bezirksmanager. Ohne sie würde es überall zu Explosionen und Unfällen kommen …»

«Ja, ja», sagte der Mann in der Uniform. «Aber es ist kein Bruch in der Gasleitung.»

«Und auch kein Brand?», fragte Jim.

«Auch kein Brand.»

«Entschuldigen Sie», sagte Jim, «aber wenn der Bezirksmanager der Gaswerke heimkommt und vor seinem Hause Löschfahrzeuge geparkt sieht, nimmt er natürlich an, dass ein Feuer – oder eine undichte Stelle in der Gasleitung …»

Da kam June schniefend und weinend heran.

«O Jim! Er ist oben auf dem Baum.»

«Was? Ein Kater?», fragte Jim. «Du hast auf Kosten des Steuerzahlers die Feuerwehr gerufen, weil ein Kater auf dem Baum ist? Lass ihn doch oben.»

«Katzen hab ich nie besonders gemocht», sagte er zu dem Feuerwehrmann. «Hunde ja, ich bin ein Mensch für Hunde. Aber keine Katzen. Diese beiden Katzen haben wir nur aus Freundlichkeit zu uns genommen, als meine Schwiegermutter starb.»

«Tatsächlich, Sir?»

«Er wäre ja nie rausgekommen, wenn du nicht das Dielenfenster offen gelassen hättest», sagte June.

«Ich? Das hab ich gern. Ich und ein Fenster offen lassen!»

«Du kannst es nicht abstreiten, Jim Harbottle. Ich war es nicht, die das Dielenfenster aufgemacht hat.»

«Es war stickig dort drin. Na jedenfalls, auch wenn ich es getan habe, ich bin doch wohl kaum schuld daran, dass eine Katze auf einen Baum klettert.»

«Es ist keine Katze da oben auf dem Baum», sagte June. «Es ist Henry. Unser wunderschöner Sittich ...»

Damit fing sie wieder an zu weinen.

Jim, der unsereins sichtlich nie gemocht hatte, liebte Wellensittiche, oder vielleicht war ihm auch jeder Stecken, ja selbst der Zweig, auf dem Henry hockte, gut genug, um seine Frau damit zu schlagen.

«Du hast den Wellensittich rausgelassen?»

«Es ist unnötig, dass du in diesem Ton mit mir redest, Jim Harbottle.»

«Du hast dem Wellensittich den Käfig aufgemacht und ihn rausgelassen, und dann hast du die Frechheit, mir zu sagen, ich hätte das Fenster aufgelassen.»

«Der Vogel scheint noch immer im Baum zu sein, Sir», sagte der Feuerwehrmann und blickte hinauf zu Henry, der frei und glücklich in den Zweigen saß.

«Ah, ja», sagte Jim würdevoll. «Das stimmt. Es ist sehr freundlich von Ihnen, Herr – äh – Hauptmann, uns die Hilfsmittel der Feuerwehr bei einer solchen Gelegenheit zur Verfügung zu stellen.»

«Schwer zu sagen, was noch zu machen ist, Sir, wirklich», sagte der Feuerwehrmann. «Wenn der Sittich lieber oben im Baum bleiben möchte, können wir nicht viel daran ändern.»

Jim sah ihn mit einem Blick an, der besagte, dass die Gaswerke sehr wohl etwas hätten tun können, wo die Feuerwehr versagte. Schließlich wurde die Leiter wieder eingeholt, und die Leute bestiegen die Löschfahrzeuge und fuhren davon.

Die Menge zerstreute sich. Den ganzen Abend stritten Jim und June und beschimpften sich gegenseitig, während sie verschiedene Maschinen in ihrem Haus an- und abstellten. Tracy kam zum Abendessen heim und fand ihre Eltern im Garten, wo sie Henry mit einem Teller Körner vom Baum zu locken versuchten. Er wollte aber nicht herunterkommen. Nach Tisch sagte Tracy, sie ginge mit ihrem Freund Bob aus, und überließ die Eltern ihrem Zank. Sie waren viel zu sehr mit Streiten beschäftigt, um an unser Futter zu denken. Als die Dunkelheit kam, waren wir beide heißhungrig. Als wir jedoch in die Diele gingen, um sanft daran zu erinnern, dass ein kleiner Happen zum Abendessen mehr als willkommen wäre, rief Jim schroff: «Hört auf mit eurem Gejaule!», und schlug mir mit einer zusammengerollten Zeitung fest auf die Nase. Ich verfluchte ihn, lief zur Hintertür und kratzte daran in der Hoffnung, er werde mich wenigstens hinauslassen. Auch mein Bruder kam, und schließlich fiel es June ein, dass wir, wie sie es ausdrückte, noch nicht «auf dem Örtchen» gewesen waren, und ließ uns hinaus in die nächtliche Dunkelheit. Ich hastete zum Haus des Majors.

Der alte Bursche schnarchte in der Küche neben dem warmen Herd. Unter dem Ausguss stand eine Schüssel mit Hühnerbrüstchen, die noch kaum berührt waren. Ich machte kurzen Prozess mit ihnen, ehe Mrs. Jones hereinkam und mich aus der Küche scheuchte mit dem Ruf: «Geh heim und friss dein eigenes Futter. Also wirklich, diese Harbottle-Katzen scheinen ständig Hunger zu haben.»

Als Nachtklosett wählte ich eine hübsche Stelle zwischen Jims Lieblingspetunien, und dann galoppierte ich wieder ins Haus, von wo June rief: «Komm, Pussy, Pussy, Pussy.»

June war nicht bösartig, nur ein Dummchen. Von Jim aber konnte man das nicht sagen. Ich glaube, er hatte seine Freude an ihrem Kummer über den entflogenen Sittich.

«Hat wenig Sinn, nach Henry zu brüllen», rief er ihr zu.

«Ich hol nur eben die Katzen herein. So was machst du ja nie.»

«Ich glaube, den Sittich kannst du abschreiben», sagte Jim. «So was Dämliches, ihn aus dem Käfig zu lassen.»

«Da kommt Bootsie!», sagte June in dem Versuch, Jims Hohn zu ignorieren.

Aus den schattigen Tiefen des Gartens kam mein Bruder angaloppiert. Er trug etwas im Maul, etwas leuchtend Grünes, Gefiedertes und Lebloses.

«Ja, was hast du denn da?», fragte June.

Als er ihr das Ding vor die Füße fallen ließ, stieß sie einen schrillen Schrei des Entsetzens und des Kummers aus.

Mein Bruder sah mich an und leckte sich leicht verlegen die Lippen. «Ich konnte einfach nicht widerstehen», murmelte er.

9

Nachdem mein Bruder Henry umgebracht hatte, wurde nichts mehr ganz wie früher. Jim und June, die einander sonst auf allen Gebieten des Lebens widersprachen, waren sich nun einig in ihrem Abscheu gegen uns. Die Fütterungen wurden noch unregelmäßiger, und die Wutausbrüche gegen uns kamen nun von allen beiden. Ich gewöhnte mir an, Jims Fuß auszuweichen. Kam er in der Diele oder oben auf dem Treppenabsatz an mir vorbei, versetzte er mir einen Tritt. June war kaum besser, und oft, wenn sie uns eine Schüssel Futter hinstellte, gab sie uns einen Klaps auf den Kopf, wenn wir gerade anfingen zu fressen. Unsere einzige Bundesgenossin im Haushalt war Tracy, doch die zog bald fort, um mit ihrem Freund Bob zu leben.

Jim machte ein Riesentheater deswegen, aber ich verstand Tracy nur zu gut. Wenn Jim nicht gerade grob zu seiner Frau war oder uns attackierte, brüllte er ständig mit seiner Tochter herum, weil er ihre Frisur nicht mochte oder ihre Kleider oder die Art, wie sie das Zimmer einrichtete. Kein Wunder, dass sie fortging, doch als sie fort war, waren wir den beiden ganz und gar ausgeliefert.

Eines Tages, als wir uns vor ihnen unter dem Bett in Tracys Zimmer versteckten, das nun so still und verlassen war, sagte mein Bruder ganz ruhig: «Ich bin nicht sicher, ob ich das noch sehr lange aushalte.»

«Ich auch nicht.»

«So zu leben scheint mir sinnlos», sagte er. «Weißt du, warum ich den Sittich umgebracht habe? Damals war ich mir nicht darüber klar, aber wenn ich jetzt zurückdenke, fällt mir auf, dass es Monate her ist, seit du und ich anständig auf Jagd gegangen sind.»

«Es ist auch Monate her, seit wir zuletzt ein normales Katzenleben geführt haben, ohne dass uns dieses Paar ständig auf die Nerven gegangen ist», sagte ich.

«Hast du schon das Neueste gehört?», fragte mein Bruder.

«Nein.»

«Jim spricht davon, sich einen Hund anzuschaffen. Einen Wolfshund. June fragte, ob er meine, dass ein Wolfshund sich mit uns vertrüge, und er sagte: Mir ist's egal, wenn er ihnen den Kopf abbeißt. Kein netter Mensch, dieser Jim.»

«Wir können hier nicht mit einem Hund zusammenleben», sagte ich.

«Was ich nicht verstehe, ist, warum Jim und June einen Hund wollen. Ein Hund bedeutet viel mehr Arbeit, als wir gemacht haben. Ein Hund ist gefährlich. Ein Hund hat keine Kontrolle über Blase und Darm. Sie werden Monate brauchen, ihm beizubringen, dass er keine Haufen in die Diele macht. Und trotzdem wollen sie einen Hund. Also wirklich, sie sind doch …»

«… sonderbar.»

Wir sagten es zweistimmig, aber das alte Schlagwort brachte uns wenig Trost. Als wir eine Weile schweigend nebeneinandergesessen hatten, fragte ich: «Ist es dir ernst mit dem Entwischen?»

«Fast so ernst, dass man als Katze lieber die Straße wählt!», zitierte mein Bruder und imitierte dabei die Stimme des Majors recht treffend.

«Aha, dieser Satz ist also auch bei dir hängengeblieben.»

«O Bruder», sagte er, «wäre es nicht schön, die Welt zu durchstreifen und ganz man selbst zu sein, zu fressen, wann und wie man will? Und in den warmen Nächten draußen zu bleiben, zu jagen oder zu lieben. Frei zu sein?»

Ach, hätten wir doch diesem Impuls damals sofort nachgegeben! Damals sofort beschlossen, von Jim und June wegzulaufen und die Straße zu wählen. Doch mein Bruder war ein vorsichtiger Kater und plante größere Vorhaben gerne im Voraus.

Er führte lange Gespräche mit dem Major über unsere Pläne, und der Major betonte die Wichtigkeit des Rekognoszierens.

«Rekog muss sein», sagte er und erwärmte sich sichtlich für dieses Thema. «Es ist von großer Bedeutung. Als junger Kater kannte ich so ziemlich die ganze Gegend, nicht bloß bis ans Ende der Straße, sondern weit darüber hinaus. Mein Rat an euch zwei ist: bewegt euch dort hinaus. Folgt dem Weg übers freie Feld, dann kommt ihr ans Flussufer. Das ist immer ein guter Ort für unmittelbare Verpflegung. Wenn ihr Glück habt, erwischt ihr eine Ente. Es gibt Wasserratten, Feldmäuse …»

Am nächsten Tag kam mein Bruder nach kurzem Erkundungsgang zurück.

Das freie Feld des Majors war mittlerweile mit Häusern bebaut.

«Natürlich», sagte der Major. «War eine ganze Weile nicht dort, alter Junge. Komm nicht mehr so viel herum wie früher.»

Trotzdem hatte er uns von etwas Wichtigem überzeugt, nämlich während unserer ersten Woche in Freiheit Menschen, Behausungen und Straßen so weit als möglich zu meiden. Er sagte uns etwas, was ich seither als wahr erkannt habe – dass man auf der Straße Gefahr läuft, verfolgt zu werden. In den Schaufenstern der örtlichen Läden werden Inserate ausgehängt, man ruft die Polizei und die Gelbschaligen. Es gab noch andere Gefahren der Straße, über die sich der Major nur unbestimmt ausließ. Heute kenne ich sie besser, aber ich glaube immer noch, wenn wir damals gemeinsam aufgebrochen wären, hätte alles gutgehen können. Es vergeht kein Tag meiner Einsamkeit, an dem ich nicht an meinen Bruder denke oder seine Gesellschaft vermisse. Doch fast noch mehr als seinen Verlust bedauere ich die Art, in der er umkam. Darüber werde ich immer furchtbar zornig. Es war ein so nutzlos vertanes Leben, eine so nutzlos vertane Chance.

Mein Bruder neigte damals immer sehr viel mehr als ich dazu, sich auf dem laufenden zu halten, und wusste meist, was die Menschenwesen vorhatten. Er war es auch, der Wind davon bekam, dass Jim und June in eine andere Stadt namens Spanien zu reisen gedachten. Sie hatten darüber in den Papieren gelesen, die ich mit den Krallen zerfetzte. Es war ein heißer Ort, und Jim und June hatten den Ehrgeiz, ihr armseliges, unbehaartes Fleisch von der Farbe roher Würstchen zur Farbe von Hundedreck zu verändern. Wie mein Bruder sagte, würde sie das eine beträchtliche Summe Geld kosten. Woher er das wusste, ahnte ich nicht. Als erst einmal so gut wie feststand, dass sie tatsächlich reisen wollten (und als er mir alles erklärte), fiel mir wieder ein, dass sie auch voriges Jahr weggewesen waren, um in Fett zu baden (meine Güte, als sei nicht genug davon in den Dosen auf Junes Schlafzimmertisch), und da begannen auch unsere Pläne Gestalt anzunehmen. Wir wollten sie abreisen lassen in der Hoffnung, sie würden vergessen, uns im Haus einzusperren. Wenn nicht, würden wir bei der ersten Gelegenheit, wenn jemand kam, uns zu füttern, aus dem Haus entwischen. Dann würden wir drei, vier Straßen weit laufen, uns dabei immer in den Hinterhöfen halten und die Straße meiden und uns irgendwie zu einer Art Park durchschlagen, den mein Bruder auf seinen Erkundungsgängen entdeckt hatte. Es macht mich traurig, von diesen Plänen zu erzählen. Was wirklich geschah, war so erschütternd anders.

June und Jim reisten tatsächlich nach Spanien ab. Es dauerte eine ganze Weile, ehe sie all ihr Zeug in einen Koffer gepackt und diesen die Treppe hinuntergeschleppt hatten, dann treppauf und treppab liefen auf der Suche nach einem verlorenen Pass, der gar nicht verloren war, sondern nur in Jims anderem Jackett steckte, schließlich darüber stritten, ob es Junes Schuld oder Jims war, dass der Pass sich in dem Jackett befand und wer schuld war, dass sie damals vor drei Jahren ohne ihre Reiseschecks abgereist waren.

«Hast du die Hintertür abgeschlossen?»

«Klar.»

«Hast du Futter für Bootsie und Fluffie rausgestellt?»

«Du hast gesagt, das machst du.»

«Ach, du bist hoffnungslos!»

Und noch während June irgendwelches Dreckszeug für uns in eine Untertasse löffelte, läutete die Haustürglocke, und ein Mann sagte, er sei das Taxi.

«Adieu, Bootsie! Adieu, Fluffie!», rief June in sehr albernem Ton.

«Nun komm schon, willst du, dass wir das Flugzeug verpassen?», fragte Jim.

«Hoffentlich denken Tracy und Bob daran, die Katzen zu füttern.»

«Das werden sie schon, wenn du daran gedacht hast, es ihnen zu sagen.»

«Klar hab ich dran gedacht. Mehr als du je getan hast. Also ehrlich, Jim, ich hab ja alles selber tun müssen: die Milch abbestellen, das Brot abbestellen, der Polizei sagen, dass wir verreisen.»

«Alles, außer für den Urlaub bezahlen», sagte Jim.

Ihre quengelnden Stimmen verhallten den Weg hinunter. Es war das letzte Mal, dass ich sie hörte. Ich vermisse sie nicht besonders. Du, kleiner Enkelkater, der du die Menschenrasse mit freundlicheren Augen siehst als ich, wirst glauben, ich hätte dir ein unfaires Bild von June und Jim gezeichnet, aber das glaube ich nicht. Sie ließen uns zurück, eingesperrt in ihr Haus. Es gab kein Fenster, keine Katzenklappe in der Hintertür, und das Katzenkistchen, das wir als Toilette hätten benutzen sollen, war in der Küche. Das Schlimme war nur, dass sie die Küchentür eingeklinkt hatten, sodass wir nicht hinkonnten. Wir waren daher im ganzen übrigen Haus «auf freiem Fuß», und nach einer Zeit, die uns endlos schien, war es unvermeidlich, dass wir das Wohnzimmer als Klosett benutzten. Ich wollte, ich könnte behaupten, es habe mich nicht befriedigt, das zweisitzige Sofa vor der farbigen Bilderkiste zu «benutzen». Mein Bruder «ging» lieber diskret, im ersten Stock, im Badezimmer, um genau zu sein.

Die Stunden, die wir in dem Haus eingesperrt waren, kamen uns sehr lang vor. Sie waren auch sehr lang. Wir waren ohne Futter und ohne Möglichkeit, auf die Toilette zu gehen, den ganzen Tag und fast den ganzen nächsten Tag eingesperrt. Tracy und ihr Freund hätten «in regelmäßigen Abständen» kommen und uns füttern sollen, aber bis zum folgenden Abend war nichts von ihnen zu sehen. Dann hörten wir die Haustür gehen und Bob, Tracys Freund, sagen: «Du liebe Zeit, was für ein Gestank!»

«O nein», sagte sie. «Ich glaube, mir wird schlecht.» Sie kamen ins Haus und hielten sich die Nasen zu. Dann rief Tracy, die ich immer für unsere Freundin gehalten hatte: «Bootsie! Fluffie! Kommt mal her.»

Ich lief schnurrend auf sie zu und rieb mir die Nase an ihren Netzstrümpfen.

«O Fluffie, was hast du gemacht?», fragte sie.

«Das riechst du doch, was der gemacht hat», sagte Bob.

«Sie können doch nichts dafür, wir hätten wirklich gestern kommen sollen, Bob. Komm, Fluffie, jetzt suchen wir für dich ein Fresserchen! Oh! Na weißt du, Bob, schau, was Mum und

Dad getan haben! Sie haben die Küchentür zugemacht! Kein Wunder, dass Fluffie mal verschwinden musste.»

«Das ganze Haus stinkt», sagte Bob. Er hatte sich hingesetzt, und zwar, wie ich mit Befriedigung feststellte, auf das Sofa, und wunderte sich, woher der Gestank kam.

Tracy rief meinen Bruder und mich in die Küche. Wir waren heißhungrig, fast am Verhungern, so wenigstens empfanden wir es. Wenn man eine ganze Zeit nichts gegessen hat, wird der Hunger immer stärker, erreicht dann jedoch einen Punkt, an dem man gar keine Esslust mehr verspürt. Der Geruch der Dose, die sie öffnete, erregte bei mir Brechreiz. Trotzdem fraßen wir in gieriger Hast alles auf, was sie uns auf den Teller legte. Mein Bruder ging in sein Versteck, ich hatte Lust zu spielen.

«Und bei dem schönen Wetter», rief sie ins Wohnzimmer hinüber, offensichtlich in einer Unterhaltung mit Bob fortfahrend.

«Du meinst, wir könnten jetzt in Bournemouth sein, wenn die Katzen nicht wären», sagte Bob.

«Ich weiß», sagte sie.

«Könntest du nicht die Nachbarn dazu kriegen, sie zu füttern?»

«Du weißt doch, wie Mum über Mrs. Watkin denkt. Sie will sie nicht ins Haus lassen.»

«O – Sch…», rief Bob aus, ein sehr grobes, aber zufällig genau passendes Wort. Er war auf dem Sofa zur Seite gerückt und hatte entdeckt, worin er saß.

«Ich bring sie um, diese verd… Katzenviecher», sagte er. «Ich bring sie um.»

«Bob! Sie können doch nichts dafür», sagte Tracy. «Mum hatte sie aus der Küche ausgesperrt.»

Just in diesem Augenblick spürte ich, dass mein leerer Magen sehr schlecht auf das Fleisch reagierte, und fing an zu würgen, zu husten und zu brechen.

«Genau das hat uns gefehlt», sagte Bob. «Dass der süße Fluffie kotzt!»

Mit Schwamm und Lappen putzten und kratzten sie, es blieben jedoch auf dem Dielenteppich, dem Sofa und (erst recht) Bobs Hose eine Menge Schmutzstellen sichtbar, und der Gestank war erschreckend. Ich konnte es ihnen im Grunde nicht übelnehmen, dass sie böse waren. Nur ahnte ich nicht, wie böse Bob war. Als sie gegangen waren, nachdem sie die Küchentür offen gelassen und uns Näpfchen mit Trockenfutter und einen Teller Milch hingestellt hatten, kam mein Bruder aus seinem Versteck in Junes Schlafzimmer hervor und fragte: «Was war das mit dem nach Bournemouth fahren?»

«Es sieht so aus, als würden auch sie gern verreisen, können es aber nicht», sagte ich. «Wegen uns.»

«Und weswegen hat Bob so gebrüllt? Es klang, als hätte er sich in irgendwas reingesetzt?»

Als ich es meinem Bruder sagte, war er sehr erheitert und lachte laut und lange. Er teilte meine Meinung über Bob. Wir verbrachten einen sehr netten Abend miteinander und stöberten im ganzen Haus herum. Wenn man uns nur ins Freie gelassen hätte! Ich sah so viele verlockende Vögel draußen auf dem Rasen herumhüpfen, aber wir konnten nichts tun, als uns die Nasen an den Fensterscheiben plattdrücken und hinausstarren.

Später am gleichen Abend hörten wir wieder die Haustür gehen. «Sehr aufmerksam», sagte mein Bruder sarkastisch. «Anscheinend wollen sie nicht riskieren, noch mal hinter uns herputzen zu müssen.»

«Das ist nicht Tracy», sagte ich.

«Wer ist es dann?»

«Es ist Bob … mit einem anderen Mann.»

Bob und der andere sprachen viel lauter als sonst. Sie lachten und rülpsten und gingen nicht ganz gerade, hatten vielmehr die Neigung, gegen alles anzurempeln.

«Bringen wir's hinter uns», sagte Bob. «Tracy würde mir ins Gesicht springen, wenn sie wüsste, was ich vorhabe.»

«Es ist ganz einfach», sagte der andere junge Mann mit einem rohen Lachen. «Ich hab's schon mit mehreren Katzen gemacht. Nach einer Weile gefällt es einem direkt. Na, du Schöner, du.»

Er hockte sich hin und sprach zu mir. Ich fühlte, dass sich mir das ganze Fell sträubte. Dies war ein Feind. Ich wusste zwar nicht, was er mit uns vorhatte, aber ich wusste, dass es nichts Gutes war.

«Hast du einen Sack, in den wir sie stecken können?», fragte er Bob. «Am besten einen, den man gut zumachen kann. Manchmal wehren sie sich wie verrückt.»

«Ich weiß noch immer nicht, was ich Tracy erzählen soll», sagte Bob.

«Hör zu, Kumpel, willst du nun nach Bournemouth oder nicht? Eine ganze Woche in meinem Wohnwagen, du und die Kleine?»

«Alsdann … Und du willst auch nicht ins Haus kommen

und die Schweinerei vorfinden, die die kleinen Schätzchen veranstalten, oder? Hallo du, Dingsda …»

Auch mein Bruder machte einen Buckel und plusterte den Schwanz auf.

«Es ist ja nur, weil ich nicht weiß, was ich Tracy erzählen soll …»

«Hab ich dir doch gesagt: Du hast die Katzen bei der Hintertür rausgelassen. Dann hast du gerufen und gerufen, und sie sind nie wiedergekommen.»

Ich gestehe Bob zu, dass er betrunken war und ungern tat, was er tat. Der andere Mann aber genoss jede Minute. Er war in die Küche gegangen und hatte dort ein paar alte Einkaufstaschen gefunden. Sobald wir wussten, was er vorhatte, ließen wir ihn für sein Geld tüchtig laufen.

Mein Bruder raste hinauf in eines der Schlafzimmer und versteckte sich an seinem Lieblingsplatz oben auf dem Kleiderschrank, während die beiden Männer, sehr betrunken und sehr wütend, hinter mir herjagten. In dem Raum, den June als Diele bezeichnete, dachten sie schon, sie hätten mich, aber Bobs Freund stolperte gegen eine der Topfpflanzen auf der Etagere und fiel mit ihr zu Boden. Als er wieder aufstand, schrie er: «Ich bring dich um!»

Er trug Handschuhe, als er hinter mir die Treppe heraufgestampft kam, außerdem in der einen Hand eine Tasche, die oben einen Reißverschluss hatte. Ich war entschlossen, mich nicht da hineinstecken zu lassen, rannte aber törichterweise ins Bad, wo man sich nirgends verstecken konnte. Ich duckte mich unter den Waschtisch und hörte seine Tritte näher kommen.

«Da ist er rein», sagte er.

«Welcher? Fluffie?», fragte Bob.

«Der Scheckige. Ein ganz Wilder ist das, der hätte längst umgebracht gehört.»

«Ich geh Bootsie suchen», sagte Bob niedergeschlagen.

Die Badezimmertür öffnete sich, und Bobs grässlicher Freund kam herein. Ich betrachtete ihn: genagelte Stiefel, Jeans, ein blaues Jackett und an den Händen lederne Motorradhandschuhe. Es gab außer seinem Gesicht keinen Teil an ihm, den ich angreifen konnte. Sein Gesicht aber war, als er sich mit der offenen Tasche hinhockte, dem meinen ganz nah, und ich sprang ihn mit ausgestreckten Krallen an. Es gelang mir, ihm ein Stückchen aus der Wange zu reißen, aber das machte ihn nur noch wütender. Er versetzte mir einen Faustschlag, der mich betäubte. Bewusstlos schlug er mich nicht, aber der Schmerz lähmte mich sekundenlang, und in dieser Sekunde packte er mich und steckte mich in die Einkaufstasche. Ich wand mich und zappelte, aber er war zu stark für mich und presste mir Pfoten und Kopf tief in die enge verhasste Tasche.

«Bootsie werden wir hierlassen müssen», rief Bob aus dem Schlafzimmer. «Der sitzt oben auf dem Kleiderschrank und will nicht runter.»

«Stell dich nicht so dämlich an», sagte der Schreckliche. «Das Vieh übernehme ich schon.»

Ich hörte sie herumwirtschaften, Stühle rücken und fluchen. Anscheinend war ihnen mein Bruder zunächst entwischt, doch sie hatten die Schlafzimmertür eingeklinkt, und so wacker er auch kämpfte, gegen die beiden hatte er keine

Chance. Was ich in der Finsternis der Tasche wahrnahm, war nur, dass ich die Treppe hinuntergeschleppt wurde, als sei ich Abfall.

Bob sagte eben wieder: «Ich tu das wirklich nicht gern», und der Schreckliche lachte. Es war so finster und so stickig in meiner Tasche, dass ich nicht genau weiß, wann wir ins Freie kamen. Aber schließlich merkte ich doch, dass ich in etwas geworfen wurde, das der Kofferraum einer Tötungsmaschine sein musste. Undeutlich spürte ich durch die Seitenwand der Tasche eine zweite und hörte die erstickten Protestschreie meines Bruders.

«Du fährst, ich kümmere mich um die zwei», sagte der Schreckliche. «Ich will nicht, dass du was vermasselst.»

«Wohin?»

«Äußerer Ring natürlich, wie oft muss ich es dir noch sagen.»

Der Wagen brauste los. Ich lauschte nicht besonders aufmerksam auf das Gespräch zwischen den beiden Freunden. Sie schwiegen auch die meiste Zeit. Wir hörten nur den Motor und die Musik aus dem Stimmenkasten. Wir hielten und fuhren wieder an, hielten wieder und fuhren wieder weiter. Mir wurde schlecht, wie immer in fahrenden Wagen. Aber diesmal war es nicht nur die Bewegung des Wagens. Mir war schlecht vor Wut darüber, dass diese Flegel uns so behandeln durften, schlecht wegen der Gewissheit, dass wir nichts tun konnten, um sie daran zu hindern, und dass wir, was auch immer geschah, uns nie an ihnen würden rächen können – mir war schlecht von der ganzen schmerzhaften Sinnlosigkeit des Lebens …

Unsere Fahrt dauerte nicht lange. Bald spürte ich, wie der Schreckliche sich neben mich drängte, und hörte ihn sagen: «So, mein Guter.»

Der Wagen fuhr etwas langsamer, und ich glaubte einen schrillen Verzweiflungsschrei meines Bruders zu hören. Dann wurde ganz plötzlich der Reißverschluss oben an der Tasche aufgezogen, und der Schreckliche sagte: «Jetzt bist du dran. Das ist ein ganz Wüster.»

Er packte mich beim Genick. Ich sah, dass das Wagenfenster weit offen stand, und weil wir noch immer ziemlich schnell fuhren, blies mir ein starker Luftzug ins Gesicht.

«Raus mit dir», rief er und schleuderte mich mit einer heftigen Bewegung hinaus.

Durch einen besonders glücklichen Zufall landete ich auf dem begrünten Streifen am Straßenrand, empfand aber einen scharfen Schlag auf der Seite. Durch den Schock vermochte ich zunächst nicht zu erfassen, was eigentlich geschehen war, sondern lag eine ganze Weile mit brennendem Schmerz in einem meiner Hinterbeine da und weinte vor Zorn ins Gras, während Autos und Lastwagen vorüberbrausten.

Nach geraumer Zeit, es können wenige Minuten, aber auch Stunden gewesen sein, es abzuschätzen war unmöglich, fiel mir mein Bruder ein. Wo war er? War er unverletzt? Im ersten Moment der Benommenheit glaubte ich, weil ich mehr oder weniger heil geblieben war, auch er sei noch am Leben und, wenn auch etwas angeschlagen, bereit für die nächste Etappe des Abenteuers. Ich stand auf.

Der Schmerz in meinem Hinterbein war fast unerträglich, aber irgendwie konnte ich mich doch vorwärtsschleppen.

Wohin ich unterwegs war, wusste ich nicht, doch tat es gut, sich zu bewegen, ganz gleich, wie weh es tat. Und dann, in der Dunkelheit – sah ich es. Anfangs dachte ich, es sei möglicherweise ein anderes Tier, doch der Umriss seines Kopfes auf der Straße war deutlich zu erkennen, und er lag ganz still.

Ich bin überzeugt, dass die Große Stille, dieses Geheimnis, bei dem wir Zeuge gewesen waren, als es Oma Harris befiel, ihn schon eingeholt hatte, aber eben jetzt donnerte ein Autobus über ihn hinweg, und nun gab es keinerlei Zweifel mehr, dass er hinüber war.

Ich würde dir gern erzählen, dass ich in diesem Moment beschloss, keinem menschlichen Wesen je wieder zu trauen, dass ich beim Anblick meines armen Bruders, der da wie ein Stück Müll zerfetzt wurde, mir vornahm, ein unabhängiges Leben zu führen und nur mehr mir selbst und den Geheimnissen zu trauen, die unser Leben regieren. Aber ich war nicht in der Stimmung für große Entschlüsse. Es ist mir dreimal im Leben großes Leid widerfahren. Das erste Mal war es etwas so Verwirrendes, dass ich es nicht richtig erfasste, das ich aber jetzt als großes Leid einstufe: die Trennung von meiner Mutter. Das zweite Mal war ebenfalls verwirrend, doch empfand ich es damals nicht in seinem ganzen Ausmaß: das Schicksal meines Bruders auf der Straße. In blankem Entsetzen erkannte ich, dass ich meinen besten Freund auf der Welt verloren hatte, einen Freund, der nie wieder zu ersetzen war. Das dritte Leid lag noch in der Zukunft. Ich verweilte nicht, um Rückschau zu halten. Ich hinkte den begrasten Hang hinauf, kroch durch einen Zaun und über die Ecke einer Wiese. Ich wusste nicht, wohin ich wollte oder was ich tat. Einen verzweifelten Moment lang glaubte ich im Kreise gelaufen zu sein, denn als ich die Wiese überquert hatte, befand ich mich auf dem Grasrand einer anderen Straße, die mir jedoch ruhiger vorkam. Mein Bein ließ sich nicht weiterschleppen, deshalb legte ich mich hin, die mutloseste, die hilflos wütendste und elendeste Katze der Welt. Und weil ich keine Kraft mehr hatte, blieb ich sogar liegen, als ein Wagen neben mir die Fahrt verlangsamte und anhielt, ja sogar als eine weibliche Menschenstimme sagte: «Hören Sie mal, die lebt ja noch.» Ich streckte zwar die Krallen heraus, wehrte mich aber nur noch wie im Traum. Ich war kaum mehr bei Bewusstsein, als man mich hochhob und in den Fond eines anderen Wagens trug.

10

Als ich wieder zu mir kam, hatte der Schmerz nachgelassen, obwohl mein Bein immer noch weh tat. Ich hob den Kopf, mit halbgeschlossenen Augen, um es zu lecken, und stellte überrascht fest, dass es sich in Stoff und Holz verwandelt hatte. Dann wurde mir klar, dass es bandagiert worden war. Ich lag, von einer Decke eingehüllt, auf einem Fußboden aus roten, glänzend polierten Kacheln. Der Raum war warm und sauber. Durchs Fenster drang leuchtender Sonnenschein. Gleich neben mir stand eine Schale Milch. Ich erhob mich – es war sehr sonderbar, auf einem geschienten Bein zu stehen – und humpelte hin, um zu trinken. Das tat wohl. Es tat fast so wohl wie am ersten Tag, an dem ich die Augen aufgeschlagen hatte und merkte, dass ich vor ungefähr einer Woche ein wundervolles Erlebnis gehabt hatte: Ich war geboren worden, ich lebte.

Natürlich war es diesmal nicht ganz so fremdartig, doch war es sicherlich eine noch größere Freude. Schließlich war ich ja dem Nicht-mehr-Leben schon sehr nahe gewesen, sehr nahe der Großen Stille, die jetzt meinen Bruder umfing.

Die Erinnerung an ihn, die mir beim Schlürfen der Milch

zurückkehrte, war sehr schmerzlich und verdarb mir fast das Vergnügen daran, wieder zum Leben zu erwachen.

Dann wusste ich wieder die ganze traurige Geschichte – von Tracy und dem idiotischen Bob und seinem schrecklichen Freund, den Taschen, dem Wagen, dem offenen Fenster, dem ganzen Jammer. Und nun war ich hier.

Wo das war, ahnte ich nicht, und ich hatte keinen Grund zu der Annahme, dass die neuen Menschenwesen – wenn es Menschenwesen waren, die mir den Verband gemacht und mir eine Decke und Milch gegeben hatten – mein Vertrauen verdienten. Schließlich war ich hier ein Gefangener. Ob es einen Ausgang gab?

Die Kacheln waren so glatt poliert, dass ich fast darauf ausgerutscht wäre. Aber immerhin, gehen konnte ich wieder! Es schien mir eine Leistung. Während meiner ersten zaghaften Schritte öffnete sich die Tür, und ein weibliches menschliches Wesen kam herein in einer Art langem, schwarzem Gewand mit einem ebenso langen Schleier über dem Kopf. Sie trug ein Kreuz um den Hals und ein kleines rotes Dreieck auf der Brust. Ich hatte noch nie Menschen derart gekleidet gesehen und war etwas verdutzt. Normalerweise sieht man ihre Beine, aber bei diesem sah man nur die auf Hochglanz polierten schwarzen Schuhe und überhaupt keine Beine.

Mit ruhiger, freundlicher Stimme, die mich beinahe bedauern ließ, dass ich mich über und über gesträubt und den Schwanz grimmig hochgereckt hatte, sagte die Fremde: «Ah, sieh mal an, du bist ja wach.»

Damit verschwand sie wieder, und ich konnte hören, wie ihre Stimme auf dem Korridor freudig bewegt sagte: «Die

Katze ist aufgewacht. Sie erholt sich, Schwester, kommen Sie und sehen Sie selbst, Mildred ist aufgewacht.»

Mildred?

Sie?

Obwohl ich noch in recht schwachem Zustand war, erregte dies doch mein Interesse. Ich teilte demnach das Zimmer mit einer weiblichen Katze. Mein Interesse am weiblichen Geschlecht war von jeher groß. Wie mochte diese Mildred aussehen? Ich stellte sie mir innerlich vor. Vielleicht war sie ein törichtes weißes Puderquästchen mit neckischen blauen Augen und verführerisch maunzendem Stimmchen? (Vor ein paar Monaten war ich nach so einer verrückt gewesen und hatte auf einem Schuppendach gejault – nein, nicht nach der Prinzessin, sondern nach einer anderen.) Möglicherweise war sie aber auch wunderschön glatt, schwarz und mollig und hatte grüne Augen? Oder war sie vielleicht eine Siamesin?

Doch selbst von einem Menschen konnte ich mir nicht denken, dass er eine Siamkatze Mildred taufen würde. Ich sah mich im Raum um, und abgesehen von dem Korb, einem Tisch und zwei geradlehnigen Stühlen war er, soweit ich erkennen konnte, leer. Wo also war Mildred? Vielleicht auf der Tischplatte? Mit großer Anstrengung versuchte ich auf einen der Stühle zu springen, aber meine Hinterbeine hatten keine Stoßkraft, und selbst wenn sie sie gehabt hätten, wäre das Springen mit dem Verband und der Schiene nicht leicht gewesen. Ich landete also auf dem Fußboden und spürte einen durchdringenden Schmerz. Ich richtete mich trotzdem wieder auf und wankte zum Kamin, von wo aus man eine gute Aussicht auf die Tischplatte hatte. Dort war keine Mildred.

Sonderbar. Die weibliche Person in dem langen, wallenden Gewand hatte ganz deutlich gesagt: «Schwester, kommen Sie, sehen Sie selbst, Mildred ist wach.» Nach ein paar Minuten kam die Dame mit ihrer Schwester wieder, die erstaunlicherweise genauso angezogen war wie sie: keine Beine, nur blanke Schuhe und ein langes, graues Gewand; am Hals das gleiche rote Dreieck und das gleiche baumelnde Kreuz und ein längliches Stück Stoff statt des Fells auf dem Kopf.

«Sehen Sie nur, Schwester, sie ist wirklich aufgewacht.»

«Na, Mildred», sagte die Schwester der Dame.

Seit meiner Fahrt auf der Ringstraße mit Bob und dem Schrecklichen werde ich Menschen gegenüber immer scheu sein. Aber wie du begreifen wirst, war ich in dem geschilderten Augenblick mehr als scheu. Selbst zwei anscheinend so freundlichen und sanften Vertreterinnen gegenüber war äußerste Vorsicht angebracht. Als sich eine niederhockte – ich wüsste nicht zu sagen, ob es die erste Dame oder ihre Schwester war – und eine wohlgewaschene Hand ausstreckte, fauchte ich und tat so, als wollte ich danach kratzen.

«Sie sehen ja, sie hat Angst.»

«Katzen sind sich doch alle gleich.»

«Wie nur Menschen so etwas tun können?»

«Nun, Mildred, wenigstens bist du noch am Leben.» Ich fauchte wieder, um sie zu warnen, Abstand zu halten, aber es faszinierte mich doch, dass die Dame zwar unverwandt in meine Richtung blickte, sich aber trotzdem mit der anderen weiblichen Katze zu unterhalten schien, die Mildred hieß.

In diesem Augenblick glaubte ich wirklich, Visionen zu haben, denn eine dritte Dame kam ins Zimmer und war genauso angezogen wie die beiden anderen. Der einzige Unterschied war, dass sie gerahmtes Glas auf der Nase balancierte, das wie bei manchen anderen Leuten ihre Augen bedeckte.

«Schwester Caroline Mary, sehen Sie doch nur dieses wunderschöne Geschöpf», sagte eine der Damen. Aha, es war also eine weitere Schwester. Wie viele Schwestern hatte diese Familie denn?

«Ich habe sie Mildred genannt», sagte die erste Dame. «Der Tierarzt meinte, wenn sie aus der Narkose noch einmal aufwachte, hätte sie eine gute Chance, gesund zu werden.»

«Hat der Tierarzt das wirklich gesagt, Schwester?», fragte Schwester Caroline Mary.

«Warum fragen Sie, Schwester?»

«Ich meine, hat er wirklich gesagt, wenn sie noch mal aufwacht, würde sie gesund?»

«Ich weiß nicht, was Sie meinen. Ich kann mich an die genauen Worte des Tierarztes nicht erinnern ...»

«Weil ich glaube, Schwester, dass Mildred in Wirklichkeit ein Miles ist ...»

Darüber lachten die drei Frauen sehr.

In Wirklichkeit ein Miles? Das war ja noch sonderbarer. Es dauerte eine Weile, ehe mir klarwurde, dass sie nicht nur mich ansahen, sondern auch mit mir sprachen. Ich war «Mildred» und nunmehr «Miles».

Warum haben nur die Menschen diesen Fimmel, alles benennen zu müssen? Woher stammt das bloß? Ich finde es schwer begreiflich, obwohl ich weiß, dass du, kleiner Enkelkater, deinen Namen gern trägst und dich freust, wenn deine menschlichen Freunde dich damit rufen.

«Ich glaube, es ist ein Kater», sagte die Schwester mit den Augengläsern. «Groß genug ist er ja. Ein richtig kräftiger Kerl. Ob er wohl bei uns bleibt?»

In den folgenden Tagen sah ich die Schwester mit der Brille des Öfteren. Sie pflegte in mein Zimmer zu kommen und mit mir zu sprechen. Anfangs machte ich ein großes Theater, fauchte, spuckte nach ihr und drohte sie zu kratzen, wenn sie mir zu nahe kam. Sie sagte, sie wisse genau, wie mir zumute sei, und dass auch sie oft das Bedürfnis habe, Menschen anzufauchen, anzuspucken und zu kratzen, obwohl sie noch nie von jemandem aus einem Auto geworfen worden sei. Sie sagte, dass jeder, der neben Schwester Antonia Mary im Chor sitzt und sie fünfmal täglich falsch singen hört, sie gern kratzen würde und dass man Schwester Pamela Mary wenigstens anfauchen möchte, wenn sie die Fischkoteletts verbrennt und sie mit Kartoffelbrei und zermanschten Rüben serviert ohne eine Spur von Vitaminen und den Kohl stundenlang kocht und nie frischen Salat … Die Schwester mit der Brille, die von den anderen Schwestern Caroline Mary gerufen wurde, sagte mir, am liebsten hätte sie eine Orange, und was ich wohl am liebsten hätte? Nierchen? Es ist nicht wörtlich wahr, dass die Schwester und ich die gleiche Sprache sprachen, doch als sie anfing von Nierchen zu reden, stand ich auf und schmiegte mich ganz ganz vorsichtig an jenen Teil ihres Kleides, wo bei anderen menschlichen Wesen die Beine gewesen wären.

Und da sagte sie: «Wir wollen mal sehen, was zu machen ist.»

Ich ließ mich bei dieser Gelegenheit nicht von ihr am Kopf kraulen, ja als sie es versuchte, fauchte ich wieder, aber es war nicht sehr konsequent, weil ich mich doch schon an ihrem Kleid gerieben und sogar ein kleines bisschen geschnurrt hatte.

Ich wurde von Tag zu Tag kräftiger, und bald wanderte ich hinaus in den reinlichen kleinen Garten, den die Schwestern Klosterhof nannten. Es war wirklich verblüffend, den Umfang dieser Familie zu sehen. Es waren ungefähr zwanzig Schwestern und alle gleich angezogen. Darüber hinaus sah ihre Mutter oder diejenige, die sie Mutter nannten, erstaunlich jung aus, nicht viel älter als drei, vier Katzenjahre. Sie war es, die junge Mutter, die eigentlich jünger aussah als ihre Tochter Caroline Mary, die eines Tages ruhig, aber fest fragte: «Schwester, müssen Sie eigentlich immer so durch den Kreuzgang hetzen, als müssten Sie einen Zug erreichen?»

«Es tut mir leid, Mutter.»

«Wie geht es der Katze, die Sie so gern haben?»

«Ich war gerade zu ihr unterwegs, Mutter. Der Fleischerjunge war eben da und hat ihr eine Überraschung mitgebracht.»

Ich hinkte durch den Klosterhof auf meine Freundin zu.

«Wissen Sie, Schwester, es ist fast, als ob das Tier uns verstünde.»

«Fast, Mutter?»

Schwester Caroline Mary ging mir voraus zur Küche. Die legendäre Schwester Pamela Mary, über die ich so viel gehört hatte, war dort und wickelte Hühner und viele Würstchen aus, die sie eben an einer Seitenpforte vom Fleischerjungen entgegengenommen hatte. Die Luft war dick, voller Kohldunst.

«Schwester», sagte sie patzig, «eines dulde ich nicht, dass diese Katze in meine Küche kommt.»

«Ich möchte bitte nur ein Messer borgen, Schwester, ich muss ein paar Nierchen zerschneiden.»

Ein paar? Oh, das war eine erfreuliche Nachricht.

«Haben Sie Erlaubnis von der Ehrwürdigen Mutter», fragte die schockierte Schwester Pamela Mary.

«Ich habe Erlaubnis und Vollmacht von der Ehrwürdigen Mutter. Miles gehört jetzt zur Gemeinschaft.»

«Das ist doch absurd», sagte Schwester Pamela Mary. «Außerdem – wie kann ein Kater zur Gemeinschaft gehören? Kein Mann ist innerhalb der Klausur zugelassen. Wieso dann ein Kater?»

«Die meisten Schwestern glauben immer noch, Miles sei ein Weibchen namens Mildred», sagte meine Freundin lachend. «Außerdem lassen wir doch auch den Vater Pförtner und die Geistlichen in die Klausur.»

«Miles ist kein Geistlicher», sagte Schwester Pamela Mary.

«Dafür wurden seine Ahnen als Götter verehrt, irgendwo in Ägypten», sagte Schwester Caroline Mary. «Ich meine, das übertrifft doch noch die Geistlichen der anglikanischen Kirche.»

«Schwester, Sie sollten sich schämen», sagte Schwester Pamela Mary.

Doch sie erlaubte Schwester Caroline Mary trotzdem, die Nierchen mit einem Messer zu zerschneiden und sie mir auf einer Untertasse in den Klosterhof zu bringen. Als wir die Küche verließen, rief Schwester Pamela Mary in schroffem

Ton: «Schwester, Sie gewinnen das Tier zu lieb, das ist unvernünftig. Die bleiben ja doch nie.»

Oh, wie waren diese Nierchen gut und die Wärme der Sonne auf meinem Rücken in dem stillen, ummauerten Gärtchen! Die beiden Nierchen waren frisch, fett und feucht von Blut. Als ich aufgegessen und mir die Lippen geleckt hatte, war mir ungewöhnlich wohl.

Schwester Caroline Mary setzte sich auf eine Art Steinsims im Kreuzgang. Ihr Gesicht hatte den Ausdruck gelöster Befriedigung und brachte mich auf einen ausgefallenen Gedanken, den ich weder vorher noch nachher über einen Menschen hatte, ich dachte: Da sitzt eine sehr glückliche Katze. Erst Sekunden später merkte ich, wie absurd das war. Schwester Caroline Mary glich stark einer Katze. Wahrscheinlich fand ich deshalb ihre Gesellschaft so angenehm.

Ich hatte mich noch immer nicht von ihr tätscheln oder streicheln lassen. Nur einmal hatte ich mich an ihrem Kleid gerieben (dieses Kleid bezeichnete sie als den Habit) und geschnurrt, als sie mich hinter den Ohren kraulte. Jetzt aber, mit der Wärme der Sonne auf meinem Fell, in dem Gefühl der Sättigung und des Behagens, kam es mir ganz natürlich vor, zu ihr zu gehen, mich auf ihren Schoß zu setzen und ihr zu gestatten, mir über den Kopf und Rücken zu streicheln. Ich hatte geschworen, nie wieder einem Menschen zu trauen, und alles, was nötig gewesen war, um diesem Vorsatz untreu zu werden, war eine Schiene, ein Verband, eine Woche mit freundlichen Worten und anständiger Behandlung. Vielleicht war ich doch noch nicht bereit, zum Helden zu werden. Allerdings hatten meine Abenteuer damals eben erst begonnen.

Es schien mir interessant, was Schwester Pamela Mary gesagt hatte: «Sie bleiben doch nie.» Wer waren diese geheimnisvollen «sie»? Und warum blieben sie nicht? Schwester Caroline Mary war eine gesprächige Person, obwohl ich ihren Worten entnahm, dass die Schwestern nicht zu viel miteinander reden sollten. Warum nicht? Das fand ich sonderbar. Jedenfalls sollten sie es nicht. Und als ich mich erst einmal auf ihrem Schoß eingerichtet hatte, erzählte sie mir noch einmal von vorn, dass Schwester Pamela Mary eine schlechte Köchin, ja eigentlich auch sonst eine rechte Plage sei, und welches Glück sie, Schwester Caroline Mary, doch hätte, dass sie ihr gegenüber nie die Geduld verlor.

«Außerdem ist es gar nicht wahr, dass sie nie bleiben. Hattie ist bis zu ihrem Tod geblieben – sie war sieben Jahre bei uns, und ich hatte mich so mit ihr angefreundet. Es kommt eben davon, dass wir so nahe der großen Straße wohnen, verstehst du. Die bösen Menschen werfen Katzen aus den Autofenstern. Leider bist du keineswegs die Erste, die zu uns kommt. Wir behalten euch nicht alle, sonst hätten wir ebenso viele Katzen wie Schwestern (das würde zwar mir sehr gefallen, aber nicht allen Schwestern). Manche von euch bringen wir an guten Plätzen unter, und wieder andere – nun ja, wieder andere meinen, es sei Zeit weiterzuwandern. Ich verstehe das durchaus. Ihr seid eben nicht wie wir. Ihr habt nicht gelobt, für immer hierzubleiben. Warum solltet ihr auch? Ich hoffe nur …» – hier drohte ihre Stimme zu brechen –, «… dass du dich nicht zu bald entschließt weiterzuwandern, mein Alter. Ah, da läutet es zur Abendandacht.»

Damit setzte sie mich sanft auf den Boden, ehe sie aufstand, und ging durch den Kreuzgang zu dem dunklen Raum am anderen Ende, in dem sich jedes Mal, wenn die Glocke läutete, zu allen Stunden des Tages und der Nacht die Schwestern versammelten. Diesmal beschloss ich, ihr zu folgen, in der Hoffnung, dass niemand etwas einzuwenden hätte, war aber im Grunde nicht besonders daran interessiert, ob sie etwas dagegen hätten oder nicht. Sie versammelten sich alle in einem Vorraum und gingen dann in einer Reihe in den anderen, noch dunkleren Raum, verneigten sich alle vor dem Ende des Zimmers, in dem ein Fenster war, kehrten um und setzten sich einander gegenüber in eine Reihe. Dann begannen sie mit hohen, sonderbaren Stimmen zu singen. Und doch ließ mich etwas an ihrem Singen an den Streit der beiden Schwestern in der Küche denken und dass meine Ahnen vor langer Zeit in Ägypten Götter gewesen waren. Und in der Dunkelheit und bei dem Gesang und dem Gedanken an diese Götter und an die längst vergangene Zeit überkam mich ein seltsames Gefühl, das mich einerseits das Rückenfell sträuben ließ und zugleich den Raum sehr behaglich machte. Ich wanderte daher bis ganz nach vorn, noch immer arg hinkend, und dachte, ich würde mich dort auf die Stufe setzen und zusehen, wie sie sich alle verneigten und sangen.

Doch noch während ich es tat, verwandelte sich der Gesang in ein anderes Geräusch. Oh, sie versuchten immer noch zu singen. Doch das Geräusch, das aus ihren Mündern kam, war ganz anders. Sie wurden erschüttert durch den Laut, den sie als Lachen bezeichnen. Worüber sie lachten, konnte ich nicht erkennen. Ich blickte mich um, doch soweit ich sehen konnte, geschah nirgends etwas Komisches. So gut es bei ihrem Gekicher ging, sangen sie zu Ende und gingen dann im Gänsemarsch wieder hinaus. Eine der Schwestern kam später zu mir und sagte: «Mildred, Liebes, wir haben alle Seitenstechen. Könntest du uns das nächste Mal vorwarnen, wenn du zum Gottesdienst kommen willst?»

Seltsame Wesen, diese Menschen, wirklich!

Für eine Katze von anderer Rasse oder anderem Naturell wäre das Leben bei den Schwestern entschieden möglich gewesen – ich meine, für immer. Es schien dort keine Plünderer zu geben, keine Tötungsmaschinen, keine Leute wie den Schrecklichen. Wahrscheinlich hätte ich dort, wie die Schwestern, für immer bleiben und eines Tages in die Große Stille entweichen können, jene Stille, in die Oma Harris und mein Bruder gefallen waren. Und doch wusste ich, als es mir besserging, dass Schwester Caroline Mary recht hatte und dass es zu mir nicht passen würde, für immer zu bleiben. Ich bekam Sehnsucht nach anderen Katzen. Ich bekam auch Sehnsucht nach – nun ja, dem Gefühl, das man immer hat, wenn man auf sich selbst gestellt und auf Wanderung ist: Freiheit, Gefahr, Unabhängigkeit, all diese Dinge. Das Wissen, dass kein Tag sein wird wie der andere, und jeder Tag ein kleines bisschen zum Fürchten. Bei den Schwestern war jeder Tag gleich. Ich nehme an, das sollte so sein. Doch es lag nicht in meiner Natur, friedlich in der Sonne zu sitzen, so zu tun, als sei die Jagd auf einen Spatzen bereits ein Abenteuer, das Kommen des Fleischerjungen der Höhepunkt der Woche. Und außerdem gab es keine andere Katze weit und breit.

Nach ein paar Wochen begann mir dies alles zu viel zu werden. Ich witterte in der Luft, dass es Hunderte von anderen Katzen auf der Welt gab und dass ich, obwohl ich allein zu bleiben gedachte, nicht zu den Menschen gehörte, sondern zu meiner eigenen Gattung. Die abendlichen Sommerwinde trugen mir verwegene Vorstellungen zu und manchmal einen köstlichen Duft, den ich dir nicht schildern kann, der mich aber an schöne Kätzinnen denken ließ.

Und doch waren mir die Schwestern zu Freundinnen geworden und ihr Haus zu so etwas wie einem Heim. Mein Bein war fast ganz geheilt. Schiene und Bandage waren abgenommen, und ich ging beim Erforschen der Umgebung schon kühner vor.

Ich stellte fest: Wenn ich über die Gartenmauer kletterte, gelangte ich von dort leicht auf eine umfriedete Weide, dahinter lagen andere menschliche Behausungen. Auf der anderen Seite des Schwesternhauses kam ich außerdem nach Überklettern eines hölzernen Zauns auf eine gekieste Zufahrt, an deren Ende der Weg lag, ein langer, gerader Weg, der zu einer Stadt führte, gekrönt von einer Burg. Ich musste an die Worte von Schwester Pamela Mary denken, als Schwester Caroline Mary und ich in die Küche kamen. «Ihr gewinnt dieses Tier zu lieb, Schwester.»

Das stimmte. Aber ich gewann *sie* ebenfalls zu lieb. Viel zu lieb. Wenn man ein Wanderleben zu führen gedenkt wie ich, ist es nicht gut, andere Wesen liebzugewinnen, und schon gar nicht Menschen. Wie ich dir schon oft gesagt habe, hatte ich im Allgemeinen wenig Anlass, Menschen liebzugewinnen. Schwester Caroline Mary aber mochte ich gern. So gern, dass ich ihr keinen weiteren Schmerz bereiten wollte. Wenn ich schon ging, schien es mir am besten, es bald zu tun. Es war mir fast unerträglich, sie vorzuwarnen. Sie würde mir dann gewiss abraten, mich zurückhalten wollen, und das würde nicht gut sein. Es würde den Augenblick der Qual nur hinauszögern, den Augenblick, an dem ich wieder auf die Straße musste.

Ich beschloss, nachts loszugehen und vorher keine Pläne zu machen. Einfach nur fortzugehen, wenn es mich überkam. Schwester Caroline Mary hatte mich im Verlauf unserer sonderbaren kleinen Gespräche wissen lassen, dass es den Schwestern nicht erlaubt war, den Bezirk von Haus und Garten zu verlassen. Wenn ich also erst einmal über der Mauer war, befand ich mich in Sicherheit. Es würde keinen herzzerreißenden Abschied geben.

In den ersten Tagen und Wochen meiner Genesung hatte ich Dankbarkeit empfunden, doch jetzt war mir weniger so, als verließe ich eine «Wohltäterin» oder eine Kreatur einer anderen Gattung, die sich herabgelassen hatte, freundlich zu mir zu sein, sondern eine Freundin, vielleicht die letzte, die ich auf Erden haben würde. Warum ich das tat, war mir unerklärlich. Ich wusste nur, dass ich es musste. Nichts würde mich zurückhalten.

Es war ein schöner warmer Sommerabend. Die Luft war wie Nektar, die nachtduftenden Levkojen und Tabakpflanzen im Klosterhof füllten die Luft mit Wohlgeruch. Der Himmel war von sattem Dunkelblau, und unsere große Mutter der Nacht war in ihrer größten Fülle und warf ein weißes Licht und tiefe Schatten in den Klosterhof. Ihre Schwestern, die Sterne, schienen nicht mit der kalten, funkelnden Helle, die sie im Winter in klaren Frostnächten haben, sondern mit

Wärme, fast wie Kerzen, die in fernen Fenstern brennen. Und in dieser duftenden Nachtluft gelangte die unverwechselbare Gewissheit in meine Nüstern, dass sie irgendwo war, ganz in der Nähe, wenn ich sie nur fand. Sie, die Katze meiner Träume, der ich den Hof machen, die ich finden und lieben musste. Ich stand da und lauschte. In weiter Ferne – vielleicht auch nur in meiner Phantasie – hörte ich ihre Stimme, die mich durch die warme Abendluft anrief und ihr schönes Liebeslied jaulte.

Ich wartete. Wieder einmal läutete die Glocke, die Schwestern strömten in die Kapelle, und die Stimme meiner geheimnisvollen Geliebten – wenn sie es war – ging im Geräusch des Gesanges der Schwestern unter. Vielleicht sangen auch sie Liebeslieder, aber diese handelten wohl nicht von Liebe meiner Art. Hätte es nur eine Möglichkeit gegeben, Schwester Caroline Mary alles zu erklären, ihr zu sagen, dass ich sie nicht absichtlich verschmähte oder zurückwies, indem ich sie verließ.

Ich behandelte sie nicht, wie mich Bob und der Schreckliche behandelt hatten. Und doch. Und doch. Fortzugehen kam mir so vor, als täte ich genau das. Ich blieb also und überlegte, vielleicht zu lange, unfähig, mich loszureißen und um vielleicht noch ein letztes Mal dem geheimnisvollen fernen Gesang menschlicher Stimmen zu lauschen, die ihre nächtlichen Liebeslieder sangen.

Dann ging ich.

Ich erhob mich und lief oben auf dem Holzzaun entlang, der zur Einfahrt führte, und knirschte dann durch den Kies. Der Weg war nicht gerade das Beste zum Gehen, aber er hatte begraste Ränder und Gräben, in denen ich mich verstecken konnte, falls jemand kam. In der fernen Stadt mit der Burg würde es, das wusste ich, Katzen geben. Von dort aus war sie vielleicht zu finden. Ich blickte flüchtig nach links und rechts und begab mich dann auf den schnurgeraden, mondbeleuchteten Weg, der zur Stadt und Burg führte.

«Lebe wohl, liebe Freundin», sagte ich und lief mit raschen Schritten den Weg hinunter. Als ich lange Zeit gelaufen war – vielleicht dreißig Meter weit –, blickte ich zurück. Da wusste ich, dass Schwester Caroline Mary schließlich doch begriffen hatte. Denn sie hatte ihre Ordensregel um meinetwillen verletzt, stand da, das Mondlicht auf ihrem Schleier und Habit, und sah unter den Strahlen unserer Mutter der Nacht noch katzenähnlicher aus als sonst. Sie hatte die Hand erhoben, forderte mich aber damit nicht auf zurückzukehren. Sie winkte mir ein Lebewohl zu und – wer weiß – vielleicht auch einen Segenswunsch.

11

Ich fand sie – die Katze, die ich gehört und durch die Nachtluft gerochen hatte. Keine Viertelmeile weiter an der Straße. Wie bei fast all diesen Gelegenheiten machte es mehr Freude, mir – ehe ich sie kennenlernte – vorzustellen, wie sie wohl sei. Nun denn, im Sturm ist jeder Hafen willkommen. Es genügte. Und ich darf wohl sagen, dass ich an das kleine Ding erfreulichere Erinnerungen hätte (sie war grau, glaube ich, und roch nach den Papierschornsteinen, die ihre Betreuerin rauchte), wenn nicht ebendiese Betreuerin, eine ungeheuerliche Erscheinung mit gelb gefärbtem, auf Helm geschnittenem Flaum auf dem Kopf, das Fenster geöffnet und mir einen Eimer Wasser übergeschüttet hätte. Dabei waren meine Bemühungen, der kleinen Grauen ein selbstkomponiertes Liebeslied vorzusingen, durchaus annehmbar.

«Und komm ja nicht noch mal! Verschwinde und belästige nicht anderer Leute Katze», kreischte sie. «Tootles, komm sofort herein. Ich hab dir doch gesagt …», rief sie übellaunig jemandem zu, der wahrscheinlich im gleichen Zimmer war, «du solltest sie heute Nacht nicht rauslassen.»

«Madam», rief ich, «ich denke nicht im Traum daran wiederzukommen. Und was die Belästigung Ihrer Katze betrifft, wie Sie es nennen, habe ich nur …»

Doch eine witzige Bemerkung war kaum einen weiteren Eimer Wasser wert, der mich getroffen hätte, wäre ich nicht vom Küchendach geflüchtet, die Regenröhre hinunter und wieder hinaus auf den Weg. Das Miauen der kleinen Grauen, die ich verließ, wäre schmeichelhaft gewesen, hätte es allein mir gegolten. Doch auch sie war total durchnässt.

Ich war jetzt wieder in der rohen Welt der Menschen, mit Beinen, Papierschornsteinen, Wassereimern und dem Bestreben, einer Katze das Leben so schwer und unangenehm wie möglich zu machen.

Es war ein Augenblick heilsamer Erkenntnis. Derartige menschliche Wesen sind die Norm, und man kann sich das nicht oft genug vor Augen führen. Die Zahl derjenigen, die wie Schwester Caroline Mary fast schon unsere Sprache sprechen, ist leider noch gering. Erst einmal wieder unterwegs, zottelte ich recht zufrieden durch eine Art Vorort. Es gab nur einen schlimmen Augenblick, nämlich als ich mich von hinten an ein Haus anschleichen und, weil ich ziemlich hungrig war, besichtigen wollte, was man in die Abfalltonne geworfen hatte. Als ich mich näherte, begegnete ich einem delikaten Duft nach verwesendem Geflügel, obwohl natürlich zu drei Vierteln durch Kochen verdorben.

Schwester Caroline Mary sagte ja immer, dass Schwester Pamela Mary alles Essbare durch Kochen verdarb, und auch ich bin der Ansicht, dass im Prinzip alles Essbare durch Kochen nur verdorben wird, insbesondere Fleisch. Ich stelle fest,

Enkelkaterchen, dass du eine dekadente Vorliebe für gekochtes Fleisch hast. Davor solltest du dich hüten.

Jedenfalls enthielt die Abfalltonne, der ich mich näherte, wirklich ein Hühnerskelett, und nach dem köstlichen Geruch zu urteilen war es denkbar, dass es noch pikant mit Maden oder Würmern überzogen war. Ich sprang und bekam ohne weiteres den Deckel von der Tonne. In diesem Sekundenbruchteil warf ich zum Glück einen Blick über die Schulter, ehe ich die Zähne in den Braten schlug. Er war total verfault, und obendrein war noch viel Fleisch dran. Hinter mir im Hof jedoch sah ich feindselige Augen.

Ein Hund? Ein Hund hätte gebellt. Dann sprang etwas ins helle Mondlicht und stürzte sich auf mich. Es war ein großer Fuchsrüde mit scharfen, vergilbten Zähnen. Er strömte einen fürchterlichen Gestank aus, fast menschlich in seiner Widerwärtigkeit. Der Geruch hatte das Schale des Menschengeruchs, du weißt ja, was ich meine. Und es bestand kein Zweifel, dass er mich nicht vertreiben, sondern mir den Garaus machen wollte.

Füchse sind gefährliche Bestien. Wie wir Katzen lieben sie die Jagd um der Jagd willen, sind aber dabei nicht fair. Wir töten selten etwas, was wir nicht fressen wollen oder was zu töten nicht vollkommen sportlich ist. Ich weiß, es gibt Katzen, die so jämmerlich «vermenschlicht» sind, dass sie ihren Kindern beibringen, es sei unrecht, Hamster und Meerschweinchen zu töten.

Ein guter Jagdtag ist die beste körperliche Übung für eine Katze. Aber der Fuchs ist anders. Er wendet schmutzige Tricks an. Er behandelt uns, wie man eine Hausmaus oder

Wühlmaus behandelt. Er ist entschlossen, uns zu terrorisieren und zu verstümmeln, ehe er uns tötet. Bei uns gehört das alles zum altehrwürdigen Jagdritual, und ich für meinen Teil fände es jammerschade, wenn man daran etwas änderte. Geschöpfe jedoch, die uns die gleichen Streiche spielen wollen, haben etwas sehr Abstoßendes. Außerdem glaube ich nicht, dass Füchse Katzen jemals fressen. Sie beißen uns nur die Kehle durch, nachdem sie mit uns gespielt haben, weil sie eifersüchtig sind auf unsere Vitalität und uns deshalb in die Große Stille hineinzwingen wollen.

Dieser teuflische Fuchs fiel regelrecht über mich her. Mein Schwanz streifte sein dreckiges Gesicht, als ich in die Luft sprang. Glücklicherweise befand sich oberhalb der Abfalltonne ein Blumenkasten und oberhalb des Blumenkastens ein Abflussrohr. Als ich das Abflussrohr ein kleines Stück hinaufgeklettert war, konnte ich auf eine Mauer springen und auf den Fuchs im Hof hinunterschauen, der zu mir heraufglotzte und seine abstoßenden Zähne fletschte. Wie es Füchsen wohl gefiele, gehetzt und gejagt zu werden wie Ungeziefer? Ich möchte wetten, dass sie daran nie gedacht haben.

Manchmal hört man ältere menschliche Wesen ihren Kindern vom listigen Fuchs, vom schlauen Fuchs erzählen. Dieser Fuchs war nicht listig. Er stand da wie der dümmste Hund und wartete darauf, dass ich von der Mauer herunterkäme. O ja, Reineke. Das ist doch wirklich das Unwahrscheinlichste, dass ich in deine Fänge hinunterspringe!

Nur um zu zeigen, was ich von dem Untier hielt, fauchte und spuckte ich ein bisschen. Nach einer Weile jedoch schien es mir vernünftiger, einfach ruhig sitzen zu bleiben, bis es ihm langweilig wurde und er sich davonmachte. Und genau das tat er auch.

Aber jetzt, du wirst es nicht glauben, was jetzt geschah: Ein Mann öffnete die Hintertür des Hauses und lugte in die Dunkelheit hinaus. Dann kam eine Stimme – eine weibliche Stimme aus dem erleuchteten Korridor: «Siehst du ihn?»

«Nein, aber ich bin sicher, er ist hier irgendwo. Ich geh mal bei den Tonnen nachsehen.»

Ich habe sagen hören, dass manche Menschen ihre Hunde auf Füchse dressieren. Sie setzen sich schwarze Helme mit Schirm auf das Kopffell und ziehen rote Röcke an, reiten zu Pferd über die Felder und blasen Trompete, während ihre Hunde den Fuchs in den Bau hetzen. Für unsereinen ist der Gedanke amüsant, dass sie so etwas als Jagd bezeichnen. Das Wesen der Jagd besteht für mich darin, dass man alles selber tut und nicht ein Rudel dämlicher Hunde abrichtet, es für einen zu erledigen. Erlebte ein Mensch die Erregung, wenn er den Fuchs zum ersten Mal riecht, schliche sich unbemerkt an, stürzte sich auf ihn, spielte mit ihm, tötete ihn schließlich und verzehrte das frische, warme Fleisch – ich könnte seine Jagdleidenschaft nachfühlen. Aber ich frage mich, ob es stimmt, dass der Mensch ein jagendes Tier ist. Alles beweist mir das Gegenteil. Der Mensch ist zu ungeschickt und zu unaufmerksam, um Jäger zu sein.

Der Mann ging zu den Tonnen hinüber, wo ich das Huhn gefressen hatte, und rief ins Haus: «Ein Tier ist jedenfalls drangewesen.»

«Es könnte eine Katze gewesen sein», rief die Frau. «Mmmm.» Der Mann machte ein Geräusch, das zeigen sollte, wie schlau er sei. «Kann sein», sagte er bedächtig, «aber ich habe bestimmt einen Fuchs gesehen.»

«Ich hab noch was von dem Fleisch. Wenn wir es an der Hintertür auslegen, kommt er wieder», sagte die Frau.

«Armes Vieh. Wenn er versucht hat, in unsere Abfalltonne reinzukommen, muss er am Verhungern sein.»

«Hoffentlich hat er das Huhn nicht erwischt. Es war fast verwest.»

Ich glaubte nicht richtig gehört zu haben. Der Mann ging wieder ins Haus und kam nach kurzer Zeit zurück mit einem Blechteller und etwas darauf, das sehr verlockend aussah.

«Wenn er meint, wir schauen zu, kommt er nicht», sagte die Frau.

«Weiß ich», sagte der Mann. «Wir stellen den Teller so, dass wir ihn von drinnen sehen können, dann knipsen wir alle Lichter im Haus aus und passen auf.» Er stellte den Teller neben der Haustür auf den Boden, und dann taten sie alles, was sie gesagt hatten. Das war eine zu gute Gelegenheit, um sie ungenutzt zu lassen. Ich kam mit Lichtgeschwindigkeit von der Mauerkrönung herunter, packte was auf dem Teller war mit dem Maul und kletterte blitzschnell zurück. Im Haus wurde wieder Licht gemacht.

In der Hintertür tauchten der Mann und die Frau auf. «Hast du das gesehen?»

«So was von Frechheit war noch nicht da!»

«Sie sollte nicht schwer zu finden sein!»

«Die Katze? Machst du Witze? Es leben Hunderte von streunenden Katzen hier in der Nachbarschaft. Sie bilden sogar Kolonien, weißt du, und gehen gemeinsam auf Raubzüge. Aber etwas derart Hanebüchenes habe ich denn doch noch nicht erlebt.»

«Tja, unser Fuchs wird wohl heute Nacht nicht mehr kommen, Liebling.»

«Mich ärgert die Vorstellung, dass er in Mrs. Vaughan-Townsends Garten gelaufen ist.»

«Ich weiß, Liebling. Denn eigentlich gehört er uns.»

«Natürlich.»

Ich gebe dir mein Wort, das haben sie gesagt. Sie glaubten allen Ernstes, weil dieser gierige Fuchs sich zu der Mülltonne an ihrer Hintertür verlaufen hatte und ihr Fressen wollte, er gehöre ihnen. Kannst du das verstehen? Ich nicht. Ich glaubte doch auch nicht, sie zu besitzen, nur weil ich ein köstliches Stück Fleisch zwischen den Kiefern hatte. Eins aber wusste ich bestimmt. Ich würde das Fleisch ganz allein fressen. Eine Mauerkrönung ist kein Ort für ein Festmahl. Daher machte ich mich durch die Hecke am Ende des Gartens dieser Leute davon, soweit als möglich im Schatten, wobei ich ganz leicht auftrat. Ich gelangte zu einer Art rauem Gelände, und dort hielt ich es zum ersten Mal seit meiner Flucht für gefahrlos, das Fleisch fallen zu lassen. Du glaubst gewiss, ich übertreibe, wenn ich dir sage, dass es ein Stück gutes, mageres Fleisch war, etwa von der Größe eines Kätzchens wie du. Diese Idioten hatten anderthalb Pfund gutes rohes Fleisch für Meister Reineke hingelegt.

Es gibt etwas, um das ich die menschliche Spezies beneide, und das ist, dass sie Kleider mit Taschen tragen. Selbst für eine Katze mit meinem unersättlichen Appetit kam es nicht in Frage, das ganze Fleisch auf einmal aufzufressen. Andererseits wusste ich, wenn ich wieder hungrig war, hätte schon jemand anderes es gefunden. Hätte ich doch nur eine Tasche gehabt, in der ich den Rest aufheben konnte, bis ich wieder Hunger hatte!

Jedenfalls legte ich das Stück auf den Boden und nahm einen kleinen Mundvoll Fett vom Rande. Es schmeckte köstlich. Dann zerrte ich behutsam etwas Seitenknorpel weg und schlug die Zähne in ein saftiges rotes Stück schieres Fleisch. Es war von der Art, wie sie es oft in ihren Küchen essen. Von welchem Tier es stammt, wüsste ich nicht zu sagen, obwohl ich mir vorstellen könnte, es sei von einem großen Hund. Jedenfalls ist es lecker. Mein Genuss an diesem besonderen Stück Fleisch war jedoch kurzlebig, denn mitten im schönsten Schmaus musste ich plötzlich feststellen, dass ich beobachtet wurde, und eine recht unkultivierte Katzenstimme sagte:

«Freundchen, davon gib mal schön was ab!»

Ich schluckte schnell einen Bissen hinunter, sträubte instinktiv das Nackenfell, und mein Schwanz wurde so gerade wie ein Ladestock. Hastig nahm ich das Fleisch ins Maul. Am Ton der Frage hörte ich, dass Gefahr, und zwar große, in der Luft lag.

«Komm schon, Freundchen, sei vernünftig», sagte die Stimme.

Ich, das Fleisch zwischen den Kiefern, sagte nichts.

«Du warst zu lange unter Menschen, verstanden! Teilen, immer hübsch teilen ist unser Motto. Keine Katze lebt nur für sich. Sie existiert, um zu teilen und anderen Katzen zu helfen. Das ganze Fleisch so einfach für sich grapschen – regelrecht mäntschlich ist das! Also, nun lass schon fallen, Bruder.»

Ich sah in die Dunkelheit und bemerkte zwei rote Augen, die mich anfunkelten. Es waren ausdruckslose, grausige Augen.

Ich sah keinen Grund, das Fleisch mit so einem zu teilen. Nicht, dass ich das Fleisch als mein Eigentum angesehen hätte. Es war ein glücklicher Fund, und wäre ich einer Katze begegnet – ob männlich oder weiblich –, die sich mir angenehm gemacht hätte, ich hätte alles geteilt. Doch der drohende Ton dieser Stimme und das Bewusstsein, dass der es nicht gut mit mir meinte, erbosten mich.

Mein Instinkt trog mich nicht. Die Stimme hatte etwas Zischendes angenommen.

«Ich muss dich nochmals bitten, Bruder, lass das Fleisch fallen!»

Das Schreckliche daran war, dass diese Stimme von hinten kam. Der mit den roten Augen, in die ich starrte, schwieg. Es waren also zwei.

Mindestens zwei. Diese Wahrheit dämmerte mir eben erst, da spürte ich einen gewaltigen Schlag auf den Hinterkopf. Ein dreckiger, kräftiger Kater mit gezückten Krallen war mir auf den Rücken gesprungen und suchte mich nach hinten umzureißen. Beim Umwenden verrenkte ich mir die eine Schulter – nicht schlimm, aber der kurze stechende Schmerz genügte, um ihm einen Vorteil über mich zu verschaffen. Ich fuhr mit den Krallen auf ihn los, traf aber nicht ins Ziel, sondern streifte ihn nur seitlich. Er erwischte mich am Hinterkopf. Nun aber ging der Rotäugige von vorne auf mich los. Es gelang mir, einen guten Schlag gegen ihn zu landen, nach dem gellenden Schrei zu urteilen, den er ausstieß.

Aber da hatte ich natürlich das Fleisch schon fallen lassen und fing selber an zu quietschen.

Ich konnte im Dunkeln nicht erkennen, wie groß sie eigentlich waren, doch waren sie sichtlich voll ausgewachsen und genauso groß wie ich. Der Verlust des Fleisches war betrüblich. Aber mittlerweile dachte ich weniger daran als vielmehr, wie ich so schnell wie möglich von diesen Katzenviechern wegkäme. Ich beschloss, ihnen das Fleisch zu überlassen. Während sie sich darum stritten, musste es mir gelingen, in die unbekannte Nachtdunkelheit zu entrinnen.

Ich hatte die Situation ganz falsch eingeschätzt. Der Kater, der mich hinterrücks angegriffen und mir im Verlauf unseres Kampfes das halbe Ohr abgerissen hatte, bekam Verstärkung durch einen weiteren, und da mir beide auf dem Rücken hockten, konnte ich nichts anderes tun, als ruhig sitzen oder besser liegen zu bleiben. Ich nahm an, dass der Kater auf meinem Rücken sich mit dem Rotäugigen zusammengetan hatte, doch als ich die Augen öffnete, starrten mich diese grässlichen roten Augen immer noch an.

«Kein schlechter Kämpfer», sagte der Rotäugige, «das heißt, nicht schlecht für jemand, der vollkommen korrumpiert ist und sich mäntschliche Wertbegriffe zu eigen gemacht hat. Bruder, du musst lernen, alles mit deinen Mitbrüdern zu teilen.»

«Mein Bruder ist tot», sagte ich. «Er wurde von menschlichen Wesen auf die brutalste Weise ermordet. Ich bin kein Freund der Menschen. Ich lebe in keinem menschlichen Haushalt. Ich respektiere keinen Meister unter unserer großen Mutter, der Mondgöttin …»

Bei dieser Bemerkung gab mir einer der Rohlinge einen Schlag auf mein heftig blutendes Ohr.

«Das ist mäntschliche Sprache, Bruder», sagte der Rotäugige.

«Unabhängig, so nennen die das. Lügen tun die, und von der Mondgöttin reden wir überhaupt nicht, Bruder.»

«Wieso nicht?», fragte ich. «Ist sie es nicht, die unsere Nacht erhellt? Ist sie es nicht, die auf uns herabscheint, wenn wir Liebe machen, die uns leitet …»

Man erlaubte mir nicht, den Satz zu beenden. Was hätte es auch für einen Sinn gehabt bei diesem Flegel und seinen Gorillas.

«Katzen sind nich unab und nich ängig», sagte der Rotäugige.

«Nicht unabhängig? Alle Geschöpfe sind unabhängig», sagte ich.

«Nur manche, wie Menschen und Ameisen, haben das Bedürfnis, sich zusammenzudrängen. Andere, wie etwa Katzen, sind ihrem Wesen nach Einzelgänger …»

Wieder bekam ich von hinten eine gewischt.

«Katzen sind nich unab und nich ängig», wiederholte der Rotäugige. Da er genau genommen Blödsinn redete, war es zwecklos, mit ihm zu streiten. Selbst wenn er bereit gewesen wäre, über seine Ansichten zu diskutieren, waren die beiden Schinder auf meinem Rücken doch ein wirksames Abschreckungsmittel. «Sollen wir ihn fertigmachen?», fragte einer der Kater auf meinem Rücken.

«Wie gesagt», meinte der Rotäugige, «er ist kein schlechter Kämpfer. Das ist noch kein alter Kater. Wie alt bist du?»

«Ich weiß es nicht genau», sagte ich wahrheitsgemäß.

«Du bist jung», sagte der Rotäugige. «Du hast noch nicht zählen gelernt.»

Bei näherer Bekanntschaft mit dem Rotäugigen fand ich heraus, dass er sich – wenn auch primitiv und stupide – eine ganze Reihe menschlicher Kriterien und Begriffe angeeignet hatte, einschließlich seines Wunsches, die Zyklen unserer Mutter Mond umzurechnen und als «Zeit» zu bezeichnen. Doch war er schon so angepasst an die Menschenwelt (von der er sich doch unabhängig dünkte), dass er nicht gemerkt hatte, was da geschehen war.

«Du bist jung», wiederholte er, «und unsere Bruderschaft braucht Junge. Du bist jung und kannst den mäntschlichen Unsinn wieder verlernen, den dir deine korrupten und abscheulichen mäntschlichen Herrn beigebracht haben. Sei willkommen in unserer Bruderschaft, Bruder …»

O Schreck! Offenbar hatten diese minderwertigen Katzen sich zu einer Art Club zusammengerottet und erwarteten von mir, dass ich mich ihnen anschloss. Der Grund war unschwer zu erraten. Er lag vor uns im Mondlicht auf dem Kies und Schotter – in Gestalt eines saftigen Stücks Fleisch.

«Wer Futter dieser Art liefern kann, ist als Mitglied in der Bruderschaft willkommen», sagte der Rotäugige. «Ich bin außerordentlich dankbar für das Angebot», sagte ich.

«Gut», sagte der Rotäugige.

«Ich glaube aber, ich wäre glücklicher … ich meine, ich glaube, es wäre passender, wenn ich weiter allein meiner Wege ginge. Nichts täte ich lieber, als der Bruderschaft beizutreten …»

«Gut», sagte der Rotäugige. «Dann ist das abgemacht. Du kommst mit uns.»

«Nein», sagte ich. «Ihr habt mich nicht ausreden lassen.»

«Nein ist ein Wort, das ein jüngerer Bruder nicht zu einem älteren sagt», meinte einer der Lümmel auf meinem Rücken und grub mir die Krallen ins Schulterblatt.

«Ich wollte sagen, ich bin zwar – autsch – sehr geschmeichelt von der Aufforderung, zu euch zu stoßen – aber ich möchte wirklich lieber allein bleiben.»

«Unab-ängig?» Der Rotäugige sagte es als Witz.

«Wir essen gern Steaks», sagten die beiden Lümmel auf meinem Rücken einstimmig.

«Du hast dich als nützlich erwiesen, Bruder. Jetzt musst du mitkommen und dir ansehen, wo du wohnst.»

«Los, vorwärts», sagte einer der Lümmel. Der andere war von meinem Rücken gesprungen und hatte das Fleisch selbst ins Maul genommen.

«Denk dran, Twinkle», sagte der Rotäugige zu dem Lümmel mit dem Fleisch im Maul. «Alles Fleisch wird heimgebracht zur Kommune. Da wird nicht unterwegs dran genagt.»

«Sehr wohl, Tom-Cat.»

Mit Entsetzen stellte ich alsbald fest, dass sich alle Katzen der Kommune untereinander mit Namen nannten. Einige ließen sich sogar bei den Namen rufen, die ihnen ihre menschliche Herrschaft gegeben hatte. Andere, die ihr Leben lang in Freiheit gelebt hatten, versuchten erschütternderweise diese Gewohnheit nachzuäffen, wie der Rotäugige, der nie einem menschlichen Eigentümer gehört hatte, aber darauf bestand, dass wir alle ihn Tom-Cat nannten.

«Aber Tom-Cat ist doch die Bezeichnung für alle männlichen Katzen», sagte ich zu einem der jüngeren Kater der Kommune.

«Es gibt nur einen Tom-Cat», sagte dieser junge Verräter und glaubte rührenderweise selbst daran. Manchmal nannten sie ihn auch «unseren Vater Tom-Cat» und manchmal «unseren Tom».

Die Bruderschaft hatte ihr Lager in den Ruinen einer alten Betongarage am Rande eines verlassenen Grundstücks, und dorthin brachten mich der Rotäugige oder Tom-Cat, wie ich ihn nennen lernte, und die beiden Gefolgsleute. Ich ging in jener Nacht mit, weil ich ein Narr war. Vielleicht hätte es eine üble Rauferei gegeben, trotzdem glaube ich, ich hätte damals im Nachtdunkel entkommen können. Aber der moralische Terror des Rotäugigen und der physische Druck von Carrots Krallen machten es mir schwer, ihr Angebot abzulehnen, mich für den Rest der Nacht zu beherbergen.

Als wir dort ankamen, war es wirklich einigermaßen angenehm. Das Fleisch wurde zerrissen und unter sehr vielen Katzen verteilt. Danach schlief ich ohne weitere Belästigungen ein.

Es war schon hell, als ich aufwachte.

Und erst bei Licht, in den ersten paar Tagen meiner Zugehörigkeit zur Bruderschaft, fing ich an, die ganze Sache richtig zu verstehen.

12

Es gab da etwas, was du an dieser Kommune gewiss schwer verständlich finden würdest, nämlich warum wir ihr uns alle unterwarfen, Tag für Tag, Monat für Monat. Einige der Katzen waren seit Jahren dabei. Sie hatten jedes Verlangen nach Freiheit und Unabhängigkeit oder einer wahren Katzenexistenz verloren und akzeptierten Tom-Cats Autorität ohne eine Frage. Die Kommune wurde als Bruderschaft bezeichnet, und alle waren verpflichtet, einander Bruder zu nennen (selbst die weiblichen Katzen wurden Bruder genannt). Aber es war alles andere als eine Bruderschaft. Die ganze Struktur der Kommune war hierarchisch. Tom-Cat herrschte über uns mit einer Autorität, um die ihn jeder menschliche Sultan oder Tyrann beneidet hätte.

Drohte eine Katze aus der Reihe zu tanzen, so sorgten Tom-Cats Schlägertrupps dafür, dass sie es sehr schnell bereute. Offene Empörung war so gut wie unbekannt, obwohl eine armselige, magere Katze mir einmal die Geschichte zuflüsterte, wie vor Jahren sechs Katzen versucht hätten, Tom-Cat zu stürzen. Sie verschwanden eines Nachts auf rätselhafte Weise, und danach war es ein Verbrechen, auch nur ihre

Namen zu nennen, obwohl sie einmal Tom-Cats Günstlinge gewesen waren. Bald genug verblasste die Erinnerung an sie.

Es gab keine Katzen mehr, die alt genug waren, um noch von ihnen zu wissen, von den Rebellen. Die kleinste Insubordination wurde bestraft. Beklagte man sich über die mickrigen Futterrationen, musste man zwei, drei Tage hungern. Stieg man einer schönen Katzendame nach, musste man sich erst vergewissern, dass sie nicht für einen der mörderischen Schläger, die bei Tom-Cat gut angeschrieben waren, «reserviert» war. Und natürlich war jedes Überschreiten der Grenzen strengstens verboten. Eine arme Katze, die glaubte, der Kommune entronnen zu sein, wurde von Tom-Cats Gefolgsleuten zurückgezerrt, verhauen, musste hungern und wurde gezwungen, die schwachsinnige Formel zu wiederholen, die man als «Tom-Cats Leitgedanken» bezeichnete.

Es gibt keinen Mond. Es gibt keine Sterne. Tom-Cat ist unser einziges Licht. Unab und hängig sind was Mäntschliches. Mäntschliche Namen degradieren die Bruderschaft, doch ist es eine Ehre, unserem Bruder Tom-Cat zuliebe einen Namen zu tragen.

Solchen Quatsch lehrten die besorgten Mütter ihre Jungen nachplappern.

Die Dinge hatten sich so entwickelt, dass die Mehrheit der Katzen in der Kommune, obwohl sie das Leben darin wirklich nicht genießen konnte, vor allem Angst hatte, was die Kommune bedrohte. Zum Teil müssen sie wohl gewusst haben, dass Tom-Cat ein Schinder war, Organisator eines unheilvollen Systems, das eine kleine Clique von Gangstern beherrschte. Andere hielten es für ihre Pflicht, sich gegenseitig zu bespitzeln und Tom-Cats Schergen Dinge über ihre Freunde, ja sogar über die eigenen Kinder zu erzählen. Ohne Tom-Cat, so meinten sie, würde Chaos herrschen. Ohne Tom-Cat würden sie versklavt. Ohne Tom-Cat würden wir verhungern, war die Formel, die jedes Mitglied der Kommune aufzusagen hatte, bevor es das magere Mahl verzehrte.

Vor allen Dingen aber glaubten sie, Tom-Cat habe die Macht, sie vor dem «Wagen» zu bewahren. Noch mehr als die erbarmungslose Tyrannei von Tom-Cat war es der Wagen, den sie fürchteten. Diese Angst beantwortet wohl auch meine Frage: Warum haben wir uns das gefallen lassen? Wir hatten Angst vor dem, was geschehen würde, wenn wir es nicht taten.

Die Kommune war folgendermaßen organisiert: Zehn Katzen, männliche oder weibliche «Brüder», wurden in regelmäßigen Abständen auf Beutezüge geschickt. Es war ihre Aufgabe, Futter für die fünfzehn bis zwanzig anderen Katzen zu beschaffen, die in der Garage oder in deren unmittelbarer Umgebung verblieben. Es wurde turnusmäßig abgewechselt, man durfte daher damit rechnen, ungefähr zweimal die Woche auf Beute geschickt zu werden. Eine recht gute Methode, einem Feind etwas anzuhängen, war die, einem von Tom-Cats Günstlingen ins Ohr zu flüstern, diese oder jene Katze fräße von dem Futter, das sie brachte. Das war ein Kapitalverbrechen und wurde mit drei Tagen Hungern bestraft, sogar mit dem Tode, falls Tom-Cat gerade zum Töten aufgelegt war. Alles Futter, das man auf Beutegang fand, musste heimgebracht und der Kommune überlassen werden. Man durfte nicht auf dem Heimweg ein paar Häppchen abbeißen. Lag dann der Haufen aus verfaulten Knochen, alten Fischen, verwesten Lammkoteletts oder Huhn ihm zu Füßen, so bestimmte Tom-Cat, wie er verteilt werden sollte. Bevorzugt behandelt wurden immer die weiblichen Katzen, denen er gerade besonders zugetan war, oder die Speichellecker unter seiner kriminellen Leibwache. In Wahrheit gab es nie genug, damit es für alle reichte. Auch wenn Tom-Cat nicht sein rigoroses Strafsystem durch Hungernlassen angewandt hätte, wären einige Katzen leer ausgegangen. Der Vorteil des Strafsystems lag darin, dass wir es alle hinnahmen. Ohne die Organisation wären nur die Schwachen verhungert, und zwischen uns wären Kämpfe ausgebrochen. Da er uns zwang, uns gegenseitig zu fürchten und zu verdächtigen, und uns in der gemeinsamen Furcht vor dem Wagen hielt, verhinderte Tom-Cat Raufereien. Das war kein geringer Erfolg. Ich glaube, ohne unsere gemeinsame Angst vor dem Wagen hätte er es trotzdem nicht geschafft.

Wenn ich dir so über mein Leben in der Kommune erzähle – ich muss annehmen, dass ich geraume Weile dort gewesen bin –, ist es mir selber schwer vorstellbar, dass wir uns allem klaglos unterwarfen. Was? Ich? Mit meinem verbissenen Streben nach Selbständigkeit? Hätte ich nicht lieber bis zum Tode kämpfen, lieber die Große Stille erdulden sollen, als mich der Diktatur eines wertlosen Schinders wie Tom-Cat zu unterwerfen? Heute scheint es mir beschämend, dass ich keinen Widerstand leistete, aber ich bin überzeugt, dass es Tom-Cat und seinen Gefolgskatzen nur deshalb so leicht gelang, mich zu unterdrücken, weil sie mich von der entsetzlichen Gefahr des Wagens überzeugt hatten. Es war der dickköpfige Gelbe (er hatte es gern, wenn wir ihn Twinkle nannten), der mir zum ersten Mal vom Wagen erzählte.

«Der Menschenwagen fährt Runden und will uns fangen», sagte er. «Unser großer Bruder Tom-Cat und nur er allein könnte so einen Wagen fahren, wenn er wollte, aber solche Lieferwagen sind mäntschlich.»

«Lieferwagen?», fragte ich. «Wovon redest du überhaupt?»

«Sicher hast du sie schon die Straße entlangsausen sehen», äußerte sich piepsend eine der unterwürfigen kleinen Katzen, die dem Gespräch zwischen mir und Twinkle zuhörte.

«Die Tötungsmaschinen?», fragte ich. «Ich war schon einmal in einer drin. Mein Bruder ist von einer zerquetscht worden. Sie sind in der Tat sehr gefährlich.»

Aber dafür knuffte mich Twinkle. «Lieferwagen sind mäntschlich, und nur unser Bruder Tom-Cat war bis jetzt in einem drin. In einem Lieferwagen warst du nie.»

«Aber ja doch. Ich wusste nur nicht, dass so was Lieferwagen heißt. Mein Bruder und ich nannten die Dinger Tötungsmaschinen.»

«Tom-Cat allein kann uns vor dem Wagen retten», sagte Twinkle.

«Nicht auch unsere eigene Geschicklichkeit?», fragte ich.

«Was ist das? Eigene Geschicklichkeit? Was bedeutet das Wort?», fragte die unterwürfige kleine Katze. Es war ein armseliges, klappermageres, räudiges Vieh, eines von Tom-Cats Kindern, das ein Leben außerhalb der Kommune nicht kennengelernt hatte. Ihre totale Unwissenheit, was es bedeutete, selbständig etwas zu tun, ließ es mir kalt ums Herz werden. Dann aber ergriff Twinkle das Wort.

«Hör zu», sagte er mit großer Dringlichkeit und vergaß den Blödsinn, den die Loyalität gegen Tom-Cat ihn deklamieren ließ. «Du glaubst, dass die Gefahr bei Wagen und Lieferwagen nur darin besteht, dass sie einen überfahren, wenn sie die Straße auf und ab jagen. Aber es gibt noch eine weit größere Gefahr. Unser Bruder Tom-Cat hat entdeckt, dass es einen Lieferwagen gibt, den man vor allem fürchten muss, er fährt herum, nicht um uns zu überfahren, sondern um uns mitzunehmen. Dieser Wagen hat Menschen im Inneren, die uns fangen wollen. Wir wissen nicht ganz genau, was sie mit uns machen, wenn sie uns erst gefangen haben. Einige sagen, sie fressen uns lebendig …»

«Das tun sie nicht», sagte ich und dachte an Oma Harris' milde kleine Fernseh-Imbisse und Schwester Caroline Marys zerkochte Refektoriumsmahlzeiten. «Menschliche Wesen würden uns nie lebendig fressen …»

«Andere glauben, sie bringen uns in Folterkammern. Manche Menschen quälen gern Katzen …»

«Das stimmt leider», sagte ich schaudernd und dachte an die Schadenfreude, mit der der Schreckliche mich in seinen Sack gesteckt hatte.

«Was auch immer sie mit uns machen, als Erstes versuchen sie uns in dem Wagen zusammenzufangen.»

«Ist bekannt, wo sie die erbeuteten Katzen hinbringen?», fragte ich beklommen. Schon hatte die Angst vor dem Wagen begonnen, mich zu überwältigen. Schon glaubte ich, wenn wir nicht alle fest zusammenhielten, gäbe es kein Entrinnen. Ich glaubte es, obwohl ich keinen blassen Schimmer hatte, was es damit auf sich hatte und wohin er seine Opfer brachte.

Etwa eine Woche später war ich gerade mit Twinkle auf Beutezug, da sah ich den Wagen mit eigenen Augen. Wir hatten das Trümmergrundstück, auf dem wir wohnten, hinter uns gelassen und waren etwa eine Stunde vor Tagesanbruch an den Mülltonnen beim Kramladen an der Ecke bei der Routinearbeit.

«Das meiste ist Schund», sagte Twinkle und warf Kisten und Pappkartons herum. «Aber hier ist ein zerbrochenes Ei. Das kann man nicht heimbringen. Warum isst du es nicht, Bruder?»

Unsere Blicke trafen sich. Ich war sehr hungrig und hätte das Ei liebend gern gegessen, aber ich wusste, wenn ich das auf dem Beutezug tat, würde Twinkle mich bei Tom-Cat verpetzen, und ich würde mit Hunger bestraft.

«Alles Fressbare gehört Tom-Cat», sagte ich feierlich. «Bruder Tom-Cat», verbesserte Twinkle. «Wenn du's nicht frisst, fress ich es.»

Ich hätte nicht sagen können, ob auch dies ein Doppel-Bluff war, ob Twinkle mich in Versuchung führen wollte, mich verräterisch über Tom-Cat zu äußern, um dann etwas Nachteiliges über mich berichten zu können, oder ob es eine spontane Gefühlsregung war. Jedenfalls verschlang er das Ei. Er muss sich darauf verlassen haben, dass ich noch zu kurz in der Kommune lebte, um eine Denunziation höheren Orts zu riskieren. Aber gerade als er das Ei schlürfte, erstarrte er und zischte mir blitzschnell zu: «Weg hier!»

In Sekundenbruchteilen war er eine Regenrinne hochgeklettert, auf die Brüstung einer niederen Mauer und hinüber auf ein Fensterbrett gesprungen, wo man sich vollständig im Schatten verstecken konnte. Dort setzte ich mich neben ihn, mein Körper prickelte von der aufregenden Flucht und zugleich von einer namenlosen Angst.

Er gab keinen Laut von sich, zeigte nur mit einer leichten Neigung des Kopfes auf das, was unten auf der Straße geschah. Den Mülltonnen gegenüber, die wir ausgeleert hatten, scharrte eine hübsche kleine Siamkatze an ihrer Haustür und verlangte von ihrem menschlichen Sklaven, er solle kommen und sie einlassen. Ich hörte sogar ihre Worte: «Nun kommt schon, ihr schlaft doch bestimmt nicht mehr, ihr Kretins.»

Und in diesem Augenblick kam um die Straßenecke der Wagen. Er war nicht besonders groß, hielt abrupt an, und ein Mann stieg aus. Er trug riesige Lederhandschuhe und einen dicken Mantel. Er war gut geschützt. Nur wenn man ihm mit den Krallen direkt ins Gesicht fuhr, bestand Aussicht, ihm Widerstand leisten zu können.

Er bückte sich einfach, hob die Siamesin auf, und während sie noch rief: «Lass mich sofort runter, du Barbar!», stopfte er sie in einen Sack. Er öffnete die rückwärtige Klappe des Wagens, warf den Sack hinein und schloss die Klappe. Dann stieg er wieder vorne ein, wo ein anderer Mann am Steuer saß. Ein paar Minuten später öffnete eine alte Dame, die mich ein wenig an Oma Harris erinnerte, ihre Haustür und rief hinaus: «Millicent! Millie, Liebling, Milli-cent!» Sie blickte erstaunt die Straße hinauf und hinunter.

Von diesem Moment an zweifelte ich nie wieder an der Existenz des Wagens. Und konnte auch nicht länger bezweifeln, dass keine alleinstehende Katze ihm entgehen konnte. Nur in der Sicherheit der Kommune hatte man eine Chance zu überleben, dank – ja, das Geschwätz begann auch bei mir zu wirken! – dank der Wachsamkeit und des Mutes unseres großen Bruders Tom-Cat.

13

Ich bin nicht besonders stolz darauf, dass ich, wäre ich noch lange in der Kommune verblieben, wahrscheinlich eine von Toms Gefolgskatzen geworden wäre und die anderen tyrannisiert und dabei geträumt hätte, eines Tages Tom-Cats Nachfolger zu werden. Ich erinnerte mich, dass damals, als Jim mit den Gelbhelmigen sprach, er sich nicht Jim nannte, sondern Bezirksmanager. Ich erwog, mir auch einen derartigen Titel zuzulegen, wenn ich eines Tages Chef der Kommune sein sollte. Wenn dies geschehen wäre, hätte ich natürlich im Lauf der Zeit aufgehört, Katze zu sein. Ich wäre zu einem fürchterlichen Zerrbild der Menschen geworden. Doch das blieb mir erspart.

Das Schicksal trat dazwischen und machte der Kommune ein schreckliches Ende.

Keiner von uns hätte so etwas auch nur für einen Augenblick für möglich gehalten. Wir glaubten allmählich alle fest daran, dass unser Lebenszweck darin bestünde, dem Wagen zu entgehen, und dass die einzige Möglichkeit dazu war, sich in der Garage zusammenzudrängen und das Terrorregime von Bruder Tom-Cat zu ertragen. Überlegt man es sich vernünftig, merkt man sofort, wie absurd eine solche Überzeugung war. Ich glaube, wir waren in der Kommune sogar gefährdeter als eine normale Hauskatze mit menschlichen Betreuern, wie du sie hast.

Denk an das Theater, das sie machen, wenn du für länger als ein paar Stunden unauffindbar bist! Der Fahrer des Wagens würde einiges zu erklären haben, wenn zufällig deine menschlichen Sklaven dazukämen, während er dich in den Sack steckt, wohingegen sich keiner beklagt, wenn er «irgendwelche Streuner» mitnimmt. Außerdem – das weiß ich heute – bedeutet es keine Sicherheit, dass sich zwanzig bis dreißig Katzen in eine Garage pferchen. Gewiss, es gab ein paar zerbrochene Scheiben, durch die man herein- und hinauskonnte, aber nur eine Tür, und das menschliche Wesen, das die Tür beherrschte, beherrschte die gesamte Kommune. Und genau das geschah. Ich werde wohl nie erfahren, wie sie uns aufstöberten. Vielleicht hatten sie eines unserer Kommandos auf Beutezug verfolgt. Vielleicht kontrollierten sie die Garage nur auf der Suche nach weiteren Streunern.

Eines Nachts jedenfalls öffnete sich die Garagentür, eine Taschenlampe leuchtete in die Runde, und binnen zehn Minuten war Tom-Cats Macht ein Ende bereitet.

Die Razzia der Wagen-Leute traf uns vollkommen unerwartet. Wir waren alle in der Garage zusammengedrängt, das heißt, mit Ausnahme der beiden, die auf Beutezug waren. Einige Jungkatzen schliefen. Einige der pedantischen Muttertiere leckten und kämmten ihre Jungen, obwohl die mickrigen, schorfigen Körperchen trotz Lecken kleine Jammergestalten blieben. Andere Katzen durchmaßen mit großen Schritten die dunkle, stinkende Garage. Tom-Cat selbst saß auf dem Fensterbrett und starrte durch die zugefrorene Scheibe hinaus auf unsere große Mutter der Nacht, deren Existenz er, wenn es ihm in den Sinn kam, leugnete.

Plötzlich hörten wir draußen den Motor einer Tötungsmaschine. Er war vermutlich nicht lauter als alle anderen Motoren, aber als er so plötzlich und unerwartet in der mitternächtlichen Stille dröhnte, klang es für uns so laut wie ein Gewitterdonner oder ein herunterfallender Mülltonnendeckel. Uns blieb auch keine Zeit, uns von dem Schock dieses Lärms zu erholen, denn schon wurde die Garagentür aufgebrochen, und eine Taschenlampe leuchtete in die Runde. Ich war sekundenlang von ihrem Strahl geblendet und blinzelte, während hinter dem Strahl eine unangenehme menschliche Stimme sagte: «Teufel auch, hier sind ja Dutzende von den kleinen Biestern.»

«Ich geh und hol noch Säcke», sagte eine andere Stimme. Die Erwähnung der Säcke genügte: Ich wollte entwischen. Waren das auch wieder Leute wie der Schreckliche, solche, die gern Katzen während der Fahrt aus Autofenstern warfen? Doch ich hätte nicht gedacht, dass diese Männer den gefürchteten Wagen lenkten. Ich lief zum Fensterbrett und sagte zu Tom-Cat: «Wir müssen hier weg, schnell!»

«Keine Katze verlässt das Lokal ohne meine Erlaubnis», fauchte er.

Ich sah seine Augen in der Finsternis leuchten und war nicht zum ersten Mal betroffen von so viel Dummheit.

«Aber die haben Säcke», sagte ich.

«Was sind Säcke?»

«Sie stecken uns hinein und bringen uns um», sagte ich.

«Nur eine Katze, die in der Kommune bleibt, kann dem Wagen entgehen», sagte Tom-Cat tonlos.

«Das stimmt», sagte eine der Gefolgskatzen und begann zu rufen: «Bleibt, wo ihr seid, Katzen. Unser großer Bruder Tom-Cat wird euch beschützen!»

Doch nicht alle gehorchten. Einige der jüngeren Katzen stürmten Tom-Cats Fensterbrett, stießen den Führer zur Seite und flohen in die Nacht hinaus. Das waren die Glücklicheren.

Der Fahrer des Lieferwagens und sein Freund waren wiedergekommen. Sie trugen nicht nur Ledermäntel und Handschuhe, sondern sogar Schutzmasken. Es waren Spezialisten auf ihrem Gebiet. Sie griffen die Katzen am Nackenfell und steckten sie in die Säcke, so leicht wie der Mann in der Tierhandlung Hasenfutter in Tüten gefüllt hatte. Tom-Cat selbst war mit am leichtesten zu fangen. Er hatte sich daran gewöhnt, dass andere Katzen alles für ihn taten. Vielleicht hatte er auch vergessen, wie man sich wehrt.

Ich hatte es nicht vergessen. Auch nicht, wie man sich versteckt. Während die grausige Arbeit weiterging, schoss ich aus dem Lichtstrahl der Taschenlampe, versteckte mich im Schatten und beobachtete die Szene. Ich rechnete mir aus, wenn ich aufs Fensterbrett gelangte, während die Männer sich bemühten, ihre Säcke zuzubinden, hätte ich eine recht gute Chance zu entkommen. Aber ich berechnete die Zeit falsch.

«Ein guter Sack, das hier», sagte die eine Stimme.

«Müssen zehn Katzen in jedem sein», sagte der andere. «Das sind zehn Pfund.»

«Wenn das Versuchslabor sie alle kauft», sagte der erste Mann.

«Einige sehen mir ziemlich jämmerlich aus.»

«Nach ein paar Wochen im Labor werden sie alle jämmerlich aussehen», sagte die zweite Stimme lachend. «Das Labor kauft sie bestimmt. Wissenschaftler können alles brauchen.»

Vermutlich bedeuten die Wörter «Labor» und «Wissenschaftler» dir jetzt so wenig wie damals mir. Ich kann dir noch immer nicht erklären, warum diese Wissenschaftler sich aufführen, wie sie es tun, aber ich weiß jetzt wenigstens, was sie tun, und du wirst es erfahren. Denn ich entkam ihnen nicht. Ich sprang auf das Fenster zu, stieß aber im Dunkeln gegen einen umgekippten Benzinkanister und machte einen fürchterlichen Lärm.

«Da ist noch eines von den Viechern», sagte die erste Stimme und schwenkte sofort die Taschenlampe in meine Richtung. Die zweite Stimme war näher bei mir, als ich vermutet hatte. Ich schaffte es nicht mehr bis zum Fenster, ich fühlte eine schwere menschliche Hand im Genick und wurde hochgehalten wie ein Schaustück, ein Probeexemplar. Und genau das, wie sich zeigte, sollte ich von nun an auch sein.

«Oh ja, und was für ein schöner Kerl», sagte die zweite Stimme.

«Und groß. Hinein mit dir.»

Dann wurde alles dunkel, denn man steckte mich in den Sack.

14

An meinen nächsten Lebensabschnitt denke ich ungern. Er ist zu abscheulich. Während der schlimmsten Tage in der Kommune glaubte ich, tiefer könne eine Katze nicht sinken. Doch ich hatte mich geirrt. Denn das Böse, das eine Katze der anderen antun kann, ist nichts verglichen mit den unermesslichen Quälereien, zu denen der Mensch fähig ist.

Es würde dir nur Kummer machen, wenn ich dir erzählte, was Katzen in diesen Laboratorien erdulden müssen, ich werde daher meine Geschichte so kurz wie möglich halten. Ich erzähle dir auch nicht von der entsetzlichen Fahrt im Sack, während der ich ununterbrochen schrie wie am Spieß, weil ich jeden Augenblick erwartete, aus dem Wagenfenster geworfen zu werden. Wir kreischten und zappelten alle, einer über dem anderen. Es gab keine Möglichkeit, die Lage vernünftig zu besprechen, und was wäre auch dabei herausgekommen? Unser edler Führer kreischte genauso laut wie alle übrigen.

Ich weiß nicht zu sagen, ob einer von uns wusste, dass wir genau in dem «Wagen» waren, der Gegenstand all unserer Ängste gewesen war. Nach einer ziemlich kurzen Fahrt hielt der Wagen, und man ließ uns eine, wie uns damals schien, sehr lange Zeit in den Säcken. Ich glaube aber, es können nicht mehr als ein paar Stunden gewesen sein. Dann wurde der Sack hochgehoben, wir wurden (wie ich später merkte) in ein Haus und ein paar Treppen hinaufgetragen. Der Sack wurde geöffnet, und wir wurden herausgeschüttelt. Der Instinkt ließ mich sofort losrennen. Aber das hatte keinen Zweck. Man hatte uns in einen Käfig geleert. Die erste und die zweite Stimme aus der vorigen Nacht waren jetzt fort. Zu meiner Freude kann ich sagen, dass wir sie nie wieder hörten. Um unseren Käfig herum stand jedoch eine Gruppe ebenso unheimlicher Männer und Frauen, alle in weißen Kitteln und alle mit Brillen.

«Ulkige Sammlung», bemerkte eine Frau, als sie uns in Augenschein nahm. «Ich glaube, wir können nur die Hälfte brauchen. Der da zum Beispiel würde das Verfahren nicht überleben.» Damit hob sie ein junges Kätzchen hoch. Ich empfand sofort Neid auf das Kätzchen, weil ich naiverweise annahm, dass man es – wenn man es schon nicht verwenden konnte – freilassen würde. (Es war ungefähr so alt wie du jetzt, kleiner Enkelkater, aber kleiner und schwächlicher und sehr viel schmutziger durch das Leben, das es geführt hatte.) Du kannst dir meine Gefühle vorstellen, als ich sah, wie diese Frau ihm eigenhändig den Hals umdrehte und das Kerlchen in eine große Plastiktonne warf.

«Die wir behalten, müssen aber desinfiziert werden», sagte sie, «wenn sie alle so viele Flöhe haben wie der da …»

Du fragst dich gewiss, wo ich eigentlich war und was ich dort sollte. Vielleicht sogar, warum die Menschen in den weißen Kitteln so handelten. Ich kann leider deine Wissbegier nicht befriedigen. Ich weiß nicht, an welchen Ort man mich gebracht hatte, und ich glaube, dass ich es schon damals aufgegeben hatte, danach zu fragen, warum Menschen so handeln. Wie mein Bruder und ich immer zu sagen pflegten: «Es sind schon sonderbare Wesen.» Doch ihre Sonderbarkeit ist nicht immer komisch.

Der Ort meiner Gefangenschaft war genau das Laboratorium, das zu fürchten Tom-Cat uns gelehrt hatte. Als ich gegen Flöhe behandelt war und man gefunden hatte, ich sei ein «Prachtexemplar», wurde ich von meinen Kameraden getrennt und in einen kleinen Käfig gesperrt. Das eine kann man zugunsten dieses Labors sagen: hungern ließen sie einen dort nicht. In diesem Punkt war es weit komfortabler als die Tierhandlung. Und obwohl es grässlich war, in einem engen Käfig eingesperrt zu sein, begann ich zu glauben, es hätte schlimmer kommen können. Wie recht hatte ich. Am zweiten Tag tauchte vor den Käfigstäben ein glänzendes menschliches Gesicht auf, das mich musterte. Ein paar Weißkittel unterhielten sich. «Ist das genug Lippenstift?», fragte der eine.

Der andere Weißkittel machte mit dem Mund den fürchterlichen Radau, den sie Lachen nennen.

«Ich kann nicht ernst bleiben, wenn ich eine Katze sehe, der man das Maul mit Lippenstift verschmiert hat», sagte er.

«Ich schon», sagte der andere Weißkittel. «Ehrlich gesagt, finde ich die ganze Sache sehr übel.»

«Na, na, setzen Sie sich bloß nicht aufs hohe Ross.»

«Tu ich gar nicht. Aber ich finde, dass ein Laboratorium wie dieses seine Zeit nicht mit Lippenstiften verschwenden sollte, das ist alles.»

«Was macht es schon aus, womit es seine Zeit verschwendet? Ist doch auch Forschungsarbeit.»

Der unangenehmere der Weißkittel schien dieser Fosch-und-Arbeit, oder wie es hieß, großen Wert beizumessen. Ich habe seither mehrere Katzen gefragt, die die Menschensprache so fließend sprechen wie ich, was Fosch-und-Arbeit bedeutet, aber keine konnte es mir sagen.

«Die Katzen hier sind zugepappt mit Lippenstift, nur damit eine Kosmetikfirma törichten Frauen Geld abknöpfen kann», sagte der nettere der Weißkittel.

«Ihnen wäre es wohl lieber, wenn wir die Lippenstifte an Menschen ausprobierten», sagte der Unangenehme. «Wollen Sie, dass die Lippen Ihrer Frau so werden wie das Maul der armen scheckigen Katze da drin?»

«Ich will nicht, dass irgendjemandes Mund so wird, weder der meiner Frau noch der einer Katze. Lippenstift ist keine Notwendigkeit. Wenn man die Tiere für medizinische Zwecke testen würde, um schreckliche Krankheiten heilen zu helfen oder so, würde ich es noch verstehen. Aber das tun wir nicht. Diese Reihe Käfige sind für Lippenstift. Bei der da drüben soll es Psychologisches sein, aber wir wissen doch genau, dass wir mit den Tieren nur Spielereien anstellen. Sehen Sie bloß die rauchenden Ratten da drin an!»

«Nun machen Sie aber mal halblang, Gerry», sagte der Unangenehme. «Wenn Sie so darüber denken, dürfen Sie nicht in einem Labor arbeiten. Gehen Sie und treten Sie den albernen Tierschützern bei, wenn Ihnen ein Haufen dusseliger Tiere so leidtut.»

«Ich hätte nicht übel Lust», sagte der weniger Unangenehme und ging unwillig weg. Er überließ es dem Unangenehmen, die Tür meines Käfigs zu öffnen und einem anderen Weißkittel zuzurufen: «Hier drin sind die Haarwaschmittel, oder?»

«Ich glaube schon», sagte der andere.

«Immer sachte mit dem Zeug», fügte er hinzu. «Wir wollen doch nicht zu viele kahle, blinde Katzen auf dem Hals haben. Erinnerst du dich an den letzten Durchgang?»

«Na und ob!», lachte der Unangenehme und machte sich an die Arbeit. Er holte eine seifige Flüssigkeit aus einer Flasche und fing an, sie mir fleckenweise ins Fell zu reiben. Dann sperrte er mich wieder ein. Anfangs war es nicht schlimm, aber nach einer Weile fing es an zu jucken und zu stechen wie verrückt. Und Stunde um Stunde, Tag um Tag kam der Rohling wieder mit vielen Fläschchen und rieb mir das Zeug ins Fell, bis es am ganzen Körper brannte und wund war. Der Unangenehme schien sich für die «Resultate» zu interessieren, er trug sie mit einem Schreiber in eine Art Tabelle ein und rief nach ein paar Tagen: «Na ja, die Schuppen gehen ja vielleicht davon weg, aber es hinterlässt derartig wunde Stellen, dass man wünschen würde, das Zeug nie benutzt zu haben. Also zurück in die Planungsabteilung.»

Er hob mich hoch. Ich dachte, es sei um mich geschehen, und strampelte. Er trug mich hinüber zum Ausguss und drehte den Hahn auf. Ich war überzeugt, er wolle mich ertränken, und kämpfte mit aller Kraft.

Er haute mir eine herunter und befahl mir, damit aufzuhören, aber ich hatte beschlossen, dass mehr nötig war, um mich in die Große Stille zu befördern, als der unangenehme Weißkittel und ein Ausguss voller Wasser. Doch sonderbarerweise ließ er mich ins Wasser fallen und spülte mich ab, bis das ganze scheußliche Seifenzeug aus meinem Fell wieder heraus war. Dann trocknete er mich grob mit einem Handtuch ab, trug mich wieder in meinen Käfig und gab mir, ich weiß es noch, eine Schüssel schmackhafter Mäuse zu fressen. Aber mittlerweile verstand ich genug, um zu wissen, dass die Qual damit nicht vorbei war. Sie ließen einen vielleicht ein paar Stunden oder auch ein paar Tage in Ruhe, aber sie kamen immer wieder, um einen weiter zu quälen.

Während ich die Mäuse fraß, spitzte ich jedenfalls die Ohren. Der Unangenehme unterhielt sich mit einem anderen Weißkittel über den weniger Unangenehmen, den sie Gerry nannten.

«Stell dir vor, der gute Gerry verlässt uns», sagte der Unangenehme.

«Ich hatte schon immer den Eindruck, dass Gerry ein bisschen bescheuert ist», sagte der andere.

«Genau. Einzelgänger, dieser Gerry. Hat immer seine eigene Meinung über alles», sagte der Unangenehme. «Wie gesagt, ein Spinner.»

«Hast du gehört, dass er an die hiesigen Zeitungen geschrieben hat?»

«Nein?»

«Doch. Der Chef ist stinkwütend. Er schäumt. Er sagt, es ist eine Verletzung des Berufsgeheimnisses oder so was Ähnliches. Wie gesagt, der Alte ist stinkwütend. Gerry hat dem Lokalblatt geschrieben, dass die Existenz dieses Forschungslabors ein Skandal für die Stadt ist. Er sagt, wir seien grausam zu Tieren.»

«Mich langweilt das immer, wenn sich die Leute über Grausamkeit gegen Tiere auslassen», sagte der andere Weißkittel. «Als ob es nicht genügend leidende Menschen auf der Welt gäbe, ohne dass man sich noch um die Tiere Sorgen machen muss. Ach, halt die Schnauze!», rief er in Richtung eines Käfigs, aus dem die fürchterlichsten Schreie drangen.

«Na jedenfalls, der gute Gerry hat meinen Rat befolgt», sagte der Unangenehme, «in seinem Brief schreibt er, er hätte sich den Spinnern angeschlossen.»

«Doch nicht dieser Tierschutzgruppe?»

«Genau der», sagte der Unangenehme. «Er schreibt, er würde alles in seiner Macht Stehende tun, damit die grausamen Tierversuche aufhören. Er schreibt, das Gesetz müsse geändert werden. Er schreibt, notfalls würde er zum Gesetzesbrecher.»

«Und an den Sicherheitswachen, den Polizisten und Wachhunden vorbeikommen? Kann ich mir beim guten Gerry nicht vorstellen. Jedes zweite Mal hat er vergessen, nach der Arbeit den Schlüssel abzugeben», sagte der andere. «Ob wohl Gerry seine Schlüssel zurückgegeben hat, als er uns verließ?»

Diese Frage interessierte mich nicht. Mir ist die menschliche Vorliebe für Schlösser, für das Einsperren von Dingen unbegreiflich. Türen und Fenster sind ganz brauchbar. Aber nicht, wenn sie geschlossen sind. Ich höre manchmal deine menschlichen Pfleger dich und deine Mutter anschreien, und ich verstehe nicht, wie ihr euch das gefallen lasst. «Kommst du nun oder kommst du nicht?», rufen sie. «Nun steh nicht in der Tür herum. Entschließ dich!»

In einer Tür herumstehen ist das Vernünftigste, was man in einer Tür machen kann, denn es ist die einzige Möglichkeit, einen törichten Menschen daran zu hindern, sie einem vor der Nase zu schließen.

Mich in meinem Käfig betraf das im Moment alles nicht. Als mein Fell wieder trocken war und ich meine Mäuse aufgefressen hatte, kam wieder der Unangenehme und arbeitete an mir herum. Diesmal rieb er mir die Seife nicht ins Rückenfell, sondern auf den Kopf und ins Gesicht. Er wischte mir sogar absichtlich Seife in die Augen und wiederholte die Prozedur in den nächsten vierzehn Tagen mit Dutzenden verschiedener Fläschchen.

Wenn man Schmerzen hat, erlischt die Außenwelt. Alle Wahrnehmungen, die natürlich und erfreulich sind, das Bewusstsein der Umgebung verschwindet. Essen macht kein Vergnügen. Schlaf ist kaum noch möglich. Man kann nur an eines denken, an den Schmerz oder das Brennen oder die Qualen. So war es während der vierzehn Tage für mich. Ich hatte immer Schmerzen und fühlte mich schrecklich machtlos. Und so manches Mal war ich beinahe so weit, mich nach der Großen Stille zu sehnen oder was fast der gleiche Grad von Verzweiflung war, mich mit einer Art wehmütigem Heimweh an die Tage der Sicherheit zu erinnern, als ich noch Sklave von Tom-Cat in der Kommune gewesen war.

15

Und dann änderte sich alles mit einem Schlag.

Während ich in meinem Käfig hockte und die schwärzesten Gedanken hatte und mir die Augen tränten und ich meine Fänger mit dem ohnmächtigen Hass bedachte, den nur Opfer ihrer Grausamkeit ganz begreifen können, gab es plötzlich einen lauten Knall. Glas zerbrach, eine Tür wurde aufgerissen. Man hörte Gebrüll von Menschenstimmen und Gebell. Meine Gefühle der Wut, Verlassenheit und Verzweiflung steigerten sich zu akuter Todesangst. Die Ungeheuer in den weißen Kitteln waren unsere Feinde, so viel war sicher. Doch lag nun schon etwas beinahe Beruhigendes darin, dass wir sie als Feinde erkannt hatten. Kannst du das begreifen? Bei ihnen wussten wir, woran wir waren. Mein Hass auf sie konnte sich nicht ändern. Er wird sich nie ändern. Und doch war zwischen uns eine Beziehung des Argwohns entstanden, die etwas fast ebenso Beruhigendes hatte wie ein Vertrauensverhältnis. Der Hass hat wie die Liebe seine Regeln. Das Fürchterliche an der Angst, die Ungewissheit, hatte in den vergangenen vierzehn Tagen – oder wie lange es gewesen war – gefehlt. Nun war plötzlich alles ungewiss.

Wer machte ein solches Getöse? Und warum? Ich stellte mich an die Vorderseite meines Käfigs und lugte durch das Drahtgitter. Da sah ich etwas Sonderbares. Ein Mann, dem am Untergesicht Fell gewachsen war und dem auch etwas weiter oben welches spross, hatte das Labor betreten. Er hatte sehr langes Kopffell, das nach hinten in einen Pferdeschwanz zurückgebunden war, ein leuchtend rotes Hemd, blaue Hosen und einen verstörten Blick. Ihn begleitete eine Frau mit kurzem, glattem, gelbem Fell auf dem Kopf. Auch sie war ganz aufgeregt. «Ich kann es einfach nicht glauben», sagte sie.

«Ich schon», sagte er. «Ich kann es nur zu leicht glauben.»

«Ich bin so – so wütend», sagte sie mit leidenschaftlichem Nachdruck, «ich könnte sie umbringen. Im Ernst, ich könnte sie in der Luft zerreißen.»

Ich kam nicht auf die Idee, dass die verstörte Frau über unsere menschlichen Quälgeister sprach, ich dachte, sie sprächen über uns, die Gequälten. Ich nahm an, sie sei eine Verrückte, die ins Labor eingebrochen war mit der Absicht, uns in der Luft zu zerreißen. Ich begann, unbeherrschte Heultöne auszustoßen. Das Leben kam mir plötzlich sehr süß vor, selbst ein so höllisches wie das, zu dem mich meine Peiniger im Labor zwangen. Besser ein Leben, bei dem einem immer Shampoo in die Augen gerieben wurde, als die Große Stille.

«Schau mal den da», sagte die Frau. «Was für entzündete Augen der hat. Ja, du da», sagte sie, sah mich an und sprach in so zärtlichen Tönen zu mir, dass ich einen Moment an Oma Harris und Schwester Caroline Mary dachte. «Du hast ganz entzündete Augen.» Inzwischen hatten andere Menschen das Labor betreten – Männer und Frauen. Einer von ihnen sagte: «Wir haben nebenan die Affen freigelassen und die Ratten. Die sind in Käfigen. Die tragen wir alle hinaus in die Wagen. Und was ist mit den Katzen?»

«Die müssen auch raus.»

«O mein Gott», schrie die Frau, als sie in den Käfig neben mir spähte. Weil er neben mir stand, hatte ich nie hineinschauen können, aber jetzt öffnete sie die Käfigtür und zeigte meinen Nachbarn ihren Freunden.

Ich hatte noch immer nicht begriffen, dass diese Leute meine Bundesgenossen waren. Ich miaute und maunzte wütend. Ich hatte meinen Nachbarn die ganze Woche schreien hören, wusste aber nicht genau, was er durchgemacht hatte, doch fand ich es ungeheuerlich, dass er, schon von den Wissenschaftlern gemartert, nur mit dem Leben davongekommen war, um nun von diesen Irren weitergemartert zu werden.

Die Frau aber weinte. Ihre Augen sahen so rot und entzündet aus, wie sich meine anfühlten, und ich konnte sehen, wie sie meinen armen Nachbarn an die Brust drückte wie ein eigenes Kind. Da erkannte ich, dass diese Leute, so seltsam sie auch aussahen und rochen, unsere Freunde waren, und die entsetzliche Angst, die ihr Eintritt in das Laboratorium in mir geweckt hatte, wandelte sich zu freudiger Erregung. Doch es war eine mit Kummer gemischte Freude. Denn der Anblick meines Nachbarn, den die arme weinende Frau an sich drückte, war ein Schock.

Die Wissenschaftler hatten ihm den Schwanz abgeschnitten – vermutlich war er einer ihrer teuflischen Maschinen im

Wege –, und jetzt erst verstand ich, was er gemeint hatte, als er Tag für Tag schrie: «Ich kann die Augen nicht zumachen!» Sie hatten ihm die Augenlider abgeschnitten.

Anfangs konnte ich nicht erkennen, was an seinen Augen nicht stimmte, ich dachte, sie hätten sie nur mit Shampoo beschmiert und dadurch wund gemacht, so wie meine. Aber er war kein Testobjekt für Shampoo, sondern für «Schlaflosigkeit».

«Sie haben ihn auf ein Tretrad gesetzt», schluchzte die Frau. «Sie haben ihn daraufgeschnallt und gezwungen, immer weiter und weiter zu machen … ohne Augenlider.»

Ich konnte das Tier, das sie auf dem Arm hatte, fast nicht mehr erkennen. Es war so verstümmelt, dass kaum noch etwas von ihm übrig war. Aber bei seinem Anblick kam mir eine Erinnerung, und ich war mehr und mehr davon überzeugt, dass dies Jammergeschöpf Tom-Cat war. «Das ist eines der berüchtigtsten Experimente», sagte der Mann. «Hier werden die Folgen der Schlaflosigkeit getestet. Wir müssen uns beeilen, alle Katzen müssen raus. Und die Vögel und die Mäuse. Aber wir müssen aufpassen, dass wir nicht alle gleichzeitig rausholen. Das wäre nicht sehr nett für die Mäuse oder Vögel.»

Ich kann dir gar nicht sagen, wie sehr diese Worte meine Stimmung hoben. Sie erinnerten mich an die Freuden, von denen ich geglaubt hatte, sie wären für immer vorbei: die Freude, frei zu sei, draußen an der frischen Luft, frei, um einen Vogel oder eine Maus zu jagen, frei, um zu rennen, zu springen und herumzuhüpfen. Die Zeit meiner Einkerkerung hatte nicht lange gedauert. Nach den Begriffen der

Menschen waren es kaum zwei, drei Wochen gewesen. Aber ich hatte schon die Hoffnung aufgegeben, je wieder ein normales Katzenleben zu führen. Eigentlich hatte ich, seit ich die Schwestern verließ und in die Katzenkommune geraten war, so gut wie vergessen, was überhaupt normal war.

Doch es war der Scherz des Mannes über die Jagd, der mich wieder in die Realität zurückkehren ließ.

In mir rührte sich ein Verlangen nach Sonne, nach Luft in meinem Fell, nach Alleinsein. Nein, es war nicht nur der Wunsch, allein zu sein. Es war die Sehnsucht, ich selbst zu sein. Alles, was seit dem Tode meines Bruders mit mir geschehen war, hatte irgendwie dazu geführt, dass ich nicht mehr ich selbst war. Ja, sogar in den glücklichen Tagen der Genesung bei den Schwestern. Und in dem simplen Gedankengang des Mannes, dass ich, aus dem Käfig entlassen, die Mäuse würde jagen wollen, klang ein Echo jenes fernen Reiches, dessen Bürger ich immer gewesen war, das ich jedoch nie gesehen oder gekannt hatte – jenes Ortes, an den ich eines Tages aus meinem Exil zurückkehren würde. Ob es ein Ort war oder eine Katze, wusste ich nicht. Es war das Gefühl, das der alte Major in mir geweckt hatte, als er davon sprach, «die Straße zu wählen».

Ich stellte mich auf die Hinterbeine und kratzte mit den Krallen am Drahtgitter und rief voll ängstlicher Erregung. Die Leute öffneten andere Käfige vor dem meinen, und ich wollte doch frei sein. Warum kamen sie nicht? Hierher! Zu mir!

Vor jedem Käfig stieß der eine oder andere der Befreier einen Entsetzensschrei über das aus, was er sah. Mein Freund

und Nachbar, der im «Schlafexperiment» verstümmelte, schien am schlimmsten dran. Aber auch andere Katzen waren in fürchterlichem Zustand. Einige arme Teufel waren wie ich mit Shampoo behandelt worden und bereits blind, sie wankten hierhin und dorthin, weil sie nicht wussten, was geschah, und miauten angstvoll. Waren sie nun wirklich so frei, wie es schien? Oder wurden sie nur fortgebracht, zu noch schlimmeren Martern und übleren Demütigungen?

Andere konnten kaum laut rufen, weil ihr rasiertes Fell mit einer Farbe beschmiert worden war, mit der sich manche Frauen den Mund färben. Hier aber war die Farbe irgendwie giftig gewesen, ihre Lippen waren geschwollen oder aufgesprungen und deformiert. Andere, mager und hinkend, verloren ihr Fell und starrten einen aus kahlen, ruppigen Schädeln an wie irre Affen. Es war die kümmerlichste Horde von Katzen, die ich jemals sah. Einige der jüngeren waren munter und fingen an, im Laboratorium herumzurennen und das zu tun, was die Befreier befürchteten: sie sprangen auf ein Regal, wo Mäuse und Meerschweinchen in Käfigen stöhnten, und schlugen erbarmungslos mit den Tatzen gegen die Käfigstäbe.

Konnte man es ihnen verdenken? Die anderen waren es, die sich nicht normal verhielten, sie ließen sich wie eine Herde Schafe in den Nebenraum treiben.

«Sie werden es nicht überleben, nicht wahr?», fragte eine der Frauen traurig. «Am barmherzigsten wäre es, man brächte sie gleich hier um. Schaut euch den Scheckigen hier an. Mein armes Tierchen!» Damit hob sie ein mageres, jaulendes, halbkahles Häufchen Unglück in die Höhe, das argen Husten hatte. Diese Frau und ein Gehilfe setzten die Katzen in große Waschkörbe. War es möglich, dass diese Befreier schließlich doch nicht Freunde, sondern Feinde waren?

Ich hatte nicht die Absicht, das herauszufinden. Ich jedenfalls hatte noch genügend Energie und Neugier, um in den anderen Räumen und auf den Regalen herumzurennen und mir anzuschauen, was die Jungkatzen sahen. Als ich dann an die Reihe kam, befreit zu werden, sauste ich mit einem Satz durch die Tür, biss und kratzte mit ausgestreckten Krallen nach der Hand, die mich freiließ.

«Der hier ist ein ganz Wilder!»

«Hat er dich gebissen, Sebastian?»

«Ist nicht schlimm.»

Doch ein Blick zurück zeigte, dass Blut aus der Hand des Bärtigen floss, und da das die Aufmerksamkeit auf ihn lenkte, gewann ich Zeit zu entwischen. Ein Instinkt sagte mir, nicht an diesem Ort zu verweilen. Ich konnte alles sehen, was ich sehen wollte, und noch mehr, auch ohne um die Käfige herumzustreifen wie die Jungkatzen.

«Ihr Katzen», rief ich, «es hat keinen Sinn, hierzubleiben und sich um eine Ratte in einem Käfig zu streiten. Wenn ihr sie fressen würdet, würdet ihr euch vermutlich vergiften. Wir müssen hier raus.»

«Pufftail hat recht», sagte einer der jungen Draufgänger.

«Was hast du gesagt?», zischte ich zurück. «Ich bin eine Katze ohne Namen, merk dir das.»

«Aber alle nennen dich doch Pufftail», sagte der freche Jungkater, ein gelber war es. «Das wollen wir auch. Wir haben dich im Käfig auf und ab gehen sehen wie einen Löwen oder so was.»

«Ihr könnt ja bleiben, wenn ihr Lust habt», sagte ich. «Ich gehe, und wenn ihr auf mich hört, geht ihr auch.»

«Wenn wir auf dich hören …» Die Jungkatzen äfften meine Stimme nach und schüttelten sich vor Lachen, aber ein, zwei von ihnen hatte mein Vorschlag überzeugt, und sie liefen eilends hinter mir her.

Im nächsten Raum blieb ich mitten im Lauf stehen, denn ich roch den Geruch, der nur aus Menschenmündern kommt – den besonderen Rauch aus den Papierschornsteinen, ein beizender, erstickender Geruch.

«Zurück!», zischte ich den zwei, drei Kätzchen zu, die mir folgten. «Bleibt stehen. Da drin ist ein Mensch.»

«Woher weißt du das?»

«Ich rieche den Rauch.»

Ohne Grund nahm ich an, dass die menschlichen Befreier nicht zu den Rauch-Einatmern gehörten. Ich weiß heute, dass das vollkommen unlogisch ist, aber damals bedeutete für mich Rauch nur eines: ein menschlicher Feind.

«Ich seh aber keinen Menschen», sagte einer der Jungkater.

«Ich auch nicht», sagte seine Freundin. «Es ist keiner da, der raucht. Es sind die Ratten in dem Käfig da. Schau!»

Und stell dir vor, er hatte recht. Trotz meiner Taktik, ja nicht zu verweilen, trotz meinem Wunsch, aus diesem Höllenloch hinauszukommen, so schnell mich die Beine trugen, stand ich doch wie erstarrt bei dem Anblick, den der junge Gelbe mir mit der Pfote wies. In einem langen Käfig auf einem Sims an der Wand waren ungefähr zwanzig Ratten, die einander beiseite stießen, um etwas Zigarettenrauch aus einem Röhrchen zu saugen.

«Los, lass mich auch mal.»

«Die Ratte da drängelt immer so.»

«Ich drängel auch nicht mehr als du!»

«O, o», pfiffen die befriedigten Ratten, die das Maul um das Röhrchen geschlossen hatten. Es waren weiße mit roten Augen. Ungefähr sechs Röhrchen wurden aus einem Tank gespeist, der sich hinter einem Loch in der Käfigwand befand. Irgendeine Maschine oder so etwas blies Rauch durch diese Röhrchen, und statt angewidert zu sein, fanden die Ratten es himmlisch.

Die Ratten nannten dieses Paffen «mal ziehen».

«O, das war schön, dieses Ziehen, du Ratte.»

«Schööön, wie liebe ich meinen kleinen Zug, du Ratte.»

Andere, die schon warteten, wechselten ab zwischen verzweifelter Gier nach einem Zug aus dem Röhrchen und dem Bestreben, den übrigen zu zeigen, dass ihnen eigentlich nichts daran läge, ob sie an dem Röhrchen pafften oder nicht.

«Ich stell mich hier nur an, weil ich Gesellschaft möchte. Ehrlich, mir macht es nichts, ob ich paffe oder nicht.»

«Wenn das stimmt, du Ratte, warum drängelst du dann so?»

«Ich drängeln? Ich? Nein. Aber Gerechtigkeit muss sein. Und wenn uns allen ein Zug zusteht, dann will ich meinen Anteil. Im übrigen ist es mir gleich, ob ich einen Zug tue oder nicht.»

«Du hast erst vor fünf Minuten einen getan.»

«Los, beeil dich, du Ratte ganz vorn. Ich will meinen Zug.»

Sie hatten an nichts anderem mehr Interesse als an diesem Rauch, der in regelmäßigen Wölkchen durch das Röhrchen kam. Dann war er plötzlich zu Ende. Offenbar waren die Röhrchen verstopft. Sie begannen jetzt zu streiten, sogar zu raufen und einander zu kratzen. Gleichzeitig wankten sie hin und her, husteten, rülpsten und konnten nur mühsam atmen.

Der Anblick faszinierte und empörte mich. Nach kurzer Zeit überwältigte mich wieder das Gefühl hilflosen Hasses gegen die menschliche Spezies, das mich seit meinem Eintreffen im Laboratorium so oft gepeinigt hatte. Ich habe mich nie als Anwalt der Ratten gesehen, weder der ganzen Spezies noch einzelner Individuen. Aber es ist ein Riesenunterschied zwischen einer Ratte, die das ihr gemäße Rattenleben führt (so abstoßend es sein mag), und dem Anblick dieser Geschöpfe, die keine Ratten mehr darstellen, aber auch nichts anderes geworden waren als nur noch Kreaturen einer traurigen Begierde.

«Komm, Pufftail, wir gehen», sagte eines der kecken Jungkätzchen, und ich hatte ausnahmsweise keine Lust, ihm eine zu langen oder es in seine Schranken zu weisen. Wir empfanden doch alle das Gleiche, waren schockiert, wütend und wie vor den Kopf geschlagen. Vor dem Rattenlaboratorium befand sich eine steinerne Treppe. Ich hatte bisher nicht wahrgenommen, dass wir im ersten Stock waren. Als wir sie hinunterliefen, sahen wir Männer in blauen Uniformen, die durch die Tür am unteren Ende der Treppe kamen.

«Sie haben alle Scheiben zerschlagen, Sir», sagte einer der Männer in Blau.

«Nicht nur das, Sergeant. Sehen Sie sich das an.» Und mit einem dicken Finger zeigte der Ältere in Blau auf mich. «Sie müssen die Tür zum Labor aufgemacht haben. Was ich nicht begreife: wie sie die Türschlösser aufgekriegt haben. Jetzt sausen hier überall Katzen, Ratten und Affen herum!»

«So verantwortungslos werden sie wohl nicht gewesen sein, die Tiere alle freizulassen», sagte der Mann mit Namen Sergeant. «Ich meine, die haben doch Krankheiten und so was. Fassen Sie es nicht an, Sir. Ich rate, es nicht anzufassen.»

Jawohl! «Es.» Sie sprachen immer noch von mir!

«Aber das ist ja Anarchie», sagte ein anderer der Männer in Blau gerade. «Wir haben das Gebäude umstellt mit Männern und Hunden, die kriegen diese Irren dann schon, die den Blödsinn angerichtet haben. Himmel noch mal, haben Sie die Glastür gesehen? Einfach eingeschlagen.»

«Die sind verrückt.»

«Sie halten sich für Tierfreunde und behaupten, sie verhindern, dass Tiere gequält werden, aber es sind Wahnsinnige. Nichts als Wahnsinnige.»

«Was wird mit den herrenlosen Viechern, die sie freigelassen haben, Sir?», fragte Sergeant.

Sir erwiderte: «Wenn wir sie mit den Hunden nicht aufhalten können, müssen wir sie erschießen. Eingeschläfert müssen sie sowieso alle werden. Verbrecherisch ist so was. Wenn man all das Gute bedenkt, das hier schon für die Menschheit getan worden ist. Ich meine, wo wären wir ohne die Wissenschaft? Wieder im Mittelalter, würde ich meinen.»

Ich verstehe noch heute nicht, was geschehen war. Die ganze Episode meiner Zeit im Laboratorium ist mir unbegreiflich. Offensichtlich maßten sich die Weißkittel an, dadurch, dass sie uns in Käfigen folterten, irgendwelche äußerst wichtige Geheimnisse herauszufinden. Ob sie selber daran glaubten oder ob es nur ein Trick für Dümmere war, werde ich nie erfahren.

Aber da war noch die andere Gruppe, der Mann mit dem Bartflaum und die magere Frau, die weinte, und das waren die Feinde der Weißkittel und der Blauuniformen. Und die waren doch anscheinend gekommen, um uns zu retten. Aber ob aus Mitleid, aus Tierliebe oder einfach aus Hass auf die Weißkittel? Was planten sie, als sie die Katzen in die Waschkörbe taten und die Tauben aus den Käfigen ließen? Wir werden es nie erfahren, weil die Blauuniformen kamen und sie aufhielten.

«Jetzt kommen wir nie mehr raus», sagte eine der Jungkatzen leise zu mir. «Hast du diesen Sergeantmenschen gehört? Hunde! Und wenn wir an denen vorbeikommen, erschießen sie uns.»

«Wir müssen aber raus», sagte ich.

«Das ist Geschwätz», sagte der Gelbe. «Ich möchte lieber den ganzen Tag im Käfig sitzen, als von einem Hund in Stücke gerissen zu werden. Außerdem hatte ich mich fast schon daran gewöhnt.»

«Genau deswegen müssen wir fliehen», sagte ich. «Hast du dir die grauen Ratten im ersten Stock angesehen? Hast du nicht gesehen, was die Weißkittel mit denen getan haben? Sie haben etwas viel Schlimmeres getan, als sie der Großen Stille zu überantworten. Sie haben ihnen den Atem belassen, aber nur dazu, um Rauch zu paffen. Sie haben ihnen ihre

Bewegungsfreiheit und ihre Lebenskraft gelassen. Aber jedes Gramm Energie, das diesen dummen Wesen geblieben ist, ist darauf verwendet worden, ihnen die Lungen mit dem grässlichen Qualm zu füllen. Sie haben die Ratten daran gehindert, Ratten zu sein. Eine Katze, die behauptet, sie sei zufrieden in einem Käfig und habe sich daran gewöhnt, Shampoo in die Augen gerieben zu kriegen, ist keine Katze mehr. Siehst du denn nicht ein, dass es tausendmal besser wäre, hinauszulaufen und den Kampf mit einem Hund zu riskieren, als wieder in deinen Käfig zu kriechen? Weißt du nicht, dass es uns vom Schicksal bestimmt ist, mit Hunden zu kämpfen und uns gegen dieses Schicksal zu wehren? Und obwohl es Kummer und Leid bringt, man selbst zu sein, und obwohl es sogar manchmal in die Große Stille führt, gibt es für eine Katze mit Selbstachtung noch immer keinen anderen Weg.»

So sprach ich, oder doch Worte in diesem Sinne. Anscheinend setzte ich mich mit meiner Ansicht durch, denn die drei Jungkatzen erkannten, dass uns keine Wahl blieb. Wir mussten sofort verschwinden. Das Schlimme war, dass wir das Terrain überhaupt nicht kannten. Wir waren in Säcken hergebracht worden. Ein flüchtiger Blick durch die Tür nach draußen zeigte uns eine sonnenbeschienene Einfahrt, ein Stückchen Rasen und eine Mauer. Was aber lag dahinter?

«Ab jetzt: jeder für sich», sagte ich. «Und denkt daran, kein Hund kann über eine Mauer klettern.»

«Pufftail», sagte der gelbe Kater, der bis jetzt grundsätzlich Feigheit gepredigt hatte. «Danke! Du hast mich gerettet.»

«Jetzt kann dich nur eines retten: dein eigener Wille und deine flinken Beine», sagte ich.

«Du verstehst schon, was ich meine», sagte er. Und natürlich verstand ich.

Er sprintete vor uns her über das Gras, und fast sofort ließen die Uniformierten zwei riesige wolfsgroße Hunde von der Leine, die man als Schäferhunde bezeichnet. Die beiden gewaltigen Ungeheuer stürzten sich auf den jungen Gelben, aber kurz bevor sie ihn erreichten, zögerten sie, ungefähr so, wie wir innehalten würden, ehe wir beim Jagen eine Wühlmaus oder Hausmaus töten.

Auch ich rannte in den Hof und ebenso die anderen zwei Jungkatzen.

«Die kümmern sich jetzt um mich», rief der Gelbe uns zu. «Lauft, solang ihr könnt.»

«Ja, aber …», rief ich.

«Kein Aber», rief er zurück. «Du hattest recht. Danke, Pufftail. Ich war drauf und dran, meine Seele zu verlieren, die hab ich jetzt wiedergefunden.»

In diesem Augenblick brachen die Hunde – die uns natürlich nicht verstanden und nur etwas hörten, was sie für Quietschen und Miauen hielten – in den erschreckenden Lärm aus, den sie immer machen: «Rau! Rau! Rau! Rau!», und fielen über unseren jungen Freund her.

Ich rannte schneller, als ich je in meinem Leben gerannt bin, und es gelang mir, mit einem großartigen Satz die Mauer zu erklimmen. Ebenso zwei meiner Gefährten. Aber einen Dritten und den Gelben erwischten sie.

Keine der Katzen konnte lange kämpfen. Als ich über das kümmerliche Gras zurückblickte, sah ich die Hunde kleine Fetzen Katzenfell zerbeißen, und ihre Mäuler waren voll Blut.

Das also war der Ruhm, das war der Mut, zu dem ich ihn aufgerufen hatte! Aber er hatte recht, natürlich, und ich hatte auch recht gehabt, denn es war besser, in der Gewalt eines Hundes einzuschlafen, als in der Gewalt eines grausamen Menschen zu leben.

Jenseits der Mauer standen Männer mit Fotoapparaten und eine kleine Gruppe Menschen, die seltsamerweise alle nur auf das Tor blickten. Uns übersahen sie. Sie ließen die Apparate klicken, als die Uniformierten den Mann mit dem Bart und seine Freunde hinten in ihre Wagen zerrten. Uns aber beachtete man nicht, und wir rannten alle, so schnell wir konnten, den Gehsteig hinunter, durch ein paar Gitter, durch etwas, was aussah wie ein Park, und suchten dann Zuflucht in einem Gebüsch.

«Jetzt», sagte ich, «sind wir wahrscheinlich wieder frei. Und jetzt muss jeder seinen eigenen Weg gehen.»

16

Ich rannte, rannte und rannte. Schon früher war ich manchmal gelaufen, etwa in der verhängnisvollen Nacht, als ich von Schwester Caroline Mary Abschied genommen hatte. Doch damals war ich unbesonnen losgelaufen. Jetzt tat ich es mit Bedacht, weil mir für immer bewusst geworden war, dass jeder Schritt, den man auf dieser Welt tut, ein Schritt in die Sklaverei oder ins Unglück sein kann. Aber sogar dieses Wissen, das mir inzwischen zur zweiten Natur geworden ist, hinderte mich nicht, eine überschäumende Freude zu empfinden, als ich so über Felder und durch Gräben lief und den Albdruck des Laboratoriums und den Klang menschlicher Stimmen weit hinter mir ließ.

Ich war frei. Der Wind blies mir durchs Fell. Der weite Himmel war über meinem Kopf. Und zum ersten Mal seit Monaten stand die Welt mir offen. Schon das Gefühl des Entkommens war aufregend genug: zu wissen, dass ich Hunde und Gewehre hinter mir gelassen hatte. Aber das Gefühl der Freiheit an sich war noch besser. Wochenlang war ich in einen winzigen Käfig gepfercht worden, ohne die Glieder ausstrecken zu können. Und vorher hatte ich – wie mir jetzt schien, eine Ewigkeit – als Mitglied von Tom-Cats Kommune in einer Garage gelebt und nur «auf Beute» ausgehen dürfen als Futtersammler für andere Katzen. Und davor lag die Zeit im Lazarett der Schwestern, und davor das verheerende Hausen mit Jim und June.

Es war lange her, dass ich Freiheit gekostet hatte. Daher rannte ich, obschon umsichtig, mit aller Kraft, bemüht, eine möglichst große Entfernung zwischen die Quäler und mich zu legen, und überzeugt davon, dass mich von jetzt an nichts und niemand mehr durch eine List in Gefangenschaft locken könnte. Nie wieder! Das nächste Mal würde ich lieber die Große Stille wählen, und dazu bin ich noch immer entschlossen. An einem Punkt meines Laufs verrechnete ich mich und kam an einen Stacheldrahtzaun. In meiner Hast war ich durch eine Herde Schafe gelaufen, fast ohne sie zu bemerken. Und nun sah ich hinter dem Stacheldraht Hühner, Scheunen und Häuser. Ich hörte einen Hund bellen. Dann sah ich ihn: ein schwarzweißes Ungetüm, das in einem lehmigen Hof stand. Er hatte mich auch schon erblickt und stieß sein plumpes «Ra! Ra! Ra!» aus, um jeden, den es interessierte, von meiner Anwesenheit auf dem Schauplatz zu informieren. Die Schafe schien es wenig zu kümmern. Doch der Hundelärm weckte die Aufmerksamkeit einer fettigen roten Frau, die ein Tuch um den Kopf trug. Sie kam aus dem Haus und sah sich stumpfsinnig auf dem Hof um.

«Was bellste?», fragte sie. «Is doch kein Hund bei den Schafen, oder?»

«Ra! Ra! Ra!», machte der Hund, und ich stellte mir vor, dass das, falls Hunde einer höflichen Sprache fähig sind wie wir, etwa heißen sollte: «Madam, es ist eine Katze zwischen den Schafen, und die würde ich liebend gerne jagen.»

«Ich seh nischt», sagte die fettige Frau. Dann erblickte sie mich.

«Du liebe Zeit, was'n das da auf der Schafweide? Waller! Waller!»

Ein Mann kam aus dem Haus. Seine Beine waren mit Schnur umwickelt, und auf dem Kopf trug er eine alte Stoffmütze.

«Wasndas für'n Tier bei den Schafen?»

«Wasfür'n Tier?», fragte Walter wegwerfend. «Seh kein Tier.»

«Ra, ra-raaaa!», machte der Hund. Er war inzwischen an den Rand des Pferchs gelaufen und nur mehr fünfzehn Meter von mir entfernt. Er kläffte und jaulte durch den Stacheldrahtzaun, dann rannte er zum Tor, an dem er schnüffelte und mit den Pfoten kratzte, weil er auf die Wiese gelassen werden wollte, um mich zu jagen.

Ich war schon reichlich müde nach meinem Lauf und hätte diese besondere Form von Nachmittagssport durchaus entbehren können.

«Das Graue da», beharrte die Fettige. «Sieht mir aus wie'n Dachs oder was.»

«Ich weiß noch, vor Jahren, da hat'n Dachs mal eins von Großvaters Schafen erwischt. Aber vor Jahren, verstehste. Ich seh noch immer kein Dachs.»

Ich blieb nicht, um den Rest der faszinierenden Unterhaltung zu hören, bekam sie aber unwillkürlich noch stückweise mit.

«Haste keine Augen, Wallerollerton? Würd'st besser sehn mit 'ner Brille und wenn du weniger tränkst. Da is'n Tier auf der Weide, sonst würd Patch ja nich so bellen. Und ich glaub, es is 'ne Wildkatze.»

«'ne Wildkatze kann ein Lamm schon umbringen», sagte der alte Walter Hollerton langsam.

«Verstehste, Wallerollerton, ich lass jetzt Patch auf die Weide. Der kriegt's schon raus, was da is un' was da nich is, besser wie du.»

Und genau das unternahm die resolute Dame. Ich schaute nicht hin, hörte aber, wie das Tor sich in den Angeln drehte, und wusste, dass ein junger, trainierter Hund jetzt auf eine ungewöhnlich ausgepumpte Katze gehetzt wurde. Ich hatte einigen Vorsprung, war mir aber bewusst, dass meine erschöpften Beine jeden Augenblick unter mir nachgeben würden. Das Bellen hinter mir wurde lauter und kam näher. Ein rascher, sehr angstvoller Blick über die Schulter sagte mir, dass mir der Hund unmittelbar auf den Fersen war. Es stand auf des Messers Schneide, ob er mich noch vor dem nächsten Zaun einholen würde oder nicht. Und wenn er mich einholte, war die Aussicht auf unseren Zweikampf nicht besonders erfreulich.

Aber ich schaffte es. In dem einen Wieseneck stand neben dem Zaunübertritt eine stämmige Eiche mit tief herabhängenden, dichtbelaubten Ästen. Auch in meinem geschwächten, übermüdeten Zustand war es das Werk einer Sekunde, auf den Baum zu springen und mich in seinen Ästen zu verbergen. Ich zitterte am ganzen Körper, meine Beine wankten, und es klopfte hinter meinen Augen, als wenige Sekunden später der Hund am Fuß der Eiche ankam und gierig zu mir hinaufschaute.

Wäre Walter Hollerton dem Hund mit einer Waffe gefolgt, die beiden hätten an diesem Tag Jagdglück gehabt. Doch der faule Alte war noch nicht einmal die paar Schritt aus seinem Hof herausgestolpert und überließ es Patch, am Baumstamm zu stehen und mich zu verbellen. Jetzt sah ich auch, dass es ein kluger Hund war mit wachen, intelligenten Augen, und weil ich vor seinen Zähnen sicher war, bemerkte ich, dass er ein sehr sympathisches Gesicht hatte. Er röhrte und blaffte noch eine Weile, aber er wusste, dass das Spiel aus war und ich es gewonnen hatte. Bald trottete er über die Wiese nach Hause. Später am Tage hatte er zweifellos noch Arbeit.

Hunde haben etwas, was mir die größte Angst einjagt, und das ist ihr Arbeitseifer. Natürlich fürchte ich ihre Zähne und ihren Zorn und ihre raue Sportbegeisterung auf unsere Kosten. Aber am meisten fürchte ich diese vollkommene Zufriedenheit im Dienst der Menschengattung. Welchen Fluch der Vorzeit haben sie geerbt, welcher erste schreckliche hündische Irrtum hat sich ereignet, dass sie so fröhlich Sklaven einer Rasse sind, die weit unter ihnen steht? Wenn der Hund die Schafe treiben kann, könnte er vermutlich auch die ganze Farm bewirtschaften, und die Hollertons müssten ihm gehorchen, statt umgekehrt. Aber das tat er nicht. Er diente ihnen, und zwar mit jener ergreifenden Befriedigung im Gesicht, die man so oft an Hunden wahrnimmt.

Dieses Rätsel beschäftigte mich, als ich in den trostreichen Zweigen der Eiche saß, mischte sich aber mit anderen

Gedanken in meinem Kopf. Erst drängten sich mir Erinnerungen an das Laboratorium und die Abenteuer des Tages auf und begannen dann zu verblassen. Ich war wieder eine viel jüngere, viel energischere und auch glücklichere Katze, als ich mich tiefem Schlaf überließ. Mein Bruder war wieder bei mir. Wir jagten im Garten von Oma Harris' Haus. Und ich konnte den Major sehen und ihn sagen hören: «Wähle die Straße … wähle die Straße …»

Als ich aufwachte, dämmerte eben der Morgen, und der Baum, dessen dichtbelaubte Zweige mir ein so behagliches Bett gewesen waren, bestand aus einer Welt zwitschernder Vögel. Eine der vielen Merkwürdigkeiten an der Lebensweise der menschlichen Gattung ist die absolute Leblosigkeit alles dessen, was sie zu sich nehmen.

Du, kleiner Enkelkater, kannst dir vorstellen, wie es war, beim Morgenlied der Vögel aufzuwachen. Aber um diese Musik einem Menschenwesen zu erklären, würde man es auffordern müssen, sich vorzustellen, es erwache bei einem wunderschönen Chor und merke dann, dass die Musik von einer Gruppe singender Spiegeleier oder wohltönender Lammkoteletts ausgeht. Ich will damit sagen, dass sich die Musik unmittelbar und untrennbar mit meinem Wissen mischte, dass sie aus den Kehlen meines Frühstücks drang.

Ich streckte mich auf den Zweigen aus und inspizierte das Land unter mir. Ich vergewisserte mich, dass keine Hunde, Füchse oder Menschen in Sicht waren. Anfangs war ich zu faul und zu gierig und versuchte, einen Grünspecht zu ergattern, der zufällig in der Nähe meiner Blätterhängematte nistete. Der ergebnislose Sprung brachte sämtliche Vögel dazu, sich kreischend in die Luft zu erheben, daher rutschte ich den Stamm hinunter und lag zehn Minuten lang still.

Vögel sind herrlich vergessliche Wesen und werden, wie auch wir, bald wieder hungrig. Es dauerte nicht lange, da sah ich, wie ein Regenpfeifer sich mitten aus dem Acker unvorsichtig meinem «Versteck» näherte. Seine Erbeutung war das Werk von Sekunden, und ich war so hungrig, dass ich mich nicht erst damit aufhielt, ihn zu Tode zu ängstigen, wie es meinem Bruder immer solche Freude gemacht hatte.

Als ich satt war, bewegte ich mich am Rande des Feldes entlang, das schwer war von goldenem Roggen. Die Sonne war aufgegangen, die Luft war klar, und in Acker und Hecke wimmelte es von appetitlichen Häppchen.

Während dieses Spaziergangs entwickelte ich doch wahrhaftig einen Geschmack für Feldmäuse. Und die Jagd war so ergiebig und meine neuentdeckte Freiheit so belebend, dass ich beschloss, in dieser Gegend zu bleiben, bis etwas eintrat, das mich zum Weiterziehen veranlasste.

Ich blieb, soweit ich weiß, ein paar Wochen, bis Männer auf Maschinen kamen und das Korn niedermähten. Es waren Tage ungetrübten Glücks. Und mit jedem Tag fühlte ich mich kräftiger. Ich wusste, jetzt war ich wirklich «auf der Straße», und beabsichtigte, für den Rest meiner Tage so frei zu bleiben. Die Ernte war es, die mich dann zwang weiterzuziehen. Mir wurde klar, dass nichts ewig dauert. Aber ich war zu glücklich, um mich damit zu beschäftigen, wie Menschen es fertigbrachten, dieses eigenartige kleine Paradies zu zerstören. Ich genoss es, solange ich konnte: mein Obdach in dem alten Baum, das Kornfeld, das voller Leben und

Nahrung war, und die langen, warmen, stillen Stunden, in denen kein Geräusch lauter war als das Lied der Vögel und das Zirpen der Grillen.

Eines Morgens waren dann überall brüllende Maschinen und rufende Männer. Das Getöse begann am anderen Ende des Kornfeldes, und ich sah eine riesige rote Maschine, groß wie ein Haus, die langsam die Reihen auf- und abfuhr und den wogenden goldenen Roggen fraß.

Ich hatte eben meine zweite Feldmaus gegessen, als der Radau einsetzte. Ich wartete nicht, bis die Männer mit ihren Maschinen meine Seite des Kornfeldes erreichten. Es ist verblüffend, wie viel Nahrung in Form von Feldmäusen, Regenpfeifern, Wühlmäusen, Ratten, Lerchen und Wieseln jedes Jahr ungenutzt zugrunde geht durch die menschliche Gewohnheit, das Korn umzumähen. Aber das ist eine andere Geschichte.

Ich brach auf und setzte mich am entgegengesetzten Ende der Hecke in Trab. Ein paar Felder weiter führte ein kleiner Fußpfad zwischen zwei Hecken hindurch, und an seinem Ende erkannte ich deutlich die Signale menschlichen Wohnens: Laternenpfähle, Straßenpflaster, eine geteerte Straße mit auf und ab fahrenden Mordmaschinen, sauber getrimmte Rasenflächen und Steinhäuser, die mich anfänglich sehr an Jim und June erinnerten. Ja, einen unguten Moment dachte ich, eines sei das Haus von Jim und June. Aber das war es nicht.

Gewiss, es gab neue Häuser wie ihres, aber auch eine Reihe beruhigend verkommener alter, eine Masse schmutziger Verstecke voller Ratten und schließlich Gartenhäuser mit

Haus- und Wühlmäusen darin. Es war kein übler Ort, um sich dort niederzulassen.

Nicht für immer natürlich. Für immer würde ich mich nirgends mehr niederlassen. Nur vorläufig.

17

An einem Herbstabend, lange vor der Zeit, zu der menschliche Wesen schlafen gehen und die Welt uns und unserer großen Mutter-der-Nacht überlassen, inspizierte ich zufällig ein paar Abfalltonnen und machte darin einige höchst befriedigende Entdeckungen.

Die Tonnen standen in einer dunklen Ecke am Ende eines Gartens, und ich konnte ungestört arbeiten. Der Deckel war aus diesem leichten Plastik, das man mit einem Pfotenschlag hochbekommt, und obenauf in der Tonne lag eine halbgegessene Ente. Das war wirklich ein Fund, besonders weil ich aus irgendeinem Grunde an diesem Tag noch nicht viel zu mir genommen hatte. Ich beschloss, den Vogel zwischen die Zähne zu nehmen und ihn mir in einem meiner gewohnten Verstecke zu Gemüte zu führen, nämlich auf dem nahe gelegenen Schuppen, der an die Wand angebaut war. Dort konnte ich nicht nur auf dem Dach sitzen und vor Menschen, Füchsen und anderen Belästigungen sicher sein, sondern war auch noch vor anderen Katzen verborgen, denn das Dach war dicht bewachsen mit Schlingpflanzen. Dort mein Essen zu verzehren war so gut wie hinter einem

Vorhang. An diesem nebligen Abend war man außerdem geschützt gegen Kälte und Nässe. Ich fing gerade an, mich an der Ente gütlich zu tun, da hörte ich das Blaffen eines kleinen Hundes.

Normalerweise hätte ein solches Geräusch mir weniger imponiert als das Sausen des Windes in den Bäumen. Aber aus irgendeinem Grunde – oder vielleicht ohne jeden bestimmten Grund – hielt ich an diesem Abend inne und lauschte. Außer dem Gekläff hörte ich Miauen. Eine unserer Gattung – dem Klang nach ein Weibchen – war in einer heiklen Lage gegenüber einem Hund und rief um Hilfe. Soll sie doch ihre Kämpfe selber austragen, sagte ich mir, während ich mich an einem besonders leckeren, fetten Entenflügel ergötzte. Die Tage der Galanterie sind für mich vorüber. Die Tage, an denen ich wünschte, auf ein weibliches Wesen Eindruck zu machen, sind vorüber – weibliche Wesen sind jeden Tag des Jahres leicht zu haben, ohne dass man auf sie Eindruck machen muss. Die Tage, an denen ich Risiken auf mich nahm, sind vorüber.

Kläff! Kläff! Kläff!

«Hilfe, Hilfe!», rief die weibliche Katzenstimme. «O Hund – geh doch weg! Ist denn da niemand? Hilfe!» Es war eine verwirrend schöne, anziehende Stimme. Aber noch während ich versuchte, sie zu überhören und mich auf meine Entenmahlzeit zu konzentrieren, wusste ich, dass sie mir mehr bedeutete als alle anderen weiblichen Stimmen, die mir in den verschiedenen Stadien meiner Geschichte im Dunkeln verführerische Lieder zugesungen hatten. Auch war es kein Selbstbetrug, wenn ich mir sagte, dass die Eroberung solcher

Sirenen leicht war. Ich hatte so manche Gefährtin gehabt, hatte ihr ein paar Stunden oder ein paar Tage nachgestellt und sie dann vergessen.

Wenn ich den Hund verjagte, würde ich auch diese kleine Schöne genießen können … Nein, warum mich nicht einfach auf den Genuss meiner Ente beschränken und jede Einmischung vermeiden.

«Hilfe! Ist da jemand? Bitte helft mir doch!»

Ich konnte nicht ahnen, was mir bevorstand, oder? Und doch war es fast so, als hätte ich schon in den allerersten Sekunden, in denen ich ihre Stimme hörte, eine dunkle Ahnung von allem gehabt, was geschehen würde. Noch während sie rief: «Ist da jemand, bitte helft mir», reagierte ich vollkommen vernunftswidrig. Irgendjemand sollte zu ihrer Rettung herbeieilen? Das konnte ich nicht dulden, dass jemand kam und seine Pfote an sie legte. Für sie verantwortlich war einzig und allein ich.

Plötzlich merkte ich, dass ich ohne Nachdenken die Ente zwischen das Blattwerk auf dem Schuppendach hatte fallen lassen und in Richtung des Kläffens und Miauens über die Zäune setzte. Was für eine umsichtige, misstrauische Katze war ich doch geworden, verglichen mit meinen Jugendtagen! Als mein Bruder noch lebte und wir Hausgenossen von Oma Harris waren, wäre ich mit Riesensätzen durch die Dunkelheit geprescht ohne einen Gedanken an die Gefahren, die sich vielleicht im Schatten verbargen. Solche Bravourstückchen gehörten der Vergangenheit an. Ich lief verstohlen dahin im Bewusstsein, dass der Hilferuf eine Falle sein und es sogar eine Mitkatze, ein Kommunarde auf Beutegang sein konnte.

Binnen kurzem stieß ich auf das Paar, das den ganzen Lärm veranstaltete.

Ein King-Charles-Zwergspaniel, kaum größer als ich, hatte eine Katze in eine Gartenecke getrieben und drangsalierte sie. Ihre Züge konnte ich nicht erkennen, da sie sich im Schatten verbarg. Was ich sah, war ein aufgeblasener, übertrieben selbstsicherer King Charles, der nicht einmal genügend Geistesgegenwart hatte, sein Opfer zu beißen, vielmehr nur dastand, herumbrüllte und sich wichtig tat. Es war auch kein sehr aufmerksamer Hund. Er sah nicht, dass ich vom Zaun herab auf die ganze Szene herunterblickte. Als ich mich auf ihn stürzte, kam ihm das völlig überraschend. Ich sprang ihm auf den Rücken, schlug ihm die Kralle tief in die Schulterblätter und biss ihn ins Genick. Er heulte auf vor Schmerz und versuchte, sich auf den Rücken zu wälzen. Doch das verschaffte mir obendrein Gelegenheit, ihm das Gesicht zu zerkratzen. Er wollte mich beißen, doch ich war viel zu schnell für ihn, und nach einigem mehr konventionellen Geknurr hinkte er davon, zweifellos, um seine menschlichen Eigentümer zu Hilfe zu rufen. Sie würden bald bedauernd zärtlich auf ihn einplappern und sich fragen, wer ihren allerliebsten Dingsda so zerkratzt hatte. Sie würden auf einen großen Schäferhund tippen.

Das Schicksal des Zwergspaniels interessierte mich nicht, wohl aber, wer da im Schatten verborgen war.

«Du scheinst diesen King Charles reichlich geärgert zu haben», sagte ich in die Dunkelheit hinein, noch immer ohne jemand zu erkennen.

«Die ärgern sich leicht», sagte sie lachend. «Es gibt zwei

davon im Nachbarhaus. Es war dumm von mir, mich zu ängstigen, eigentlich tun sie niemand etwas. Aber ich bin dir ja so dankbar, dass gerade *du* mir zu Hilfe gekommen bist.» Sie betonte das *du*. Damit trat sie aus dem Schatten, und auf dem von verschiedenen Lichtern, Straßenlaternen und rückwärtigen Fenstern ohne Vorhänge beleuchteten Weg sah ich sie.

Sie war eine kleine Graugetigerte mit zarten Streifen über Rücken und Schwanz. Ihre Brust war rein weiß und ihr Gesicht weiß und getigert an allen richtigen Stellen. Es ist zwecklos, dir zu sagen, dass sie die schönste Kätzin der Welt war, denn wahrscheinlich fändest du tausend andere, deren Äußeres noch vollkommener wäre … Aber sie war die Katze für mich. Ich empfand, nein, ich wusste genau, sobald ich sie erblickte, dass dies die Katze war, nach der ich mich mein Leben lang gesehnt hatte. Und obwohl ich es damals nicht gleich merkte, schien mein ganzes bisheriges Leben nichts anderes gewesen zu sein als die Vorbereitung auf diesen Augenblick.

«Du siehst hungrig aus», sagte ich, «… und angegriffen …»

«Die geben mir schon was», sagte sie, und in ihrem nächsten Satz lag viel Zärtlichkeit, «… wenn ich heimkomme.» Denn obwohl sie nur diese drei Worte sagte, hörte ich weit mehr heraus. Ich hörte: wenn ich heimkomme, aber bitte, lass uns noch ein Weilchen zusammenbleiben, ehe ich wieder ins Haus gehe. Lass uns ein Leben lang zusammenbleiben.

«Könnte ein Stückchen Ente dich locken?», fragte ich. «Ente?», fragte sie lachend.

«Ja. Komm mit.»

Nebeneinander und glücklich trabten wir zu meinem halbverborgenen Versteck auf dem Schuppendach. Worte können die Stunden nicht schildern, die nun folgten, die Tage und Nächte nicht, die nun folgten. Es wäre töricht, sie mit all ihrer Heimlichkeit und Verschwiegenheit beschreiben zu wollen. Es war eine Zeit, wie sie nur zwei Wesen miteinander teilen können und in der ein Dritter nichts zu suchen hat. Es möge genügen, wenn ich sage, dass wir uns liebten.

Meine geliebte Getigerte wohnte in einem Mietshaus mit einer ganzen Anzahl menschlicher Wesen, die nach den bescheidenen Maßstäben unserer Spezies recht anständig waren. Sie waren als sogenannte Tierliebhaber bekannt. In dem Haushalt von drei, vier Frauen und zwei Männern lebten etwa zwölf Katzen, außerdem alle Arten von Ratten, Mäusen, Meerschweinchen, Karnickel und was nicht noch alles. Meine Geliebte teilte das Zimmer mit einer netten jungen Frau, zwei weiteren Katzen und einem Käfig voller Ratten. Sie bezeichnete sich, und das verursachte mir anfangs fürchterliche Qualen, als «sehr glücklich» in dem Haus.

«Oder aber», sagte sie eines Abends, schmiegte sich an mich und leckte mir das Gesicht, «ich habe wenigstens geglaubt, ich sei dort glücklich.»

«Mir ist der Gedanke, dass du in dem Haus bist, schrecklich», sagte ich, «in dem man dich als Schmusetier behandelt.»

«Nun, das ist besser, als so behandelt zu werden, wie du behandelt worden bist», sagte sie. Denn inzwischen kannte sie die Geschichte meines Lebens.

«Ich weiß, dass deine derzeitigen menschlichen Betreuer freundlich und anständig sind», sagte ich. «Darum geht es nicht. Oma Harris war gütig und anständig, und sieh nur, was ihr passiert ist.»

«Das ist etwas, was allem Lebendigen passiert», sagte meine Geliebte.

Das nun hatte ich noch nie jemand sagen hören, und ich war so entsetzt, dass ich von ihr wegsprang und rief: «Nein! Das ist nicht wahr! Wer hat dir so etwas gesagt? Es ist meinem Bruder geschehen – aber die Große Stille wurde durch grausame Menschen über ihn verhängt. Es stimmt, dass es auch Oma Harris geschehen ist. Aber warum, werde ich nie erfahren.»

«Mein armer Liebling», sagte sie lachend. «Du scheinst so weise und so erfahren und so voller Weltkenntnis. Und doch ist dir nie aufgefallen, dass die Große Stille, wie du es nennst, allen Geschöpfen widerfährt? In der einen Minute tanzt und singt ein Vogel auf seinem Zweig. In der nächsten stürzt er herab auf den Rasen und holt sich einen Wurm, und zack, haben wir ihn und fressen ihn. Wenn wir ihn aber nie fressen würden, würde der Vogel trotzdem sterben, und auch der Baum und auch der Rasen. Alles bewegt sich dem Tode entgegen. Das heißt: alles unter unserer großen Mutter-der-Nacht. Und wer weiß, vielleicht befällt die Große Stille eines Tages sogar sie und die Erde.»

«Aber das kann nicht sein», widersprach ich. «Denn wäre es wahr, dann wäre doch die ganze Welt nichts anderes als ein Haufen verrottendes Fleisch und Leichen und welke Blumen und entlaubte Bäume …»

«Die Natur erschafft sich immer wieder neu», sagte sie, «wir gehen durch sie hindurch, aber wir bringen neue Katzen zur Welt. Die Blume wird schlaff und welkt, der Baum verliert die Blätter, aber in einem neuen Jahr gibt es neue Blätter, neue Gräser, neue Kätzchen. Die alten gehen dahin. Das musst du doch wissen.»

«Nein! Nein! Nein!»

Ich war tief erschüttert, dass jemand solcher Ansicht sein konnte, und überzeugt, dass es nicht stimmte. Es musste eine bösartige menschliche Idee sein, die meine arme Liebste in dem Haus aufgeschnappt hatte, in dem sie lebte. Sie sagte, es sei gerade die Kürze des Lebens, die dem Verliebtsein so viel Süße gäbe. Aber ich glaubte noch immer, dass wir bei einiger Vorsicht die Große Stille vermeiden könnten.

Nachdem sie mir ihre Vorstellung mitgeteilt hatte, dass wir alle sterben müssten, überkam mich schreckliche Angst und tiefe Traurigkeit. Es war einfach unerträglich, dass meine Geliebte so dachte. Und doch hätte ich ihr an diesem dunklen Abend, an dem ich mich trostsuchend an sie klammerte, beinahe geglaubt. Die Große Mutter stand am Himmel, doch statt unsere Geschicke zu regieren und uns zu behüten, schien sie gleichgültig auf uns herabzulächeln. Und dann war es, als gäbe es nur noch zwei Wesen, umringt von einem großen schwarzen Nichts: Die Finsternis der Nacht war die einzige Realität, und das einzige Licht, das sie je durchdringen würde, war nicht das Strahlen der Großen Mutter, sondern die Liebe unserer Herzen, und die einzige Waffe, die wir gegen die Große Stille besaßen, war die Gewissheit, dass auch wir uns erneuern würden, wie das Gras, die Bäume und die Blumen.

18

Du wirst gehört haben, dass die Menschen hier straßauf, straßab meine Liebste als «Tammy» bezeichneten, so wie sie mir den lächerlichen Namen «Pufftail» gaben. Aber ich brauche wohl kaum zu betonen, dass wir füreinander keine Namen hatten. Wir brauchten keine. Sie war und ist und wird immer nur *sie* sein. Es wird nie eine andere *sie* auf der Welt geben. Und ich glaube, ich war der einzige *er* in ihrem Herzen. Ich sehnte mich danach, dass sie mit mir auf die Straße zöge und ganz unabhängig von der idiotischen menschlichen Spezies mit mir lebte. Und ich glaube, schließlich hat sie diese Sehnsucht geteilt. Das glaube ich im Ernst. Aber sie wollte auch – tief in ihrem Inneren – Kätzchen bekommen. Als ich erfuhr, dass Kätzchen unterwegs seien, wurde mir klar, dass unsere Flucht aufgeschoben werden musste, bis sie geboren waren. Meine Liebste wollte sie an einem sicheren Ort werfen, an dem für sie gesorgt würde, und verließ sich darauf, dass ihre menschlichen Freunde das taten.

«Hab noch ein bisschen Geduld», sagte sie. «Wenn sie erst geboren und entwöhnt sind und für sich selbst sorgen, können wir zwei miteinander fortgehen und die Straße wählen.»

«Für immer und alle Zeit zusammenbleiben?», fragte ich.

«Und für immer und alle Zeit zusammenbleiben.»

«Und kein Wort mehr darüber, dass jeder sterben muss?»

Sie schlug mir sanft mit der Pfote auf die Nase.

«Du mein armes Dummerchen, du», sagte sie.

Ich halte es für ziemlich wahrscheinlich, dass ich der Vater von über hundert Katzen geworden bin, und wenn ich auch manchmal stolz auf meine Nachkommenschaft war, bei dem Gedanken, dass sie existierte, empfand ich kein sonderliches Interesse. Aber ich war äußerst besorgt um eine ungefährdete Niederkunft meiner Liebsten. Außerdem waren mir zum ersten Mal in meinem Leben auch die Jungen selbst nicht gleichgültig, mir war zum ersten Mal klar, dass diese Wesen ein Resultat unserer Liebe sein würden.

Ich begann an meine Mutter zu denken, an die wundervollen Tage, ehe irgendein menschliches Wesen in unsere Kinderstube eindrang und nur sie und meine Geschwister und ich uns in der Wärme aneinanderschmiegten. Einmal noch schien es in der für mich öden, feindseligen Welt möglich, etwas von dieser Wärme, dieser Liebe wiederzuerschaffen.

«Ich bin immer noch nicht sicher, ob du in dem Haus dort ungefährdet bist», sagte ich meiner Liebsten eines Tages.

«Ich könnte nirgends sicherer sein. Also wirklich, manchmal bist du sonderbar.»

«Es ist nur natürlich, dass ich mir Sorgen mache.»

«Ich habe dir doch schon gesagt, alles wird gut.»

Diese Unterhaltung fand auf dem gleichen Schuppendach statt, auf dem wir unser erstes mitternächtliches Entenmahl gehalten hatten. Jetzt war ein kalter Wintertag und helles Tageslicht.

«Ich mag nicht, dass so viele andere Katzen dort im Haus sind», platzte ich heraus.

«Jetzt glaube ich wirklich, dass du eifersüchtig bist.» Sie lachte.

«Blödsinn! Ich und eifersüchtig? Ich finde es nur ziemlich übel, dass du das Haus mit solchem – solchem Gesindel teilen sollst, das ist alles.»

«Aber Schatz», lachte sie. «Keiner der Kater dort tut mir etwas. Es sind lauter Freunde.»

«Bist du sicher?»

«Aber ja. Wie kannst du an mir zweifeln?»

«Ich zweifle ja nicht an dir. Wahrscheinlich passt es mir ganz einfach nicht, dass du mit jemand anderem als mir zusammen bist.»

«Aber das ist doch töricht.»

«Ich weiß. Ich kann nichts dafür.»

«Tammy! Tammy!», hörte man in diesem Moment die Stimme ihrer Betreuerin rufen, die zwei Gärten weiter unten an der Straße nach ihr suchte.

«Klingt so, als sei es Zeit zum Essen», sagte sie. Sie hatte eine ganz eigene Art, einen spöttisch anzusehen, und doch lag in ihrem Lächeln eine vollkommene Freundlichkeit, eine vollkommene Zutraulichkeit.

Dieses Lächeln schien in sich alle Klugheit mit aller Liebe zu verbinden.

«Ich begleite dich noch ein Stück», sagte ich.

«Versuch nicht, zu weit mitzukommen, sonst gibt es eine

Rauferei mit Bundle», sagte sie. Bundle hatte man die kleine schwarzweiße Kätzin getauft, die im Keller unter Tammy wohnte. «Sie glaubt immer, du kämst nur, um ihr das Futter wegzunehmen.»

«Eine alberne Fehleinschätzung. Als ob ich so was täte.»

«Aber du isst doch nie etwas anderes als das Futter von Fremden?»

«Ich? Meine Liebe, du verkennst mich. Die idiotischen menschlichen Wesen erzählen ihren Kindern Geschichten von einem Mann, der Robin Hood hieß. Er beraubte die Reichen und gab es den Armen, und die Kinder singen Lieder über ihn und lesen Bücher, die seinen Namen verherrlichen. Es würde mich nicht wundern, wenn künftige Katzengeschlechter meine Heldentaten besängen. Was tue ich denn anderes, als die Reichen berauben – etwa den armen alten Major und deine Bundle –, um es den Armen zu geben. Das wirst du doch nicht leugnen?»

«Und wer sind in diesem Fall die Armen?», fragte sie lachend.

«In dem Fall die Verdienstvollsten.»

«Und das bist zufällig du», sagte sie.

Wir wanderten auf der bröckeligen Mauerkrönung bis zu dem Haus mit der gelben Steinsäule, die einst als Torpfosten diente, obwohl es lange her war, dass dieses baufällige Gebäude überhaupt ein Tor gehabt hatte. Ich blickte straßauf und straßab. Es war durchaus kein übler Ort für eine Katze, falls man den Gedanken an einen Daueraufenthalt einmal beibehielt. Weiter oben standen sich Reihen zweistöckiger Terrassenhäuser gegenüber. An unserem, dem unteren

Straßenende waren die Häuser hohe Felswände aus gelbem Stein und stiegen vier Stock hoch in den Himmel. Hie und da ein, zwei Bäume, die die Eintönigkeit unterbrachen, leicht erreichbar, falls man einmal einem Hund ausweichen musste. Hinter den Häusern aber lagen Gärten, und das war ein ausgedehntes Gebiet für die Streifzüge von uns Katzen. Hier befanden sich weitere Bäume zum Klettern und als Zuflucht, Blumenbeete als Toiletten, Futterplätze, auf die törichte Spatzen, Meisen, Drosseln und Stare niederstießen, zu gierig auf Krumen und Speckschwarten, um unsere Annäherung zu bemerken. Hier gab es eine große Zahl weichherziger Menschen von der Sorte, die man «Katzenfreunde» nennt, sodass man nicht alles Futter zu stehlen brauchte. Im Gegenteil, obwohl ich mich erst seit etwa einem Monat auf dieser Straße herumtrieb, hatte ich bereits regelmäßige «Zugehplätze», wo ich Futter vorfand. Auf Nr. 12 zum Beispiel bekam man fabelhaft zu essen. Dort gibt es ein paar Katzen – mit ausgefallenen Namen, schwarz, haben bereits Übergewicht, na ja, haben die Operation hinter sich, du weißt, was ich meine –, und ich will verdammt sein, wenn sie nicht ihre menschlichen Sklaven überredet haben, hin und wieder auch noch einen Teller für mich hinauszustellen.

Schlimm ist nur, sie haben auch diesen Blödsinn mit «Pufftail» übernommen. «Ah, guten Abend, Pufftail.» Ich esse mein Abendbrot und kümmere mich gar nicht darum. Aber das weißt du ja alles. Ich erzähle es dir jetzt nur, weil bei diesem mittäglichen Abschied von meinem Liebling die Straße für meine Augen etwas besonders Liebliches und Schönes hatte, und ich begann eine Sehnsucht zu empfinden, die sehr anders war als mein ursprünglicher Wunsch, die Straße zu wählen. Ich fing an, mich nach etwas Bleibendem zu sehnen, nach Wärme und Sicherheit, nach einem Heim. Ich hatte Heimweh, ohne zu wissen, was ein Heim war oder sein mochte.

Sie streckte die Pfote aus und strich mir damit übers Gesicht.

«Woran denkst du und machst dabei so traurige Augen?», fragte sie. Ihre Augen, zwei große hellgrüne Blätter aus Licht, leuchteten mir entgegen.

«Ich hab nur gerade gedacht», sagte sie, «wie hübsch es doch wäre, wenn …»

«Was wäre hübsch?»

«Nun, das ist nichts, was ich gewöhnlich sage, aber …»

«Sprich weiter», sagte sie, und wir rieben unsere Nasen aneinander.

«Ich dachte nur eben, wie hübsch es wäre, wenn wir miteinander allein und doch in Sicherheit wären. Zu Hause wären, wenn du verstehst, was ich meine. Ich dachte, wie hübsch es wäre, wenn die Jungen erst geboren sind, zusammen an einem warmen Ort zu sein, sodass du, wenn ich aufblicke, immer da wärst, und wenn du aufblickst, ich immer da wäre …»

«Das hast du aber sehr hübsch gesagt.»

«Noch hübscher ist, es sich zu wünschen.»

«Gut, wünschen wir es uns», sagte sie. «Jaaa, ich komm ja schon», entgegnete sie mürrisch der jungen Frau, die «Tammy!» rief.

«Da oben ist sie, auf der Mauer, mit Pufftail», sagte eine

andere menschliche Stimme, diesmal die eines sehr jungen Mädchens, fast noch eines Kindes. «Raufen sie oder was?»

«Nein, raufen tun sie nicht», sagte Tammys Betreuerin lachend. «Sie sind neuerdings unzertrennlich. Tammy, die Leute werden anfangen, über dich zu reden, wenn du nicht zum Essen hereinkommst.»

«Heute gibt's Thunfisch», murmelte meine Liebste. «Ich werde versuchen, dir welchen aufzuheben. Das Schlimme ist, Bundle kommt immer und leckt die Schüssel aus, wenn ich was übriglasse.»

«Ich lauf rasch hinüber und schau, ob sie in Nummer zwölf eine Dose aufmachen», sagte ich. «Alsdann, bis heute Nachmittag.»

Aber daraus wurde nichts. Wie sich erwies, hatten sie auf Nr. 12 eine bescheidene Dose geöffnet, und als ich etwas davon gegessen hatte, kam ich wieder nach draußen, setzte mich auf die Mauer und wartete auf meine Liebste, die von Nr. 18 kommen sollte. Aber sie kam nicht.

Ich saß noch eine Weile herum. Dann schritt ich im Garten um ihr Haus auf und ab. Noch immer war nichts von ihr zu sehen. Und als es dunkel wurde, kamen mir allmählich recht düstere Gedanken. Sie mir heute wieder zu vergegenwärtigen, ist mir fast unerträglich, und doch gingen sie mir damals durch den Kopf. Ich war so weit, an meiner Liebsten zu zweifeln. Warum hatte sie mir versprochen, nach dem Essen wiederzukommen, und war dann nicht erschienen? Wenn sie mich wirklich liebte, wäre sie gekommen.

Dann wurde mir plötzlich das Absurde meiner Lage klar.

Liebe! Was meinte ich mit diesem Wort? Ich meinte damit den schmerzhaften Wunsch, sie zu sehen, die quälende Bewunderung. Hatte sie je Anzeichen solchen Schmerzes, solcher Bewunderung gezeigt? War nicht ihr Verhalten mir gegenüber immer zweideutig gewesen, scherzend, ein wenig sonderbar? Vermutlich, dachte ich bitter, hatte sie mich für einen alten Narren gehalten, einen alten Narren, der auch noch reichlich lästig war, ein bisschen langweilig.

Wie ich dir schon hundertmal sagte, hatte es massenhaft andere Kätzinnen in meinem Leben gegeben, für die ich nie so empfunden hatte. Welchen Grund hatte ich also zu der Annahme, dass sie so für mich empfand? Wahrscheinlich saß sie eben jetzt auf Nr. 18 mit ihren Freunden und lachte über mich – hinter meinem Rücken!

Es war dieser quälende Gedanke, der mich davon abhielt, durch die Katzenklappe jenes Hauses zu stürmen und sie aufzusuchen. Wir hatten es immer vermieden, uns in ihrem Zimmer zu treffen. Die anderen Tiere in ihrem Hause mochte ich nicht, und einige darunter liebten auch mich nicht besonders. Die Katze, die man Bundle nannte, rümpfte sogar die Nase vor mir und behauptete, ich «röche». Was für ein verderbter, menschlicher Begriff! Alle Geschöpfe riechen. Ich bin sogar der Meinung, dass ich sehr angenehm rieche. Ich hatte angenommen, auch mein Liebchen fände, dass ich angenehm röche. Jetzt kamen mir Zweifel.

In all den dunklen Stunden jener unseligen Nacht schritt ich durch die Gärten, auf den Mauern und Schuppendächern der ganzen Straße und hatte finstere Gedanken. Und als die Kirchturmuhr vier schlug, war ich davon überzeugt, dass ich der größte Trottel der Welt war.

Liebe! War das nicht nur ein menschliches Wort, eine menschliche Vorstellung? Ich musste es unbewusst mitbekommen haben, möglicherweise bei den Schwestern oder vielleicht durch blödes Geschwätz anderer Katzen in der Kommune. Nur weil eine Katze eine andere schön fand, hieß das noch nicht, dass sie sich «liebten». Was für eine lächerliche Vorstellung! Wir hatten uns gut miteinander amüsiert, meine Liebste und ich. Und jetzt war sie meiner müde und hatte es mir auf die einzig mögliche Art zu verstehen gegeben, indem sie nicht zum Treffpunkt kam. Ich war ein Narr gewesen zu glauben, dass Katzen jemals Paare bilden und gemeinsam die Welt durchstreifen könnten, eine katzenhafte Parodie auf Jim und June. Katzen waren eben anders. So redete ich mir ein. Nein, ich war allein auf der Welt, wie alle Katzen, und musste wieder einmal die Straße wählen. Ich musste die kleine Straße verlassen mit ihren trügerisch freundlichen Menschenwesen und ihren netten Tellerchen mit Essen, die auf Nr. 12 vor die Küche gestellt wurden, und ihren Blumenbeet-Toiletten und ihren Vogeltränken. Ich musste neue Welten suchen, neue Länder, und die Erde durchstreifen, unterwegs zu dem Geschick, das unsere Große Mutter-der-Nacht mir bestimmt hatte.

Unsere Große Mutter schien aus dem kalten Himmel auf mich herunter. Sie war allein wie ich und würde mich führen. Hinter ihr erhellte sich der Himmel zu einem bleichen, winterlichen Grau. Ich würde, so nahm ich mir vor, sofort aufbrechen. Nun ja, vielleicht nicht sofort. Ich rutschte die Mauer hinab in den Garten von Nr. 18 und blickte zu den Fenstern des Zimmers meiner Liebsten hinauf.

«Adieu!», rief ich.

Keine Antwort.

Nun wollte ich gehen.

Aber ich ging nicht. Ich blieb dort sitzen und starrte hinauf. Das war ganz töricht. Jetzt würde ich wirklich gehen.

«Adieu!», rief ich noch einmal.

«Rufst du nach Tammy?», fragte eine liebenswürdige Katzenstimme.

Ich erkannte das schwarzweiße Weibchen, das man Bundle rief.

Eine Antwort lohnte sich nicht.

«Natürlich nicht!», entgegnete ich. «Ich trainiere meine Lungen. Ich warte noch, bis die Vögel aufwachen, dann zieh ich auf und davon.»

«Sie wird heute Nacht nicht kommen», sagte Bundle. «Wie könnte sie.»

«Wer? Tammy?» Ich tat so, als bedeute mir der Name nichts. «Großer Gott, nein. Ich geh weg, um genau zu sein. Wie gesagt – sobald ich gefrühstückt habe.»

«Weg?»

«Ja, ich hab genug von dieser Straße. Ich ziehe weiter.»

Bundle glaubte mir sichtlich nicht.

«Sie hat einen Zugang zum Wärmschrank gefunden», sagte sie. «Von ihren Leuten weiß es noch keiner. Sie hat mich gebeten, rauszulaufen und dir Bescheid zu sagen. Es ist bald so weit bei ihr.»

«Wie weit?»

«Hast du noch nie davon gehört, dass eine Katze jungt?», fragte Bundle. «Da musst du ja ein sehr abgeschirmtes Leben geführt haben.»

Da überkam mich eine große Freude, und ich wusste, warum sie nicht zum Treffpunkt gekommen war. All meine Zweifel und Ängste schwanden.

«Du kommst sie jetzt besser nicht besuchen», sagte Bundle. «Die Leute könnten dich sehen, und dann gehen sie dir nach und stören die Jungen.»

«Sind sie – sind sie denn schon geboren?», fragte ich aufgeregt.

«Das wissen wir alle nicht. In solchen Augenblicken ist man als Frau lieber allein», sagte die erfahrene Bundle. «Aber sie hat mich gebeten, es dir zu sagen, und das hab ich getan.»

Damit hastete sie zurück durch die Katzenklappe ins Haus.

19

Der ganze nächste Tag und die Nacht waren für mich ein quälendes Warten, aber wenn ich sage «quälend», war das natürlich ein ganz anderes Gefühl als die schreckliche Hoffnungslosigkeit des Vortages. Jetzt ängstigte ich mich nur um ihre Sicherheit und ihr Glück. Ich zweifelte nicht mehr an ihrer Liebe, machte mir nur Sorgen, dass sie leiden könnte, und schritt umher, kaum fähig, meine Ungeduld zu zügeln. Ich wollte sie so gern sehen.

In meiner Aufregung verließ mich mein Appetit fast ganz, aber aus irgendeinem Grund war ich recht durstig. Keine meiner üblichen Futterstellen war schon geöffnet, als mich die Lust auf Milch überkam, daher war ich gezwungen, einen ziemlich üblen Trick anzuwenden, der unter den Kommunarden sehr beliebt gewesen war.

Ich möchte nicht, dass du das auch tust, weil man sich dabei leicht die Pfoten zerschneidet, wenn man nicht aufpasst, aber das Verfahren ist folgendes: Du näherst dich einer Milchflasche, die vor einer Haustür auf den Stufen am frühen Morgen abgestellt wird. Wenn ich sage «näherst dich», meine ich nicht, dass du dich behutsam anschleichst. Stürze dich darauf, als sei sie dein ärgster Feind, und wirf sie blitzschnell um. Wenn du großes Glück hast, haben die Vögel bereits die Metallkappe von der Milchflasche aufgepickt, und wenn du noch mehr Glück hast, zerbricht das Glas nicht. Die Milch wird ganz bequem für dich über die Vordertreppe fließen, und du brauchst sie nur noch aufzulecken.

An diesem Morgen hatte ich auf Nr. 16 Glück. Ganz recht, das Haus, in dem du jetzt wohnst. Die Spatzen hatten bereits nützliche Arbeit geleistet, und es war leicht, die Flasche mit einem Tatzenschlag umzuwerfen. Bald rann eine köstliche weiße Kaskade über die Vordertreppe, und es gab keine Glassplitter.

Während ich frühstückte, hörte ich zufällig eine Unterhaltung zwischen der Bewohnerin von Nr. 16 und Sally, der Betreuerin meiner Liebsten. Die Frau sprach aus einem der oberen Fenster mit Sally, die bereits angekleidet unten auf dem Gehsteig stand.

«Sieh dir an, was Pufftail gemacht hat!», sagte die Frau.

«Pufftail, du verfressener alter Kerl», sagte Sally. Ich glaube wahrhaftig, diese Impertinenz galt mir! Doch die nächsten Worte richteten sich wieder an die Frau. «Tammy hat heute Nacht ihre Jungen gekriegt.»

«Wirklich! Wie aufregend!»

«Ja. Wahrscheinlich sind es zwei kleine Mädchen und zwei kleine Jungen, aber es ist noch zu früh, um das mit Sicherheit zu sagen, und wir wollen sie nicht beunruhigen. Gestern um die Dinnerzeit ist sie einfach verschwunden. Ich war noch im Büro, aber die anderen im Haus waren sehr in Sorge. Sie sagten sich, das sieht Tammy doch nicht ähnlich, das Dinner auszulassen, konnten sie aber nirgends finden. Dabei war sie im Wärmeschrank und bekam ihre – na ja, Sie wissen schon.»

«Wie süß! Und ist immer noch Hoffnung, dass wir eines von den Jungen kriegen?»

«O ja. Aber es ist besser, wir warten noch ein, zwei Wochen, ehe Sie sie sich anschauen kommen.»

«Gewiss, ich würde nicht im Traum daran denken, sie zu stören», sagte die Dame aus dem ersten Stock, deren Kopf noch immer aus dem Fenster hing. «Sehen Sie bloß, wie Pufftail unsere Milch trinkt. Pufftail!»

«Er hat sich neuerdings furchtbar oft mit Tammy herumgetrieben. Es würde mich nicht wundern, wenn er der – Sie wissen schon ...»

«... der Vater wäre?»

«Ja.»

«Ich weiß nicht, ob das eine besondere Empfehlung ist», bemerkte die Dame aus dem ersten Stock patzig. «Wenn es stimmt, erben die Jungen hoffentlich nicht die Flöhe und die schlechten Manieren ihres Vaters.»

«Ach», sagte Sally, die meiner Meinung nach ein gut Teil mehr Verstand im Kopf hatte als die Person im ersten Stock, «er ist ein goldiger alter Kerl, nicht wahr, Pufftail? Ulkig, wie er einfach so mir nichts, dir nichts in unserer Straße aufgetaucht ist, nicht? Keiner weiß, wo er herkommt oder wem er gehört oder sonst was.» Bei dem Unsinn mit «gehört» sah ich auf und schaute so verächtlich ich konnte.

«Alsdann, ich darf nicht den ganzen Morgen hier stehen und schwatzen, sonst verpasse ich noch den Achtuhrbus», sagte Sally und stöckelte auf ihren hochhackigen Hinterpfoten über das Pflaster davon. Eines Tages muss mir jemand erklären, warum Menschen solche Dinger an den Füßen tragen.

Ich wartete nicht, bis die Frau aus dem ersten Stock sich in eine Frau des Parterres verwandelte, die Überreste meines Frühstücks aufwischte und höflich formulierte, aber doch unverwechselbare Flüche auf mein Haupt herabwünschte. Ich hatte gehört, was ich hatte hören wollen.

Die Jungen waren geboren, und meine Liebste lebte. Ich trabte den Gehsteig entlang über die Gartenmauer von Nr. 18 und durch die Katzenklappe in der Hintertür ins Haus. In diesem Haushalt stand Sally immer als Erste auf, die übrigen schliefen noch. Das bedeutete, sie waren alle in ihren Zimmern, hatten die Türen geschlossen und machten Geräusche durch die Nase. Wo der Wärmeschrank sich befand, konnte ich nicht einmal erraten. Solange alle Schlafzimmertüren geschlossen waren, ließ sich keine richtige Suche durch das ganze Haus durchführen, aber ich tat mein Bestes.

Im Küchenschrank waren keine jungen Kätzchen, nur Dosen, soweit ich das überblicken konnte, indem ich hinaufsprang. Zum Glück war es keiner jener Haushalte, in denen albernerweise Türen immer unbedingt geschlossen sein müssen, deshalb standen eine Menge Dosen-Schränke offen. Ebenso ein Schrank unter der Treppe: Er enthielt eine elektrische Lärmmaschine – im Augenblick Gott sei Dank still – und Stöße alter Zeitungen und Pappschachteln. Nach einer oberflächlichen Inspektion der Treppenabsätze und der Räume, die Brunnen enthielten, kratzte ich vor einer der Schlafzimmertüren am Linoleumbelag und verlangte, dass man mir meine Nachkommenschaft zeigte.

Das hatte anfangs keinen Erfolg, schließlich aber erschien doch eine junge Frau mit verschlafenen Augen in der Tür und sagte: «Ja, Pufftail, was willst du denn schon so früh?» Sie seufzte und schaute auf ihr Armband-Ding. «Es ist doch erst halb acht.»

Sie reden immer in Zahlen, wie du schon bemerkt haben wirst. Ich hätte ebenso gut erwidern können: «Danke, gleichfalls, Madam.» Das tat ich aber nicht. Sie zeigte sich wenig einladend, sagte nur noch: «Verschwinde, du alter Stinker», und verzog sich wieder ins Bett.

Nach einer Weile kam eine andere Frau aus ihrem Zimmer und ging ins Bad, um sich die Zähne mit einer Bürste zu scheuern. Dir wird auch schon aufgefallen sein, was für ein fürchterlicher Geruch aus ihrem Mund kommt, nachdem sie das getan haben, so eine Art Pfefferminzgas, das einen in die Nase sticht. Nachdem sie sich die Zähne geschrubbt hatte, hörte ich sie in einen Schrank hinein girren und gurren und schloss daraus, dass sie meine Nachkommen gefunden hatte.

Mir sträubte sich das Fell. Ich fand, sie mischte sich in Dinge, die sie nichts angingen, ja mehr noch, ich wollte aus einer Art Urgefühl die Kleinen sogar verteidigen, obwohl ich wusste, dass gerade diese Frau ihnen bestimmt nichts tun würde. Um ihr jedoch Gerechtigkeit widerfahren zu lassen: Gerade sie war es, die mir einen ersten kurzen Blick auf die Familie gestattete. Sie drehte sich nämlich um und sagte: «Komm, Pufftail, bleib ganz ruhig. Hier im Schrank sind kleine Babys. Schau doch – da – da …» Und dabei tat sie etwas, was ich normalerweise keinem Menschen jemals erlaubte: Sie hob mich auf. In diesem Augenblick der Schwäche sträubte ich mich nicht. Sie hielt mich ohnehin nicht wirklich fest. Sie kniete an der Tür des Wärmeschranks und ich auf ihrem Schoß, und zusammen schauten wir hinein.

Meine Liebste säugte sie: vier winzig kleine Wesen, zwei junge Gelbe, zwei mit Streifen und weißem Muster, wie ihre Eltern sie hatten.

Es war ein Bild der Zufriedenheit. Es rührte etwas tief in mir an. Es ist schwer auszudrücken, was ich beim Anblick dieser Szene empfand. Mir war, als erinnerte ich mich an mein eigenes Leben. Ich glaube, einen eigenartigen, unwiderbringlichen Glücksaugenblick lang war ich selbst wieder ein neugeborenes Junges im Hinterzimmer bei meiner lieben Mutter. Nichts ist so geheimnisvoll wie das Leben selbst. Woher kamen diese Winzlinge? Vor ein paar Monaten hatte es noch keine Spur von ihrer Existenz gegeben. Und jetzt waren sie da, jedes eine vollständige, unabhängige Existenz für sich; jedes mit eigenem Geist und Wesen, vollkommen ausgebildet, sie selbst – wo vorher keines von ihnen gewesen war.

Ich musste an die Unterhaltung denken, die ich mit meiner Geliebten über die Große Stille geführt hatte. Ich dachte – wie ich noch immer denke –, dass ihre Ansicht, wonach alle Wesen in die Große Stille übergehen, vollkommener Wahnsinn sei. Aber als ich sie und ihre Jungen sah, kam mir noch ein weiterer Gedanke. Selbst wenn es stimmt, dass wir alle sterben, kann doch die Große Stille selbst dies hier nicht besiegen, dieses Wunder des Ins-Leben-Tretens aus dem Nichts. Es kann sein, dass wir denken, die Große Stille sei das Ende von allem. Aber das hier ist immer da, um ihm Widerpart zu leisten. Ich war in diesem Moment nicht getröstet über alle Verluste, die sich ständig ereignen. Aber die Macht dieser Tötungen schien schwächer, als ich auf die Kleinen blickte und ihr zufriedenes Schnurren hörte, während ihre Mutter sie säugte.

Ohne die Augen zu öffnen, wusste sie, dass ich da war. «Tut mir leid, dass ich gestern nach dem Essen nicht wiedergekommen bin», murmelte sie. «Aber mir wurde irgendwie komisch.»

Es war der übliche ironische Stil, in dem wir uns immer unterhielten.

«Du hast sicher was Verkehrtes gegessen», sagte ich.

«Sicher», sagte sie lächelnd.

«Jedenfalls hast du dir anscheinend nette neue Freunde angelacht da drin», sagte ich.

«Och, die machen sich noch», sagte sie. «Wenn sie erst gelernt haben, sich zu waschen … Autsch! … Beißen können sie schon.»

Damit setzte sie sich kurz auf und zupfte sich einen von der Brust, hob ihn mit dem Maul hoch und beleckte ihn überall.

«Du wirst einen schönen Schreck kriegen, du Männlein, wenn du die Augen aufmachst», sagte sie zu ihrem Jungen. «Die Welt sieht wirklich furchtbar ulkig aus. So viel kann ich dir jetzt schon sagen.»

Sie lehnte sich wieder zurück. Diesmal waren ihre Augen geöffnet, und sie sah mich richtig an.

«Du hast mir gefehlt», sagte sie.

«Du mir auch», sagte ich.

«Komm mich wieder besuchen», sagte sie. «Oft. Ich kann

im Moment nicht weg, wie du siehst, ich bin ziemlich angehängt. Autsch.» Damit wandte sie sich wieder den Jungen zu. «Also von mir aus, wenn du darauf bestehst, kannst du noch etwas Milch kriegen.» Damit stupste sie den hungrigen kleinen Kerl in Richtung ihrer Zitze.

Während der nächsten paar Wochen besuchte ich sie, so oft ich konnte, doch das war nicht im entferntesten oft genug.

Vermutlich aus nur zu gutem Grund ließen die menschlichen Wesen auf Nr. 18 die Badezimmertür meist geschlossen und hielten Besucher – seien sie Menschen oder Katzen – fern. Ich hätte nicht zu sagen gewusst, ob sie sich im Klaren waren, dass mein Fall anders lag und dass ich nicht «irgendein Besuch» war. So ging viel Zeit verloren bei vergeblichen Besuchen, nach denen ich vom Haus zurück in den Garten ging, ohne sie und die Kleinen gesehen zu haben.

Aus gelegentlich aufgeschnapptem Klatsch von Bundle oder zwischen der Frau im ersten Stock und Sally erfuhr ich, dass die Kätzchen zu starken, lebhaften Kerlchen heranwuchsen. Es folgte eine Zeit, in der ich weder sie noch ihre Mutter zu Gesicht bekam. Ich nehme an, dass die Jungen mittlerweile anfingen herumzukrabbeln und dass es gefährlich war, die Tür zu ihrem Zimmer offen zu lassen. Sally schloss sie daher ein, wenn sie zur Arbeit fuhr.

Ich dachte damals viel über sie nach und überlegte, was ihnen bevorstand. Wie wenig hatte ich in ihrem Alter gewusst, was das Leben für mich bereithielt.

Unterdessen ging der eintönige Alltag weiter. Ich lungerte auf der Straße herum und machte einfach weiter, bis der Zeitpunkt kam, an dem meine Liebste von ihren Kindern getrennt würde. Ich wusste, dass das schmerzlich für sie sein würde (ich erinnerte mich noch an das Miauen meiner armen Mutter, als man sie von ihren Jungen trennte). Aber vor uns lag unsere ganze gemeinsame Zukunft, und das war für mich das wirklich Wichtige. Eine Zukunft mit den Jungen malte ich mir nicht aus. Keine Katze meiner Bekanntschaft lebte auf Menschenart mit Eltern, bei denen Kinder und Enkel im gleichen Haus aufwachsen. Nein, die Kleinen mussten heranwachsen und ihr eigenes Leben leben, und ich konnte nur hoffen, dass sie allen Gefahren entgingen.

Ich musste wieder an die Zeit nach meiner Flucht aus dem Laboratorium denken und an das Kornfeld voller Mäuse und Wühlmäuse. Es war in vielerlei Hinsicht angenehmer gewesen als die Stadt, und inzwischen würde das Korn auf den Äckern wieder gewachsen sein. Zu gegebener Zeit würden wir uns in dieser Richtung auf den Weg machen. Tagsüber würden wir gemeinsam in dem großen alten Eichenbaum schlafen, und wenn dann die Nacht kam – was für eine Jagd!

Ich wartete ungeduldig auf den Beginn unseres neuen Lebens, und gerade weil ich so sicher war, dass es bald so weit sein würde, konnte ich warten. Mir wurde bewusst, wie eintönig das Leben ohne sie sein würde. Was blieb da anderes als Essen, Herumschnüffeln und Dösen? Solches Tun hatte ich – es war lange her – für ein lohnendes Ziel an sich erachtet. Jetzt tat ich das nicht mehr, jetzt schien das Leben nur noch interessant, wenn ich es mit ihr teilen konnte. Und sie würde kommen.

Da ich die menschliche Gewohnheit nicht schätze, Tage zu zählen, kann ich dir nicht sagen, wie lange es dauerte, bis sie kam. Manchmal erwartete ich sie an der Haustür von Nr. 18 oder an unserem Stelldichein-Platz auf dem Schuppendach, und manchmal ging ich auf der Straße vor ihrem Haus auf und ab, sprang in die Vorgärten und wieder heraus und sah mich um nach kleinen Lebewesen, die sich dort versteckt halten mochten.

Bei anderen Gelegenheiten überquerte ich die Straße, wobei ich sorgfältig nach beiden Seiten blickte, um Tötungsmaschinen auszuweichen, setzte mich auf die niedere Mauer und schaute hinüber zur Tür von Nr. 18. Und das tat ich auch gerade, als sie mich überrumpelte.

Es war eine neblige, kalte Nacht von der Art, bei der einem von der bloßen Luft das Fell feucht wird und der Atem aus Mund und Nüstern dem Rauch gleicht. Ich saß auf der gegenüberliegenden Mauer, blickte auf ihr Haus und dachte an nichts Besonderes. Plötzlich tauchte sie aus dem Schatten neben dem Haus auf.

Anfangs sah sie mich nicht. Sie schaute sich aufgeregt und verstohlen um, als solle sie eigentlich nicht hier sein. Sie sah müde und mager aus, ja sogar ein bisschen verhärmt. Das Säugen der Jungen strengte sie sichtlich an. Aber als sie auf den bröckeligen Steinpfosten vor ihrem Haus sprang, sah ich im Licht der Straßenlaterne ihre ganze Schönheit, und sie schien mir lieblicher denn je. Vielleicht war sie seit der Geburt der Jungen im konventionellen Sinne weniger schön als damals, als ich sie zum ersten Mal sah. Und doch war sie schöner.

Ich kann dir das nicht erklären, sie hatte eine ganz neue Würde an sich. Das Weiß ihres Fells gegen die Streifenmusterung war so blendend weiß, und ihre Augen waren so groß und von einem so klugen Grün. Und diese Augen, die eben noch besorgt nach links und rechts die Straße geprüft hatten, sahen nun herüber und begegneten den meinen, und ein strahlendes Lächeln trat in ihr Gesicht.

«Ich dachte schon, du seist ohne mich auf und davon», rief sie über die Straße.

«Und ich hab gedacht, du hättest vergessen, dass es mich überhaupt gibt», rief ich zur Antwort in unserem gewohnten spöttischen Ton.

«Oh, ich habe dich so vermisst!», rief sie.

«Und ich dich», sagte ich.

Noch während ich das sagte, sprang sie herunter und kam in großen Sätzen über die Straße. Was dann geschah, war sekundenschnell vorbei, und doch sah ich jede Einzelheit der Tragödie so deutlich, als spielte sie sich quälend langsam ab.

Ich sah die Scheinwerfer einer Tötungsmaschine wie aus dem Nichts im Nebel auftauchen und hörte den mörderischen Lärm. Ich sah sie, die mit dem Ausdruck unbekümmerter Fröhlichkeit auf mich zulief. Ich sah die Tötungsmaschine schlingern, hörte das Quietschen ihrer Bremsen, als sie hielt. Doch das Quietschen wurde übertönt von einem anderen, weit schrecklicheren Schrei, und ihm folgte entsetzliche Stille.

Ein Mann stieg aus der Tötungsmaschine. Ich weiß nicht mehr, was er Idiotisches sagte, etwas wie: «Teufel, ich hab 'ne Katz überfahren.»

«Es war nicht deine Schuld», sagte eine idiotische weibliche Stimme aus dem Inneren der Maschine, und ich hörte es mit dem echten Hass der Verzweiflung und dachte: Wieso wagst du es, noch am Leben zu sein, du wertloses Weibsstück, wenn *sie* – *sie* dort liegt. Der Mann zerrte den leblosen Körper an den Straßenrand, sah ängstlich die Straße hinauf und hinunter und fuhr dann weiter.

Während alldem hatte ich mich in den Schatten zurückgezogen, jetzt aber kam ich heraus und blickte auf das herab, was da im Rinnstein lag. Ein wenig Blut tröpfelte aus ihrem Mundwinkel, und da dies das einzige Anzeichen einer Verletzung war, schien es unmöglich, dass sie ernsthaft verwundet sein könnte. Im Licht der Laterne sah sie so wunderschön aus, wie sie dalag, aber ihre leuchtend grünen Augen starrten nun ins Leere. Ich beugte mich über sie und rieb meine Nase an ihrem Gesicht, aber es kam keine Reaktion, keine Bewegung irgendwelcher Art, kein Atem, kein Leben. Der schreckliche Feind, den ich nie begreifen werde, hatte das Wesen mitgenommen, das mir auf der Welt das Teuerste war, hatte *sie* für immer mitgenommen. Ich wusste, was geschehen war, und verstand es doch nicht. Ich gestattete mir noch immer zu denken, dass sie bald blinzeln, sich schütteln und lachen und mit mir in den Schatten flüchten würde.

Jetzt hatte sich die Haustür von Nr. 18 geöffnet, und man hörte hohe, traurige Menschenstimmen. Jemand kam über die Straße gelaufen und hob auf, was im Rinnstein lag. Ich beobachtete aus dem Schatten, dass sie sie ins Haus trugen. Dann ging ich langsam davon in die Nacht.

20

Was mir jetzt fehlte, war ein Kampf. Aber ich wartete den rechten Moment ab. Langsam und bedächtig bahnte ich mir einen Weg durch die neblige Nacht, bis die Straße und alle, die ich hier kannte, weit hinter mir lagen.

Je weiter man nach Norden geht, desto höher werden die Häuser, desto niedriger die Stufen zur Vordertür und desto größer die Rasenflächen. Die Katzen aber sind dort die gleichen wie überall und genauso, wage ich zu sagen, die dummen Menschen.

Auf einer breiten, baumbestandenen Straße in diesem fremden Vorort kam es zu dem Kampf, den ich gesucht hatte. Ich lief wie immer dicht am Innenrand des Gehsteigs entlang und kam an einer Wand aus grellfarbigen roten und blauen Steinen vorbei. Oberhalb der Wand war eine Ligusterhecke, daher sah ich nicht viel von dem Haus, an dem ich vorüberkam. Als Mauer und Hecke aufhörten, gelangte ich an ein großes offenes Tor vor einem Kiesweg, auf dem mehrere Mordmaschinen standen. Unter einer dieser Maschinen sah ich ein Paar bösartig funkelnde Augen, die mich von oben bis unten musterten. Der Inhaber der Augen war mir gegenüber deutlich im Vorteil, weil ich ihn nicht sah. Ich tat einen Schritt auf den Kiesweg. Die Stimme, die unter dem Wagen hervordrang, möchte ich als eine Art Pseudo-Schickimicki bezeichnen. Sie stammte zwar von einem Kater, hatte aber etwas von der anmaßenden Angeberei, die ich normalerweise mit ihren zweibeinigen Freunden verbinde. Es war viel Maunzendes in dieser Stimme.

«Mmmm, mmm, was glaubst du denn, wo du hingehst?»

«Sprichst du mit mir?», fragte ich.

«Mmmm, nein …» Er grinste über seinen eigenen Witz. «Betteln und Hausieren ist hier verboten.»

Ein aufreizendes Gekicher begleitete dieses Späßchen. «Ich nehme an, dass du mit jemand anders sprichst, möchte aber doch gern, dass du zu mir heraustrittst», sagte ich.

«Du liebe Zeit, wie – mmm – mmm – anspruchsvoll. Ich fürchte, wir können dir nicht bieten, was du ganz offenbar suchst …»

«Und das wäre?»

«Mein Bester! Ist das nicht – mmm – mmm – naheliegend. Ein Bad!» Und er kicherte geziert.

Wenn ich etwas an einer Katze hasse, ist es Vornehmtuerei.

«Wie dem auch sei», sagte ich. «Ich wäre riesig dankbar, wenn du unter der Maschine da herauskämst.»

«Ach ja, wirklich?»

«Ja.»

«Und darf man als Katze fragen, warum?»

«Sehr wohl. Ich würde deinem dämlichen Schädel gern eine kleben.»

Wie schon gesagt, er war ein Narr und kam tatsächlich heraus, um sich dieser Herausforderung zu stellen.

«Hör mal, so spricht man nicht mit einem – mmm – mmm – anderen», sagte er und kam unter dem Auspuff hervorgestelzt.

Doch ich ließ ihm keine Zeit, den Satz zu beenden. Ich haute ihm eine so heftige Ohrfeige herunter, dass er durch die Luft flog.

Er war ein sehr gut gebauter weißer Kater, beinahe ebenso groß wie ich. Vermutlich glaubst du, ich dürfe nur mit Katern meines eigenen Formats kämpfen, aber täte ich das, ich käme nie zu einem Kampf. Er erholte sich rasch von dem Hieb, und als Feigling, der er war, sprang er auf und raste die Vordertreppe hinauf, wo er schrie und maunzte, um eingelassen zu werden.

«O nein, Freundchen», sagte ich.

Ich sprang hinter ihm her die Stufen hinauf und ihm an die Kehle. Als ich ihn dazu zwang, kämpfte er gewandt und reagierte mit ausgestreckten Krallen auf meine heftige Umklammerung. Wütend ineinander verbissen rollten wir die Stufen hinunter und zerbrachen dabei drei Milchflaschen in tausend Stücke. «Hausierer bin ich also, soso!»

«Ja.»

«Und Bettler?»

«Ja, du dreckiger …»

«Dreckig bin ich, ja?»

«Ja.»

Im Augenblick war er der Überlegene, er schüttelte mich ab, boxte mir zweimal ins Gesicht und sprang mir dann auf den Rücken.

«Ein dreckiger, hausierender Bettler, genau das bist du. Dreckig, dreckig, dreckig», sagte er.

«So redet man nicht mit mir.»

Meine Wut war jetzt auf dem Siedepunkt. Ich war wie besessen. Es war kein Duell mehr um ein Gebiet oder um Futter oder Liebe. Es war ein Kampf einzig und allein um des Kampfes willen.

Es war eine prima Rauferei, hart und langwierig. Das Haus hinter uns blieb dunkel. Niemand schien Lust zu haben, meinem Freund zu Hilfe zu kommen. Keine menschliche Stimme störte die Wucht der Szene, und kein Eimer Wasser beendete sie. Ich fing an, sein Blut zu schmecken, und merkte, dass ich ihm nicht nur das Fell zerriss, sondern auch das Fleisch.

Ich war nicht viel besser dran, denn mein Gegner zahlte mir in fast gleicher Münze heim. Aber ich war zu groß und zu stark für ihn. Ich hätte ihn umbringen können, aber das wollte ich nicht. Und so plötzlich, wie die Rauferei begonnen hatte, endete sie. Wir hatten beide genug, und er hinkte zu einem Blumenbeet und kletterte von dort auf einen Baum. Es war eine Zeder mit weicher Rinde, ungefähr der am leichtesten zu ersteigende Baum der Welt. Ich hätte ihn verfolgen können, aber es lohnte sich nicht einmal, etwas zurückzufauchen, als er mir aus den Ästen über meinem Kopf zurief: «Wenn du wissen willst, was ich von dir halte: Ich halte dich – mmm – mmm – für einen stinkordinären Knilch.»

Ich hörte gar nicht hin. Im nächsten Garten hatte ich etwas gehört, was mich interessierte, und mein Ohr hatte mich nicht getäuscht. Es war die Stimme einer kleinen Schwarzen.

«Oh, warst du aber tapfer!»

Als ich näher kam, folgte: «Oh, du bist verletzt! Komm, ich leck dir die Wunde. Wird es schon besser, alter Held?»

Und es wurde besser.

Sie machte mich eine halbe Stunde lang glücklich, dann hinkte ich in wieder einen anderen Garten und zu neuen Abenteuern. Weil es so hundekalt war, gab es in Sachen Wild wenig zu holen, und das wenige, das vorhanden war, hatten sich die elenden Eulen geschnappt.

Aber am Ende eines der Gärten fand ich so etwas wie einen Hasenstall, dessen Türchen nur lose angelehnt war, und so kam ich an diesem Abend noch zu einer Kaninchenmahlzeit.

Du hältst mich gewiss für gefühllos. Es war die Nacht, in der ich jemand verloren hatte, der mir – wie schon gesagt, etwas ganz Besonderes gewesen war. Und diese Nacht verbrachte ich mit Raufen, Huren und Jagen. Gewiss, es war gefühllos. Ich erzähle dir ja auch nur, was ich tatsächlich tat. Ich fühlte nämlich sonderbarerweise mehrere Tage lang gar nichts, das heißt gar nichts, was ihren Unfall betraf. Das Fehlen jeden Gefühls machte mich glauben, ich hätte die ganze Geschichte unserer Liebe nur geträumt. Ich war gar nicht der Kater dafür. Ich hatte ein Phantasieleben geführt. In Wahrheit war es mir ganz gleich, dass sie tot war. Überdies befand ich mich jetzt in einem schicken Viertel, in dem es reiche Beute gab. Die Zweifüßlerfamilie, die das Kaninchen für mich gemästet hatte, hielt außerdem ein paar Meerschweinchen als Vorspeise, und die waren wirklich saftig. Es gab Mülltonnen und Speisekammern in Hülle und Fülle. Und die weibliche Bevölkerung sparte nicht mit Trost. So lebte ich drei oder vier Tage und Nächte. Dann war ich total erschöpft und suchte mir einen Schlafplatz in einem kaputten Korbstuhl in irgendeinem Schuppenwinkel und verschlief zwischen den Spinnweben so manche Stunde.

Erst nachdem ich aus diesem Schlaf erwacht war, begann das ständige Bewusstsein des Verlustes. Du weißt, wie das ist, wenn man aus einem sehr tiefen Schlaf aufwacht und nicht recht weiß, wo man ist, und alle Erinnerungen sind sonderbar und verworren. Ich glaubte, in «unserem» Gartenhaus aufzuwachen, und mein erster Gedanke war, dass ich nun über den Zaun springen und sie besuchen müsse. Sogar die Kätzchen hatte ich vergessen. In diesem Augenblick des Aufwachens war ich wieder in den ersten Tagen unserer Liebe, der glücklichsten Zeit meines Lebens, wie ich jetzt glaube. Und dann stand ich auf, und mit widerwärtiger Klarheit war alles wieder da.

Ich konnte nicht ins Nachbarhaus gehen und sie sehen, weil ich eine Meile von ihrem Haus entfernt und sie nicht mehr dort war. Der Unfall, der Anblick ihrer erstarrten Züge im Rinnstein, alles kam wieder …

Die Erinnerung war eine Qual. Ich wusste, dass mein Leben nie wieder wirklich glücklich werden konnte. Der Wunsch, sie zu sehen, machte mich verrückt. Ich wusste, dass die schreckliche Stille sie befallen hatte und dass Sally oder die anderen ihren Körper irgendwie weggeschafft hatten. Ich wusste das alles, und doch war es mein dringendster Wunsch, sie zu sehen, mit ihr zu reden, sie nah bei mir zu fühlen.

Ganz schwach sah man am Nachmittagshimmel unsere Große Mutter, eine kleine weiße Scheibe vor blassgrauem Hintergrund.

«Lass sie mich nur noch einmal sehen», betete ich. «Nur noch ein einziges Mal.» Aber ich wusste, es war ein absurder Wunsch und würde sich nie erfüllen. Sie war zu gut für diese alberne, schmutzige Welt der Zweifüßler. Ich aber musste meine sinnlose Existenz hier bis zum Ende hinschleppen, sinnlos und jammervoll ohne *sie*.

Seit mir das Gedächtnis zurückgekehrt war, konnte ich keinen Moment mehr still sein, -sitzen oder -stehen. Ich schritt im Schuppen auf und ab. Ich verließ ihn und lief draußen auf dem bereiften Rasen herum. Ich kletterte auf einen Zaun und sprang wieder herunter, ich kroch unter einer Hecke durch und wieder zurück. Mir war, als könne ich mit dieser närrischen, verrückten Geschäftigkeit nicht mehr aufhören.

Ich begann weniger zu essen, und das Herumjagen und Rennen erschöpfte mich, sodass ich zu ungewöhnlichen Zeiten in kurzen, unruhigen Schlaf fiel, etwa mitten in der Nacht, wenn ich normalerweise nie geschlafen hätte. Es gab kein Heilmittel. Ich hielt es für wenig wahrscheinlich, dass die Erinnerung jemals weniger schmerzen würde. Ich Narr hatte geglaubt zu wissen, was unglücklich sein heißt, ehe ich sie kennenlernte. Gewiss, es hatte unglückliche Augenblicke und lange Perioden größter Schmerzen, Angst und Trübsal gegeben. Aber es waren vereinzelte Gelegenheiten gewesen. Wenn Schmerz oder Angst aufhörten, ging das Dasein in farblosem Einerlei weiter, lief im Hintergrund ab. Ich nahm nicht jede Minute wahr, die verstrich. Fast löste sich alle Zeit auf, wenn ich herumschlampte, aß, raufte und den Weibern nachstieg.

Damals ahnte ich nicht, dass ebendies – nämlich dass die Zeit unbemerkt verstreicht – eine der größten Segnungen ist. Denn nun, in dieser neuen Lebensphase, stellte ich fest, dass ich jede Sekunde, die verging, sehr wohl wahrnahm. Die Zeit selbst schien mich martern zu wollen, indem sie so langsam verging. Und es gab nichts, für das zu leben sich noch lohnte.

Ich versuchte zynisch zu sein. Schon das war bemerkenswert. Zynisch. Eigentlich war ich von Natur Zyniker. Ich redete mir ein, dass ich in einer sehr schicken Nachbarschaft gelandet war, wo man gute Beute machte und ungestört pennen konnte. Da das Leben nun nichts anderes war als ein zerdehnter, bewusster Jammer, konnte ich es mir wenigstens behaglich machen, gut essen, gut schlafen und die Abwechslungen genießen, die Küchen und Gärten des schicken Vorortes zu bieten hatten. Und vielleicht hätte dieser Plan sogar funktioniert, wäre ich nicht so ungewöhnlich unruhig gewesen, wäre nicht herumgerannt wie «die Katze auf heißen Steinen», wie die Zweifüßler es ausdrücken. Ein scheußlicher Ausdruck, den Jim Harbottle gern benutzte.

Leider war ich nicht in der Stimmung, etwas zu genießen, was es auch war. Und obwohl ich mich bemühte, mir eine Art Leben in diesem Vorort zurechtzuzimmern, war es zwecklos.

Ich wusste, ich wollte zurück zu meinen alten Schlupfwinkeln, in denen ich mit ihr glücklich gewesen war. Ich hatte sogar die törichte Vorstellung, ich könne an den Ort des Unfalls zurückkehren und feststellen, dass es eine Art Irrtum war, dass sie in Wahrheit lebte und auf mich wartete …

So kam es denn, dass ich ganz allmählich in Richtung dieser Straße wanderte. Oder wenigstens dachte ich das. Ich überquerte eine Straße nach der anderen. Die Häuser glichen immer mehr dem der Harbottles. Dann hörten sie überhaupt auf, und ich kam zu dem weiten Straßenkreis, wo die Tötungsmaschinen von allen Seiten aufeinander losgehen und im Kreise fahren. Eine Art Spiel, nehme ich an. Ein grässliches Riesending.

Ich merkte, dass ich in die Irre gegangen war und dass ich nie wieder zurückfinden würde. Das, wie du dir denken kannst, erheiterte mich nicht gerade. Trotzdem kehrte ich in die Stadt zurück. Es gab nichts sonst zu tun, was der Mühe wert war, und ich wanderte immer weiter und weiter und war dabei noch vorsichtiger als sonst beim Überqueren von Straßen. Tatsächlich waren kaum Tötungsmaschinen zu sehen. Je näher ich dem Stadtzentrum kam, desto ruhiger wurde es. Nur in der Mitte der Stadt waren noch Anzeichen von Leben. Eine Gruppe von etwa einem Dutzend Zweifüßlern, alle gleich angezogen, stand auf dem Hauptplatz. Die Männer hatten spitze Mützen, und die weiblichen Wesen trugen sonderbare Hauben mit etwas Gekraustem zu beiden Seiten. Alle hielten riesige Klumpen Metall an die Lippen, doch war das Geräusch, das sie verursachten, wohlklingend. Neben ihnen stand eine hohe Tanne. Einer der sonderbarsten

Bäume, die du dir vorstellen kannst. Es wuchsen leuchtende Birnen auf ihm. Ich weiß, du denkst, ich sei zu lange gewandert, und die Müdigkeit hätte mich benebelt. Du denkst, ich hätte geträumt. Aber ich schwöre dir, es war ein leuchtender Birnbaum.

Eine kleine Herde Zweifüßler stand um den leuchtenden Birnbaum und hörte den Uniformierten zu, wie sie Musik mit Metall im Mund machten.

Ich ging näher heran, denn ich hatte nichts Besseres vor. Du kannst dir vorstellen, wie überrascht ich war, als ich meinen «Namen» in einer der Zweifüßler-Unterhaltungen hörte.

Da stand eine Frau mit zwei jüngeren weiblichen Wesen, kaum älter als Kinder. «Ich liebe diese Weihnachtslieder», sagte die Frau. «Und die gute alte Heilsarmee und ihre Kapelle.»

Das war eine verblüffende Erkenntnis. Ich war zwar nie ganz sicher, was Armeen sind, glaubte aber zu wissen, es seien besonders große Gruppen von Zweifüßlern, nicht unähnlich einer Kommune, die sich zum Zweck des Kämpfens zusammentaten.

«Ich glaube, dieses wird das schönste Weihnachten von allen», sagte eines der Mädchen, «weil wir ein Kätzchen kriegen.»

«Ja, das glaube ich auch», sagte die Frau.

«Schau mal da», sagte das Mädchen, das bis jetzt noch nichts gesagt hatte. «Das ist ja Pufftail!»

«Ach, quatsch doch nicht», sagte das andere. «Was du auch immer redest.»

«Schau doch selber!»

«Alle Katzen sehen so aus», sagte das andere Mädchen reichlich töricht. «Jedenfalls sehr viele.»

«Aber sie sind nicht so groß», sagte ihre Schwester, «und haben keinen so großen buschigen Schwanz und sehen nicht so schrecklich böse aus, und es fehlt ihnen nicht ein halbes Ohr.»

«Ich glaube wirklich, es könnte Pufftail sein», sagte die Frau. «Aber wenn er es ist, fasst ihn nicht an. Ich möchte nicht, dass unser süßes Kätzchen Flöhe bekommt.»

Es war die Frau aus dem ersten Stock, die sich immer durch das Fenster mit Sally unterhalten hatte. Und aus ihren höchst beleidigenden Äußerungen schloss ich, dass sie mich erkannt hatten. Eines der Kinder kam näher und schien die fürchterliche Absicht zu haben, mich zu streicheln. Ich fauchte und machte einen grimmigen Buckel.

«Siehst du wohl», sagte das andere, besonnenere Kind, «das ist Pufftail.»

Als sie dem Metallgepuste noch ein paar Minuten zugehört hatten, war sich die kleine Familie einig, dass ihr kalt sei.

«Haben wir auch all unsere Geschenke beisammen?», fragte die Frau aus dem ersten Stock.

«Jetzt ist es sowieso zu spät», sagte eines der Kinder. «Jetzt ist Heiligabend, und alle Läden machen zu. Ist das nicht aufregend? Es ist Heiligabend!»

«Und wir kriegen zu Weihnachten ein Kätzchen.»

«Aber sag es nicht Daddy», sagte die Frau aus dem ersten Stock. «Es soll eine Überraschung sein.»

Es beruhigte mich zu hören, dass sie ihre Einkäufe erledigt hatten. Wenn ich mich in einiger Entfernung hielt, konnte ich ihnen bis nach Hause folgen und meine traurigen Lieblingsplätze aufsuchen. Es würde quälend sein, aber Fernbleiben war noch quälender. So folgte ich denn dem Trio, das Taschen, Pakete und Körbe mit Stechginster und Mispeln trug.

Der Weg vom leuchtenden Birnbaum bis zu ihrer Straße war überraschend kurz.

«Schau mal, wer uns folgt», sagte eines der Mädchen. «Der, den du Pufftail nennst», sagte das andere.

«Sprecht nicht so laut», sagte die Frau. «Wir beachten ihn gar nicht und tun so, als hätten wir ihn nicht gesehen.»

«Wie verdreckt der ist», sagte eines der Mädchen.

«Das ist aber nicht sehr nett», sagte das andere. «Wenn wir immer auf der Straße leben würden, wären wir auch schmutzig.»

«Vielen Dank, Madam», sagte ich, aber sie merkte es nicht.

«Wie wär denn dir zumute, wenn deine Frau überfahren worden wäre», fuhr das Mädchen fort.

«Ich könnte doch keine Frau haben, oder?», sagte die Schwester.

«Du weißt ganz genau, was ich meine.»

Ich bin nicht sicher, ob ich es wusste, das Kind fuhr jedoch fort: «Ich glaube, er ist nur zurückgekommen, um seine Kleinen zu besuchen.»

«So was kennen Katzen nicht», sagte die Frau aus dem ersten Stock. «Ich glaube, er ist nur wiedergekommen, um zu schnorren. Aber ich werde ihm nichts geben, weil ich so einen alten Schmutzfink nicht im Hause haben will.»

«Auf Nummer zwölf haben sie ihn in die Küche gelassen.»

«Das ist deren Sache.»

«Ich finde, man sollte ihm erlauben, Tabitha zu sehen. Schließlich ist sie seine Tochter.»

«Das wissen wir nicht», sagte die Frau aus dem ersten Stock.

Sie gingen ins Haus und knallten mir die Tür vor der Nase zu. Ich wanderte tief unglücklich im hinteren Garten auf und ab. Vielleicht war es ein Fehler gewesen zurückzukommen. Und doch war beinahe etwas Tröstliches an dem Wiedersehen mit all den Orten, Schuppen, Mauern und Zäunen, die einmal uns gehört hatten.

Ich sehnte mich danach, zu erfahren, was mit den Jungen geschehen war. Eines davon war nach Nr. 16 gekommen. Was aber war mit den anderen? Es gab einen sehr unangenehmen Augenblick, als ich mit Rocket zusammenprallte, dem Gelben aus dem Nachbarhaus, der mir mitteilte, dass alle Jungen ertränkt worden seien. Doch das erwies sich als dummes Gerücht.

«Umso schlimmer», sagte Bundle. «Sie haben beschlossen, alle zu behalten, aber eines haben sie den Leuten von Nummer sechzehn gegeben. Als Weihnachtsgeschenk, sagen sie, was immer ‹Weihnachten› sein soll.»

«Es hat mit Lichtern und Bäumen zu tun», sagte ich. Bundle ließ mich ein und in Nr. 18 herumschnüffeln, und danach ging ich die Straße hinauf zu Nr. 12, wo ich sehr großzügig gefüttert wurde – mit einer Art Geflügel, glaube ich, und auf einem Kissen in einer Ecke der Küche schlafen durfte.

Ich schlief sehr lange und sehr tief, und als ich in der Nacht aufwachte, beschloss ich, nicht auszugehen, sondern einfach liegen zu bleiben und das Gefühl zu genießen, dass ich wieder unter Freunden war. Ich döste und saß, und ich saß und döste. Und als ich mit Dösen fertig war, war schon Morgen.

«Guten Morgen, Pufftail», sagte der Zweifüßler, der in Nr. 12 wohnte. «Und fröhliche Weihnachten», und damit stellte sie mir einen Teller Leber hin.

Als ich aufgegessen hatte, ging ich weiter zu Nr. 16. Die ganze Familie war bereits auf, und das ganze Haus war ein Chaos von Papier und albernen Hütchen. Ich bemerkte, dass auch sie einen Baum hatten, einen wesentlich kleineren als den Zauberbaum und ohne leuchtende Birnen, aber von der gleichen Form.

Ich setzte mich aufs Fensterbrett und besah den Baum, und einen Augenblick lang glaubte ich, meine ausgefallensten Hoffnungen und Träume wären wahr geworden: Auf den Zweigen des Baumes lagen bunte Bällchen aus etwas Glitzerndem, von der Art, wie jede Katze sie gern zerbräche, wenn sie dazu Gelegenheit bekäme. Und dort war eine junge Katze, die ausgezeichnete Arbeit an den glitzernden Kugeln leistete, zu ihnen hinaufhüpfte und sie ohrfeigte und sie biss, als wären es junge Amseln.

Es war sie, und auch wieder nicht sie. Die Ähnlichkeit mit meiner Geliebten war unheimlich. Die gleiche weiße Brust, der gleiche gestreifte Schwanz, und als sie sich umwandte, das gleiche zarte Gesichtchen, weiß um den Mund und gelblich getigert um Augen und Nase. Und – ja – auch die gleichen außergewöhnlich leuchtend grünen Augen.

Nun denn, du hast es erraten. Es war die Katze, die man beschlossen hatte, Tabitha zu nennen. Und sie ist deine Mutter, kleiner Enkelkater, und vielleicht weißt du jetzt, warum ich sie sehr gern habe und auch dich …

Pufftail, der buschige alte Straßenkater, hielt inne und blickte auf seinen Enkel herunter.

«Ich glaube», sagte er, «dass ich dir für den Augenblick genug über mein Leben erzählt habe. Selbstverständlich kann ich nicht mehr lange in dieser Gegend bleiben. Nachdem ich gesehen hatte, dass deine Mutter untergebracht war, wartete ich, bis sie selbst Junge hatte. Und jetzt, da ich dich untergebracht weiß, habe ich genug von alldem. Jetzt werde ich bald wieder die Straße wählen und fortwandern und dich vergessen. Und auch du wirst mich vergessen. Aber versuche dich einiger Dinge zu erinnern, die ich dir gesagt habe. Denke daran, nie einem zweifüßigen Wesen zu trauen. Denke daran …»

Doch noch während er sprach, kam Tabitha leichtfüßig und mit leuchtenden Augen über den Rasen auf sie zu.

«Na, schwatzt ihr immer noch?», sagte sie lachend.

«Großpapa hat mir gesagt, dass er bald wieder auf Reisen geht», sagte das junge Katerchen. «Kann ich mitgehen? Bitte, Mutter.»

«Und wohin geht es diesmal?», fragte Tabitha. «Zum Parkplatz? In die nächste Straße? Zum Verkehrskreisel? Ja, du machst wirklich die aufregendsten Reisen, nicht wahr, alter Herr?»

Pufftail wollte gerade ein bisschen fauchen, doch sie fuhr fort: «Ich nehme an, du bist hungrig. Was darf ich dir bringen? Ein Hüh-

nerbein? Man hat unvorsichtigerweise eines im Speisekammerregal liegenlassen.»

Und mit einem ziemlich spöttischen Schwanzzucken trabte Tabitha ins Haus zurück, um ihrem Vater etwas zu essen zu holen.

Ildikó von Kürthy
Hilde
Mein neues Leben als Frauchen. Sehnsucht an der Leine, Irrsinn auf der Hundewiese und spätes Glück mit Gassibeutel

Was soll das heißen: Das ist doch nur ein Hund?
Das ist Hilde!
Sie fürchtet sich, wenn ihr Magen knurrt. Sie fühlt sich regelmäßig von ihrem eigenen Schwanz verfolgt und empfindet moderne Objektkunst in Grünanlagen als Bedrohung ihrer Existenz. Hilde mag keine Hunde mit langen Beinen und langem Stammbaum und frisst am liebsten Schmutzwäsche.
Hilfe! Ich bin ein Frauchen!

«Hilde» ist mein Tagebuch aus der seltsamen und wunderbaren Welt der Hundefreunde. Der Ratgeber einer Ratlosen. Ein ehrliches, lustiges, rührendes und unglaublich peinliches Buch für Zweibeiner, die ursprünglich auch nie so werden wollten wie all die anderen verrückten Hundebesitzer.

320 Seiten

MIX
Papier aus verantwortungsvollen Quellen
FSC® C083411

Das für dieses Buch verwendete Papier ist FSC®-zertifiziert.